A SENHORA DOS MORTOS

RODRIGO DE OLIVEIRA

A SENHORA DOS MORTOS

*Para as minhas avós, Maria Umbelina e
Vivaldina. Juntas para sempre, alegrando o céu.*

E vi subir da terra outra besta, e tinha dois chifres semelhantes aos de um cordeiro, e falava como dragão.

Apocalipse (13,11)

SUMÁRIO

11 INTRODUÇÃO

17 CAPÍTULO 1 — **O SOBREVIVENTE**

43 CAPÍTULO 2 — **A FUZILEIRA**

79 CAPÍTULO 3 — **MARCHA DA DESTRUIÇÃO**

115 CAPÍTULO 4 — **O REENCONTRO**

144 CAPÍTULO 5 — **A PROPOSTA**

151 CAPÍTULO 6 — **TERAPIA**

167 CAPÍTULO 7 — **A BATALHA DE CURITIBA**

208 CAPÍTULO 8 — **A HORA DE GISELE**

224 CAPÍTULO 9 — **REBELIÃO**

256 CAPÍTULO 10 — **DE VOLTA AO LAR**

261 CAPÍTULO 11 — **DEVASTAÇÃO**

269 CAPÍTULO 12 — **ILHABELA**

275 EPÍLOGO

277 AGRADECIMENTOS

INTRODUÇÃO

JEZEBEL ESTAVA PARADA no ponto exato onde a rodovia BR-116 passa sobre a avenida Presidente Castelo Branco, na cidade de Porto Alegre, capital do Rio Grande Sul.

De lá, era possível avistar a cruz sobre a igreja Nossa Senhora dos Navegantes, local onde antes do Apocalipse Zumbi ocorriam procissões de devotos vindos de diversas cidades do sul do país.

Era uma manhã de sol bonita, quase sem nuvens no céu. Uma brisa suave fazia os seus cabelos balançarem preguiçosamente.

Estava muito frio, cerca de cinco graus, mas a sensação térmica era de dois graus, por causa do vento. Era inverno numa das capitais mais geladas do Brasil.

Jezebel caminhou tranquila entre os inúmeros carros abandonados na via. Diversos veículos abandonados ali juntando poeira e ferrugem, desintegrando-se aos poucos pela ação do tempo. Mais à frente, um ônibus intermunicipal tombado na pista. Sua carroceria enegrecida denunciava que fora incendiado ou pegara fogo depois do acidente.

Ela se aproximou da mureta de proteção da pista e ficou observando aquela parte da cidade.

De lá, avistou uma estreita coluna de fumaça que subia ao céu, partindo de algum ponto atrás da igreja.

Ficou curiosa. Nas diversas cidades pelas quais passara antes, ela notou o mesmo padrão, sinais da presença de seres humanos sobreviventes sempre ao redor de igrejas, transformadas em abrigo preferencial.

Em outra situação, esconder-se numa igreja nunca seria a escolha dela, mas agora, pouco importava. Jezebel e a raça humana estavam em lados opostos.

Havia um mês Jezebel se tornara zumbi.

Porto Alegre... Quanto tempo fazia que ela não visitava aquela cidade? Desde que ela e a irmã gêmea, Isabel, fizeram o tratamento de *neurofeedback* para enfrentar os problemas de paralisia e hiperatividade cerebral. No tempo em que ela, a irmã e o pai delas, Alex, formavam uma família.

Entretanto, aquelas lembranças agora pertenciam a outra vida. Fantasmas do passado que tentavam inutilmente assombrá-la.

Jezebel não entendia por que fora a escolhida. Enquanto todos os demais zumbis eram irracionais e desprovidos de quaisquer lembranças, ela conservara o intelecto e a memória. Sobretudo, ganhara o dom de destruir o que desejasse, sem nenhum esforço, apenas com o poder da mente.

Quando humana, Jezebel e a irmã gêmea conseguiam fazer coisas incríveis, como ler pensamentos ou até mesmo mover pequenos objetos sem tocá-los. Agora, seus dons fantásticos atingiram um patamar inimaginável.

Mas Jezebel não era mais humana, disso não havia dúvidas. O que ela e todos os zumbis tinham em comum era a fome insaciável por carne humana. Esse ímpeto era tão forte e selvagem nela como em qualquer outro morto-vivo. Diante de uma vítima, Jezebel enlouquecia, num impulso incontrolável e irracional.

Na fome constante, ela e os demais zumbis eram iguais.

E sua consciência acrescentava-lhe outro aspecto: Jezebel transpirava ódio o tempo todo. Era uma fúria sem trégua, apenas esperando o melhor momento para se tornar ainda mais cruel. Se os seus poderes permitissem, erradicaria, em segundos, a humanidade da face da Terra. Tratava-se de um sentimento explosivo, inexplicável, marcado a fogo em seu coração morto.

Tão grande quanto o ódio, era a inebriante sensação de poder ilimitado e que tornou-se, a cada dia, sua verdadeira obsessão. Sobretudo após um episódio:

Enquanto caminhava com sua horda de zumbis, ainda pequena, na direção de Porto Alegre, Jezebel se deparou com um obstáculo intransponível.

Um avião, que voava para a capital gaúcha no dia do apocalipse zumbi, caíra no meio da rodovia. Arrancara árvores, esmagara veículos e deixara um rastro de destruição por uma extensão de centenas de metros.

Jezebel não podia acreditar. Ela precisava chegar até Porto Alegre e agora se via impossibilitada de seguir em frente. Seriam necessários tratores, caminhões e umas cem pessoas para desobstruir aquela pista para que ela passasse com sua tropa. E ela só dispunha de um exército de zumbis estúpidos.

— Não, não, não... isso não é possível! — Jezebel falou para si mesma, furiosa.

Ela já havia feito coisas impressionantes com seus poderes, mas nada que se comparasse com o desafio que seria atravessar aquela confusão.

Ela parou diante daquele cenário de desolação composto por troncos de árvores, gigantescos pedaços de asfalto e centenas de toneladas de aço retorcido.

Respirou fundo, olhou fixamente para aquela montanha de escombros e fez o impossível:

— Deixe-me passar! AGORA!

Uma onda de choque digna de uma explosão nuclear partiu de onde ela estava e foi desintegrando o que encontrava pelo caminho. Parecia que um aríete gigantesco e invisível se deslocava para a frente, pulverizando ou arremessando longe tudo aquilo que antes impedia o avanço da horda.

Jezebel piscou os olhos diante da devastação que causara. Até o que sobrara do asfalto foi arrancado fora. A passagem estava livre.

Ela olhou para as próprias mãos e se deu conta do que fizera. Se até então tinha certeza de que seus poderes haviam se tornado fantásticos, agora, pensava que talvez fossem incalculáveis. Ao fazer essa constatação, Jezebel gargalhou de satisfação. Concluiu que não era realmente um simples zumbi.

Jezebel passou a se considerar DEUS!

De volta ao presente, ela olhou para a própria mão apoiada sobre a mureta e percebeu que sangrava. Cortara-se em uma farpa de aço enferrujado que saía do concreto corroído.

Era outra característica dos zumbis: a total ausência de dor ou medo. Por causa disso, aquelas criaturas andavam em estado tão deplorável, destruindo os próprios corpos sem perceberem ou sequer se importarem.

A sua mão tremia de leve e, para conseguir avaliar o ferimento, Jezebel precisou segurar o próprio pulso com firmeza.

Sentia-se como uma pessoa doente. Igual aos demais de sua espécie, ela tremia e mancava; a falta de coordenação motora era o desafio diário com o qual não se acostumara.

Tentou ignorar aquilo tudo e continuou olhando na direção da igreja Nossa Senhora dos Navegantes. Jezebel tinha certeza de que ali havia um acampamento de sobreviventes. Possivelmente, algumas dezenas de pessoas estariam escondidas, desesperadas, apelando pela proteção divina.

Diante do que acontecera, Jezebel estava certa de que Deus e seus santos não existiam, ela era o verdadeiro poder. Não havia proteção divina, redenção ou milagres. A única realidade do mundo eram os zumbis; todo o resto não passava de lixo.

— Que morram todos — Jezebel sussurrou.

No mesmo momento, o chão começou a tremer. A poeira e a ferrugem sobre os carros começaram a vibrar e a pular como se ganhassem vida.

Gritos e gemidos de zumbis se elevaram de todas as direções. Do silêncio absoluto emergiu uma sinfonia infernal de trombetas do Apocalipse.

Ao olhar para trás, ela sorriu diante da gigantesca multidão de mortos-vivos que avançava trôpega pela rodovia e ganhava a avenida. Vinham infestando tudo, como uma nuvem de gafanhotos. Como se a comporta de uma represa de morte e destruição fosse aberta.

Eles entraram na avenida, passando pelo Clube de Regatas Vasco da Gama e avançando rápido na direção da praça Navegantes.

Jezebel olhou novamente para a cruz no topo da igreja, e seu olhar ganhou uma expressão sádica, cruel.

E, de repente, a cruz rachou em sua base, despencando como uma lança sobre o teto do imenso templo. E logo após, Jezebel já podia ver o resultado de sua obra: a queda não apenas acabou com a cobertura do abrigo, mas quebrou uma de suas paredes frontais, deixando aquela humilde fortaleza sem proteção.

— Não tenho medo de você, Nazareno! Por mim, você seria pregado na cruz novamente — Jezebel sussurrou, com escárnio.

Os primeiros berros de horror dos sobreviventes diante da visão dos zumbis começaram a se elevar entre os urros ensurdecedores.

Setenta mil zumbis estavam ali, como um exército, todos obedientes à Jezebel.

— Matem todos! — Jezebel gritou. — Cada homem, mulher, velho ou criança. Não quero ninguém vivo.

Ao longe, tiros eram disparados em vão por indivíduos que desesperadamente tentavam se salvar. Mas era inútil, não havia uma forma de sobreviver àquela investida.

— Quero todos mortos — Jezebel sussurrou uma última vez, fechando os olhos em êxtase.

Quando o cheiro de sangue humano chegou até suas narinas, ela deixou todo o aparente controle de lado e começou a avançar com sua gigantesca horda de mortos-vivos.

Porto Alegre seria a primeira capital brasileira a cair. Ela apenas começava a sua vingança, a cada avanço seu exército se multiplicava numa progressão incontrolável. A desvantagem dos zumbis, sua falta de organização, fora resolvida com sua liderança. O pequeno equilíbrio, que permitiu a sobrevivência dos humanos, fora derrubado. E daqueles sobreviventes, nenhum foi poupado.

CAPÍTULO 1
O SOBREVIVENTE

IVAN ESTAVA CAMINHANDO pelas ruas do Condomínio Colinas distraído quando percebeu que estavam completamente desertas. O céu nublado e o vento frio tornavam aquele cenário ainda mais desolador.

Era estranho tamanha calmaria e silêncio. A comunidade parecia abandonada. Onde estariam todos?

Percebeu também muita sujeira nas ruas, restos de lixo carregados pelo vento e folhas ressecadas caídas das árvores. Parecia que o lugar não era limpo há muito tempo.

Andando por aquelas ruas sem nenhum sinal de vida humana, Ivan começou a sentir aflição. Aquele silêncio total, a ausência de pessoas não era normal; havia algo errado.

Instintivamente, ele levou a mão ao coldre — mas sua pistola não estava lá. Não fazia sentido, ele jamais saía desarmado.

Fez o movimento de voltar para casa quando, enfim, avistou uma mulher parada no meio da rua, de costas para ele. Seu cabelo e suas roupas balançavam ao sabor do vento.

Mesmo de costas, Ivan a reconheceu. Tratava-se da única sobrevivente da comunidade que o odiava de modo visceral pelas decisões que ele tomou e afetaram as pessoas que ela amava.

Era Isabel.

Ivan se aproximou com cautela, alerta, preparado para alguma eventualidade. Ele não sabia por quê, mas sentia o perigo.

— Isabel, onde estão todos? — Ivan perguntou, olhando mais uma vez por sobre o ombro.

Isabel, entretanto, não respondeu. Ela nem sequer se moveu.

— Isabel? Tem algo errado? — Ivan franziu a testa.

Nenhuma resposta. Ela não falava ou se virava.

— Isabel...?

Ela começou a se virar, sem a menor pressa.

Ivan arregalou os olhos e engoliu em seco ao se dar conta de que Isabel tinha os olhos mortos, a marca dos zumbis.

— Ivan, eu vou me vingar. Vou fazer você sofrer até que enlouqueça. Você irá pagar pelo que fez comigo! — a mulher vociferou, com ódio. E a voz dela soou estranha, distorcida.

— Jezebel! — Ivan ficou perplexo ao perceber que estava diante da irmã gêmea de Isabel. — Como chegou aqui?

— Não importa como eu cheguei, mas sim o que vou fazer com você! — Jezebel gritou, furiosa, caminhando devagar na direção de Ivan.

— Jezebel, se afaste, não me obrigue a machucá-la! — Ivan apontava o dedo para ela. No fundo, porém, sentia-se em desvantagem, pois estava completamente desarmado.

— E como você pretende me machucar, Ivan? Com que arma? Com quais soldados? — Jezebel esboçou um sorriso cruel. — Como pretende fazer algo, se não sobrou mais ninguém? — falou indicando uma direção qualquer.

Ivan olhou para ela bem no fundo daqueles olhos vazios, tentando entender o que Jezebel queria dizer. Foi quando seus olhos miraram algo impressionante, logo atrás de si.

Ele viu uma montanha de cadáveres às suas costas. Uma pilha enorme de seres humanos, com alguns metros de altura. Centenas de pessoas ensanguentadas, dilaceradas, mutiladas. Talvez, mais de mil mortos.

Agora, ele reparava que a cena se repetia em todas as direções. Os mortos se achavam amontoados de forma displicente, formando diversos monumentos ao sadismo e deleite dos urubus que sobrevoavam aquele lugar, enquanto algumas aves se encontravam pousadas sobre um ou outro defunto, bicando pedaços de carne.

Ele foi tomado de enorme pavor. Começava a reconhecer rostos em meio a tantas lacerações... o pesadelo se tornava pior a cada minuto.

— Meu Deus, isso não pode ser verdade... — Ivan balbuciou com os olhos arregalados. E seu desespero ia aumentando acompanhado pelos batimentos do seu coração.

Foi quando percebeu o pior. Ao olhar sobre o cume daquela pilha macabra, identificou sua esposa e filhos. Estela e as crianças jaziam jogadas sobre os demais cadáveres, no topo, em posição de destaque. Estela, os olhos abertos, arregalados, demonstrava imenso terror. A boca estava aberta, como se o seu grito tivesse sido eternizado. Seu rosto e seu corpo, lavados em sangue. E a cena se repetia com as crianças.

— NÃÃÃÃOOO!!! — Ivan gritou, levando as mãos à cabeça em desespero.

Naquele instante, Jezebel puxou-o pelo braço, obrigando-o a encará-la.

— Você pode tentar fugir, Ivan, mas nunca vai conseguir se esconder de mim! — Jezebel falou a um palmo de distância dele, com um hálito quente, podre, oriundo de coisa morta.

O cheiro, o pavor, a tensão daquele encontro foram tão fortes que Ivan fez um movimento brusco, como num salto para trás.

E despertou.

Ele pulou na cama ao acordar do pesadelo.

* * *

Ivan sentiu um profundo alívio; tudo não passara de um sonho. Respirou fundo. Estava tudo bem, havia sido apenas um pesadelo muito realista.

Espreguiçou-se na cama, sentindo os ossos estalarem. Depois de aproveitar mais alguns minutos sob as cobertas, levantou e se dirigiu ao banheiro.

Quando voltou, permaneceu alguns instantes observando sua esposa, Estela, dormindo. Ambos eram os líderes da comunidade de sobreviventes do Condomínio Colinas, em São José dos Campos.

Eles criaram um grupo fortemente armado e muito bem organizado que já contava com quase três mil sobreviventes. Um batalhão de pessoas que se uniram para sobreviver ao horror que se apossara da Terra: a praga dos zumbis.

No ano anterior, o misterioso planeta Absinto se aproximara da Terra, arrastando consigo as almas de boa parte da humanidade. As pessoas atingidas por aquele estranho fenômeno se transformaram em seres sem consciência ou piedade, verdadeiros assassinos canibais.

Os poucos que sobraram viraram presas fáceis nas mãos daquelas criaturas, e a raça humana caminhava para a extinção. Nesse cenário, Ivan e Estela, de início tentando salvar sua própria família, acabaram por se transformar em líderes do mundo pós-apocalíptico na região Sudeste do Brasil e foram capazes de construir, mesmo sem planejar, uma frente de resistência para os sobreviventes.

Eles reuniram as pessoas que cruzaram o seu caminho, organizaram uma operação suicida para obtenção de armas e traçaram um ousado plano para que o grupo invadisse um condomínio fechado que pudesse resistir às investidas dos mortos. E assim criaram um lugar para morar, com boas condições de segurança, possibilidades de cultivo e criação de pequenos animais.

Desde então, lá viviam, cercados de zumbis por todos os lados, mas com certa segurança e de posse de armas pesadas para combater os inimigos.

E o grupo só crescia. Enfrentaram diversos desafios naquele período, desde um psicopata oculto dentro da comunidade, que causou enormes estragos, até um bando de ex-presidiários de alta periculosidade que oprimiam alguns dos sobreviventes de Taubaté — e que precisaram ser enfrentados ao longo de mais de dois meses e ao custo de dezenas de vidas de ambos os lados.

Agora, enfim, atravessavam uma fase mais tranquila. Sim, encontravam-se cercados por zumbis e num constante estado de alerta, mas ao menos ninguém morrera no último mês, tampouco ocorrera algum tipo de emergência.

Ivan observava Estela com zelo. Sua esposa era a criatura que ele mais amava no mundo, talvez, até mais que seus dois filhos biológicos, além de seus oito filhos adotivos.

E agora ela estava grávida de seis meses. Uma gestação problemática, sobretudo em função dos desafios enfrentados nos meses anteriores, em Taubaté. Estela quase morrera e agora vivia numa rotina de descanso forçado, sob a supervisão constante de Ivan e dos amigos.

— Você me assusta quando fica me olhando desse jeito... — Estela falou baixinho, esboçando um sorriso suave.

— Bom dia, meu amor. Faz tempo que está acordada? — Ivan sorriu ao se aproximar da cama.

— Só alguns instantes. Eu estava me perguntando o que se passa na sua cabeça quando fica aí parado me vendo dormir. — Estela se espreguiçou.

— Eu estava pensando em como será a nossa filhinha. — Ivan se sentou na beira da cama.

Conversando com Estela, ele praticamente esquecera o pesadelo.

— Se for parecida comigo: ela será linda, inteligente, irresistível e destruirá corações — Estela brincou.

— Tinha esquecido o quanto você é modesta! — Ivan deu risada. — E se ela for parecida comigo, como será?

— Teimosa como uma mula, irritante, e precisará lutar todos os dias para não engordar — respondeu, maldosa.

Ivan protestou:

— Ei, calma aí! Isto aqui não é gordura, é cerveja! Eu merecia um pouco de descanso depois do que aconteceu em Taubaté! Mas nem se eu beber uma caixa inteira de cerveja por dia ficarei do seu tamanho. — Abrindo a risada, Ivan apontou para sua barriga pouco proeminente.

— Viu como tenho razão? Você é irritante! — E Estela deu um tapa no braço do marido, que se desviou, sem parar de rir.

Conversaram mais um pouco e Ivan acabou deitando de lado na cama, voltando a olhar para Estela com carinho.

— Pronto, lá vem o olhar de novo... — ela comentou sorrindo, enquanto deitava de lado também, de frente para o marido, sempre tomando cuidado com a barriga imensa.

— Eu só estava pensando em você, Estela.

— E em quê, exatamente? — Ela exibiu o sorriso perfeito. Seus olhos castanhos pareciam brilhar na penumbra, e os cabelos negros longuíssimos se espalhavam sobre o ombro e o tronco.

— No quanto eu amo você e no medo que senti quando achei que morreria —respondeu com sinceridade.

— Isso são águas passadas, meu amor, não pense mais nisso, não — Estela respondeu, serena. — O pior já passou, está tudo tranquilo agora.

— Eu sei disso, você tem razão. Apesar do inferno que enfrentamos, agora está tudo muito calmo — Ivan respondeu. — Só tem uma coisa que continua me incomodando.

— Jezebel.

— Exatamente. Será que eu fiz a coisa certa? — Ivan apoiou o cotovelo na cama e deitou o rosto sobre a mão esquerda.

— Meu amor, você já sabe a minha opinião. Por que insiste em fazer as mesmas perguntas? — Estela franziu a testa.

— Talvez eu precise ouvir as mesmas respostas para conseguir me livrar deste peso. — Ivan forçou um sorriso.

— Você tomou uma decisão e, como tal, precisou abrir mão de algo. Toda escolha é, no fundo, uma renúncia. — Ela balançou a cabeça.

— Eu abandonei Jezebel para morrer em Canela. Isso não foi uma mera escolha, mas um tipo de assassinato — Ivan ponderou.

— Eu sei, mas você fez o que achava certo; não se culpe tanto. — A esposa pôs a mão no ombro dele.

— Você quer fazer com que eu me sinta melhor, mas eu sei que você teria feito diferente se pudesse — Ivan argumentou.

— Eu realmente não sei mais. Provavelmente, teria tentado salvá-la, mas nunca saberemos se essa teria sido a melhor solução.

— Naqueles dias, nós sofremos várias derrotas; tentando salvar dezenas de pessoas perdemos outras tantas. Visto por esse prisma, seria injusto colocar uma dezena de vidas numa operação dessas com grandes chances de dar errado e uma perda incrível de recursos limitados. Porém, eu ainda lembro das palavras dela quando conversamos pela última vez; elas ecoam na minha mente todos os dias. — Ivan soltou um suspiro. — E venho tendo pesadelos quase todas as noites.

— Meu amor, esqueça isso. Ela estava ferida e, provavelmente, delirando.

— Ela disse que havia se transformado em um zumbi e que a culpa era minha. Como vou esquecer disso? — Ivan perguntou.

— Eu já perguntei isso antes, mas vou repetir: tem certeza de que ela não falou que estava infectada e estava se transformando em um zumbi? — Estela encarou Ivan.

— Não, eu tenho certeza: ela afirmou que já havia se transformado em um zumbi. Disse que a culpa era minha e que agora sua meta era a vingança. — Ivan esfregou os olhos com a mão. — E duas coisas me pareceram perturbadoras: a voz dela metálica, distorcida. Parecia algo gerado num computador.

— Talvez fosse algum tipo de interferência no rádio — Estela ponderou. — E qual a segunda coisa? — indagou, curiosa, mas acreditando que se arrependeria.

— Jezebel jurou que mataria você e nossos filhos. E eu assistiria a tudo. — Ivan olhou muito sério para Estela.

Estela engoliu em seco quando ouviu aquilo, até então Ivan havia omitido aquela parte da conversa. Era algo que ele ouviu e nunca revelou a ninguém.

— Bem, acho que temos que refletir quanto a isso. Jezebel estava desesperada e morrendo, não era uma situação racional. Deve ter falado o que pôde para tentar convencer você a buscá-la. — Estela se sentia incomodada com aquela conversa.

— Ela disse que arrancaria seu coração e o devoraria diante dos meus olhos. E não parecia que estava morrendo — Ivan afirmou, sombrio. Imediatamente, lembrou-se do sonho que tivera poucos momentos antes.

— Meu amor, sejamos racionais. Das duas, uma: ou Jezebel estava mesmo infectada e com certeza se transformou num zumbi; ou ela mentiu e quis perturbar você por tê-la abandonado à própria sorte. De todo modo, não existem zumbis falantes que juram vingança. Não vê que parece uma conversa tão irreal? — Estela tentava convencer Ivan.

— Eu sei disso, mas ouvir aquilo mexeu muito comigo. De qualquer forma, ela nunca mais entrou em contato e estava a mais de mil quilômetros de distância. Se Jezebel não morreu, simplesmente, desistiu de nos procurar. — Ivan se esforçava para se conformar.

Estela se aproximou do marido e se aconchegou a ele, apoiando a cabeça em seu peito largo. Ivan beijou-lhe a cabeça com ternura, fechando os olhos enquanto sentia o cheiro dos cabelos dela.

— Sinto muito, querido, mas você precisa tentar esquecer o que houve. Precisamos seguir em frente; milhares de pessoas dependem de nós, agora — Estela sussurrou.

— Você tem razão. Vou colocar uma pedra sobre esse assunto. — E Ivan decidiu não pensar mais naquilo.

* * *

O casal tomava o café da manhã com parte do seu pelotão de filhos. Eram dez crianças ao todo, um imenso desafio para qualquer casal, agora acentuado com a gravidez de risco de Estela.

Como fazia todos os dias, Ivan administrou as medicações de Estela e mediu sua pressão arterial.

— Dezoito por doze. Pressão alta como sempre, meu amor — Ivan comentou soltando um suspiro, a saúde da esposa era motivo de constante preocupação. — O que a sua médica falou na última consulta?

— Ela disse para continuar mantendo repouso absoluto — Estela respondeu, olhando preocupada para o aparelho de pressão.

— Então, trate de ficar quieta e não se envolver nos problemas do condomínio, está bem? Só mais alguns meses e as coisas se normalizam.

Estela assentiu, conformada. Naquele momento, precisava ter paciência.

E Ivan tentava manter o equilíbrio, mas estava ficando louco com tantas coisas para resolver em tão pouco tempo.

Quando conseguiu se sentar para comer, ambos ouviram disparos distantes. Três tiros bastante distintos de uma arma de grosso calibre.

Os dois se entreolharam. Depois de tanto tempo manuseando armas, sabiam distinguir os sons dos diferentes modelos. E aquele era bastante específico.

Ivan suspirou e foi até o quarto, deixando Estela a sós por um instante. Quando voltou, segurava um rádio.

— Aposto que sei quem disparou... — Estela comentou, sorvendo uma xícara de café.

— Eu também, só preciso confirmar — Ivan falou, sério. Logo em seguida, ligou o rádio. — Soldado Silva?

— Eu estava aguardando a sua ligação — o soldado respondeu, sem perder tempo.

— Não me diga que o nosso amigo estava praticando tiro ao alvo com os zumbis novamente — Ivan tinha certeza da resposta.

— Isso mesmo. Ele estava brincando de explodir cabeças de novo — a entonação do soldado demonstrava sua impaciência.

— Mande-o se apresentar imediatamente na minha sala no prédio da administração, estou indo para lá. E tome o rifle dele; se ele protestar, diga que foi ordem minha. — Ivan franziu a testa, irritado.

— E se ele se recusar? — Silva quis saber, cismado.

— Prenda-o — Respondeu, seco.

Ivan desligou o rádio e foi para o quarto acabar de se arrumar. Estela continuou tomando café, em silêncio. Infelizmente, ela não podia nem pensar na possibilidade de acompanhar o marido; apesar do tédio, vivia constantemente cansada, dolorida. Tinha de repousar.

Quando Ivan estava pronto para sair, ela o interpelou:

— Fábio Zonatto está causando problemas de novo?

— Sim, ele desobedeceu de novo minhas ordens e estava abatendo zumbis com o rifle por pura diversão. — Ivan fechou ainda mais o semblante.

— O que você pretende fazer? — Estela ficou preocupada, pois, conhecendo o temperamento de Zonatto, tinha medo de que ele criasse novos problemas.

E se isso acontecesse, Ivan partiria para a ignorância. O marido estava tenso e seu pavio ficava ainda mais curto: nesses momentos, Estela sabia que ele se transformava no homem mais casca-grossa que já conhecera na vida.

— Eu vou ter uma conversa definitiva com Zonatto. Estou me lixando para a pontaria prodigiosa dele, não vou mais admitir essa indisciplina — Ivan afirmou, irritado.

— Pega leve, lembre-se do que aconteceu com ele. Além disso, Zonatto é um excelente franco-atirador, nós precisamos do cara. — Estela tentava acalmar o marido.

— Todos aqui passaram por dificuldades, isso não é justificativa. E ele não é melhor que você. — Ivan se curvou e deu um beijo suave nos lábios dela.

— Pode ser, mas fique calmo. — Estela afagou o rosto do marido.

— Deixa comigo, eu serei gentil e paciente com ele.

— Sim, eu sei disso, a paciência é a sua maior virtude — Estela respondeu, sorrindo.

Ivan deu um passo para trás e dirigiu uma piscadinha irônica para Estela, saindo logo em seguida.

— Vou acabar com a raça desse filho da puta! — Ivan disse para si mesmo, furioso, logo depois de sair.

— Eu acho que Zonatto está fodido... — Estela murmurou, tomando mais um gole de café.

A HISTÓRIA DO FRANCO ATIRADOR

NO DIA 14 DE JULHO DE 2018, pouco mais de um ano atrás, Fábio Zonatto voltava para casa com a filha, Joana, em um ônibus da rede de transporte público de Guarulhos, na região metropolitana de São Paulo.

Ele era um homem de poucas palavras, concentrado, metódico. Uma das coisas que mais o incomodava era quando um acordo entre duas pessoas acabava desfeito por um dos lados sem conversa prévia.

Fábio seguia no transporte público de cara fechada, queria chegar logo em casa. Naquele dia, mais do que nunca, ele não pretendia estar na rua; seu plano era ficar trancado em casa, mas fora forçado devido a um erro da esposa.

— Papai, por que você está zangado? — Joana, sua filha de apenas cinco anos, perguntou. Ela era uma criança magérrima, muito branca, de cabelos loiros e olhos castanhos.

— Por nada, minha filha, está tudo bem — Fábio mentiu, olhando pela centésima vez pela janela do ônibus, conferindo o lugar por onde passavam e o trânsito à sua frente, como se isso pudesse apressar a chegada ao lar.

— Por que foi me buscar na casa da vovó? Eu gosto tanto de dormir lá! — A filha indagou, inocente.

— Porque este é o dia em que o planeta vermelho está mais próximo da Terra. A gente não sabe o que pode acontecer, por isso, quero você segura em casa, ao meu lado. — Fábio aliviou um pouco o semblante.

Joana era a única pessoa do mundo capaz de diminuir a constante irritação dele.

— E você brigou com a mamãe por minha causa? — A menina expressou sua preocupação.

— Não brigamos, não, filha, apenas conversamos. É que eu não queria que ela tivesse deixado a vovó levar você para a casa dela. Quero a nossa família reunida sob o mesmo teto, está bem? — Fábio sorriu.

— Promete que não vai brigar com a mamãe? — Joana pediu.

— Eu prometo! — Fábio ergueu a mão direita, solene. Mesmo sabendo que aquilo era mentira.

Na prática, ele e a esposa, Laura, já haviam brigado muito. Fábio a considerava relapsa como mãe. Para ele, ela era muito irresponsável. Era sábado, Fábio estava dormindo quando sua sogra levou Joana para passar o fim de semana com ela, contra o acordo de que naquele dia ninguém sairia.

Fábio tentava disfarçar, mas continuava apreensivo. Tinha uma espécie de fobia que o fazia se sentir seguro apenas dentro de casa, e naquele dia, seu nível de estresse estava altíssimo.

— Papai, por que você fica tão aflito quando saímos de casa? — Joana reparara na tensão dele.

— Não é verdade, amor. Isso só acontece às vezes. — Fábio sorriu da carinha de desaprovação da filha.

— É feio contar mentiras! Foi você quem me ensinou isso.

— O papai só não gosta muito de se arriscar, Joana, é só isso. — Fábio sentia o suor brotar da sua testa. De repente, deu-se conta de que estava muito quente.

— Aqui no ônibus não tem perigo, papai, fica tranquilo. Eu e a mamãe vamos de ônibus para a escola todos os dias e nunca aconteceu nada. — Joana acariciou o braço de Fábio com delicadeza, sorrindo para o pai.

Fábio tornou a sorrir. Como sua filha era especial... Fábio se sentia o homem mais sortudo do mundo. Joana era generosa, comunicativa e muito inteligente, um verdadeiro tesouro.

Apesar de se sentir melhor com as palavras da filha, Fábio instintivamente levou a mão à cintura, sentindo o aço da arma que carregava sob o casaco. Era uma pistola calibre .380 PT938 da Taurus. Tratava-se de uma de suas armas favoritas, tinha capacidade para quinze balas no pente e mais uma na agulha.

Joana começou a se remexer desconfortavelmente no banco do ônibus por causa do calor e decidiu tirar a jaqueta vermelha que vestia. Aquele início de tarde de inverno estava quentíssimo, nem parecia o mês de julho.

— Papai, por que você não tira o casaco? Está muito quente! — Joana sugeriu ao observar o pai transpirando tanto.

— Não precisa não, filha, o papai está bem, fica tranquila. — Fábio fechou o casaco ainda mais.

Passaram-se mais alguns instantes enquanto avançavam pela avenida Sete de Setembro, indo na direção do bairro em que moravam. Fábio não aguentava mais, estava muito quente e ele não podia nem sonhar em tirar o casaco. Corria o risco de causar um tumulto ou ser preso.

O calor aumentava cada vez mais e ele começava a passar mal. Sua pressão caía a ponto de ele começar a desfalecer... e só conseguia pensar em chegar em casa e tomar um banho gelado.

De repente, o ônibus oscilou bruscamente para a direita, como se o motorista desviasse de algo, o que fez com que várias pessoas se desequilibrassem dentro do veículo.

Diversos passageiros reclamaram e um deles chegou a gritar para o motorista tomar mais cuidado. Mas uma senhora idosa que estava em um dos primeiros assentos do ônibus começou a gritar algo que só podia ser uma piada ou um pesadelo, não havia outra explicação.

— Socorro, ele desmaiou! — a mulher gritava apavorada, no mesmo instante em que o ônibus começava a virar para a direita outra vez, invadindo a última faixa antes de chegar à calçada.

— Quem desmaiou? — o cobrador perguntou em voz alta, estranhando as bruscas mudanças de direção do veículo.

— O motorista! O ônibus está desgovernado! — A senhora se agarrou firme numa das barras de apoio, preparando-se para o inevitável acidente.

Na hora, várias pessoas começaram a gritar dentro do veículo.

— Alguém faça alguma coisa! — um homem exigiu.

— Nós vamos morrer! — uma adolescente berrou, agarrando-se numa das barras de apoio verticais.

Fábio se arrepiou inteiro quando ouviu aquilo tudo e, instintivamente, enlaçou a filha com um dos braços, enquanto com a outra mão segurava o apoio do banco da frente.

— Papai... — Joana murmurou em meio aos desesperados gritos de pânico dentro do ônibus que seguia virando à direita, chegando finalmente à calçada.

O imenso veículo chacoalhou com violência quando subiu no meio-fio a quase cinquenta quilômetros por hora, derrubando passageiros que estavam sentados e em pé.

Um rapaz que aguardava tranquilamente numa parada de ônibus sua condução deixou escapar um grito ao ver o veículo subindo na calçada, mas não teve tempo para nada. O imenso aparelho o atingiu em cheio, deixando uma grande mancha de sangue no para-brisa trincado. Fábio ouviu os ossos do moribundo sendo esmagados pelas rodas do ônibus.

O veículo seguiu sua rota de destruição, derrubando placas de trânsito, uma lixeira e finalmente atingindo um poste.

Joana berrou de desespero, em uníssono com quase todos os demais passageiros desafortunados que dividiam com ela e o pai aquela viagem infernal.

Como resultado da fortíssima pancada, passageiros foram arremessados sobre a catraca do cobrador, sobre bancos e até mesmo para fora do veículo, atravessando as grossas janelas de vidro.

Assim que atingiu o poste com a lateral direita, o ônibus prosseguiu seu curso, inclinando para o outro lado, projetando toda lataria para cima, rangendo como se fosse se partir ao meio e, por fim, tombando, esmagando todo o lado esquerdo.

Os passageiros do lado direito foram arremessados sobre os do lado esquerdo, que se amontoavam uns sobre os outros, e sobre os vidros estilhaçados. Entre eles estavam Fábio e Joana.

Formou-se uma cena de pavor dentro do ônibus destruído. Homens, mulheres e crianças — algumas mortas, outras gravemente feridas —, sangue e ossos quebrados, misturados com assentos soltos e pedaços de metal retorcido.

Podiam-se ouvir alguns poucos gritos, gemidos e choro oriundo daquele grupo de desafortunados. O ônibus assumira o status de um grande matadouro.

Fábio tentou se levantar, mas não conseguiu de imediato. Sentiu o corpo inteiro machucado, não tinha onde se apoiar. Estava estirado sobre um tapete de pessoas feridas e bancos destruídos. Alguns gemiam, pediam ajuda, mas quase todos estavam completamente imóveis, desacordados ou mortos.

Ao tentar se virar, percebeu que estava lavado de sangue, mas não tinha a menor ideia de quanto daquilo era dele ou das outras pessoas.

— Joana! — Fábio, gritou, ainda deitado. Ele se esforçava para tentar recolocar os pensamentos em perspectiva.

— Papai, socorro! — a menina chamou, com a voz entrecortada pelas lágrimas.

Ao ouvir o chamado da filha, Fábio se encheu de energia. Ela fora arremessada alguns metros à frente. Fábio precisava se levantar e buscar Joana, e se deu conta de que teria de sair pisando em cada um daqueles infelizes que jaziam dentro do ônibus.

— Estou indo, filhinha! Papai está chegando! — Enfim, num esforço brutal, Fábio seguiu em frente, apoiando os joelhos nas outras vítimas.

Ele vasculhou o ônibus com o olhar, naquele amontoado de carcaças, e então avistou a pequena Joana caída, prensada entre diversos desconhecidos, a maioria inerte.

— Papai, estou aqui! — Joana choramingou, com os cabelos e o rosto sujos de sangue.

— Estou indo, filhinha! — Fábio se espantou com o fato de Joana ter ido parar quase na dianteira do ônibus.

Com o máximo de cuidado, começou a se esgueirar entre os feridos. Depois ele pensaria se ajudaria os demais; naquele momento, tudo que importava era Joana.

— Estou chegando, filha, estou chegando! — Fábio repetia, ofegante, para tentar acalmar a menina apavorada.

Foi quando Fábio ouviu um estrondo, o som inconfundível de um carro chocando-se violentamente com outro. Em seguida, veio o som de uma freada brusca e mais um barulho de colisão.

Ele olhava em volta, tentando enxergar a rua, mas era impossível. Com o ônibus tombado de lado, metade das janelas ficaram coladas no asfalto, e a outra metade apontava para o céu.

Aos poucos, mais e mais sons de colisões surgiam, misturados a gritos vindos de todos os lados. Fábio estava perplexo com aquilo. Parecia que toda a cidade de Guarulhos estava se acidentando ao mesmo tempo.

Zonatto prosseguiu seu avanço com cuidado. Tentava não machucar ainda mais os feridos, mas tinha de ignorar os pedidos de socorro que ouvia.

Ele sentiu um embrulho no estômago quando se aproximou da catraca e viu o cobrador. Era um rapaz de pouco mais de vinte anos que fora arremessado fora de seu assento e empalado por uma barra de metal quebrada. A ponta de aço, fincada em seu peito, varava suas costas, e era possível ver em sua expressão congelada e o pavor que sentira ao morrer imediatamente. Um grosso filete de sangue escorria de sua boca e formava uma poça no chão.

Para chegar à parte da frente do ônibus ele teria que passar pelo cobrador morto. Uma tarefa ingrata e nauseante, mas não tinha escolha.

Fábio começou a passar pela catraca tentando não tocar no infeliz, nem se machucar mais, pois ele também estava muito ferido. Mais à frente viu a senhora idosa que alertara sobre o motorista desmaiado; ela conseguira se sentar, mas com um semblante de dor.

— A senhora está bem? — Fábio perguntou por mera formalidade.

— Não sei, meu ombro dói muito... me ajude, por favor — a senhora suplicou.

— Eu já volto. Preciso chegar até a minha filha, está bem? — Fábio limpou a testa com as costas da mão; estava encharcado de suor e sangue.

Quando ele conseguiu ultrapassar aquele obstáculo, um barulho mais adiante chamou sua atenção. Alguém se movia ali, fora do seu raio de visão.

Lentamente, um homem corpulento de meia-idade se ergueu, saindo detrás da proteção que separava o condutor do veículo dos passageiros. Pelo uniforme, via-se que era o motorista do ônibus, que havia desmaiado.

Fábio se animou; talvez pudesse contar com a ajuda daquele homem. Ele também estava com as roupas e o rosto ensanguentados, mas conseguia ficar de pé, e isso já era mais do que todos os demais ali dentro tinham a oferecer.

— Você está bem? Pode ajudar minha filha? Ela... — Mas Fábio parou no meio da sentença.

O motorista o olhava de forma muito estranha. Não demonstrava sentir dor, medo ou sofrimento. Aparentava estar furioso, como um cão selvagem pronto para o ataque.

— Cara, você está bem? — Fábio repetiu, desconfiadíssimo. Instintivamente, tateou o casaco tentando sentir o cabo da arma, e seus pelos do braço se eriçaram quando constatou que a pistola não estava ali.

O motorista olhou para Fábio de um modo feroz, com o lábio inferior tremendo de leve, enquanto um fio de saliva misturado com sangue escorria da boca. Havia um pedaço de dente colado no rosto do ser encharcado de sangue.

O homem de aparência transtornada olhou primeiro para Fábio, depois para Joana, a cerca de dois metros de distância, e por fim para a idosa ferida, caída bem à sua frente. Ela tentava falar com ele, pedindo ajuda.

O ser encarou aquela mulher ferida e assustada de uma forma estranha, uma mistura de apatia e ferocidade, de vazio e ódio. Fábio não

31

queria acreditar, mas pressentiu o que estava para acontecer. Ao longo de toda a sua vida acreditara que aquele dia chegaria. O dia em que ele seria finalmente testado.

— Senhora, cuidado! — Fábio deu um passo à frente.

O motorista se abaixou sobre aquela mulher, agarrou seu cabelo com violência e puxou-lhe a cabeça para trás, deixando o pescoço desprotegido. Em seguida, mordeu a garganta da idosa, destruindo suas cordas vocais.

A mulher tentou gritar, mas o que saiu foi um som esganiçado e gargarejante, como se ela tentasse berrar dentro da água.

— Solte essa mulher! Você enlouqueceu, seu desgraçado?! — Fábio gritou diante da cena macabra.

Joana soltou um estridente berro de terror.

O homem ignorou tudo aquilo. Ele não se importou com as ameaças de Fábio, os gritos de Joana ou o olhar de súplica da mulher, que o encarava com lágrimas nos olhos e sangue jorrando pela boca. Ela tentava inutilmente empurrá-lo para longe com o que restava de suas forças.

A criatura engoliu o pedaço de carne quase sem mastigar, tornou a abaixar-se com naturalidade e mordeu de novo a infeliz, dessa vez na lateral do pescoço, lacerando a artéria, fazendo com que o sangue espirrasse no seu rosto ferido.

Fábio avançou decidido na direção do homem, com o coração disparado, mas seu senso lógico falou mais alto. Aquela pobre mulher estava condenada, e Joana, a apenas dois passos de distância daquele monstro homicida. A menina era sua prioridade; naquele momento nada mais importava.

Fábio chegou até Joana pisando sobre inúmeras pessoas desacordadas e ergueu a filha no colo sem perder tempo. A menina soltou um grito com aquele movimento brusco, porque estava cheia de escoriações.

Fábio começou a caminhar com cuidado com a filha no colo no meio daquela multidão de gente ensanguentada. Carregando Joana ele podia se desequilibrar, e aquela poderia ser a oportunidade para o maníaco canibal atacar.

O motorista, entretanto, não parecia se importar mais com ele ou com a menina. Ele largou a senhora inerte diante de si e começou a morder a carne dela indistintamente, como se estivesse diante de um mero prato de comida.

Fábio retornou até a catraca do ônibus, tentando não fazer barulhos ou movimentos bruscos que pudessem chamar a atenção do motorista. Colocou Joana no chão cuidadosamente.

— Eu não quero, estou com medo! — Joana choramingou diante da situação de ter que passar pelo cobrador empalado.

— Fique calma, filha, fique quieta. Vamos sair daqui, está bem? — Fábio garantiu, tenso.

Seu coração estava prestes a saltar pela boca. Ele olhava de Joana para o louco devorador cercado de cadáveres.

Fábio ergueu Joana, passando-a para o outro lado da catraca. Ele mandou que a filha não olhasse para o cobrador morto. O simples fato de poder levar a menina para a metade do ônibus oposta à do motorista já o deixava menos assustado.

Agora era a sua vez de passar. Assim que chegasse do outro lado, Fábio quebraria o vidro traseiro e sairia daquele mausoléu com rodas; queria ficar bem longe daquele inferno.

Fábio gritou de susto quando uma mão quente e gosmenta agarrou seu antebraço no momento exato em que ele se apoiou sobre uma das barras de metal.

Como em câmera lenta, Fábio olhou devagar, primeiro para o próprio braço, para a mão ensanguentada que o detinha, para o braço do agressor e enfim para o rosto dele. Um rosto que apenas um instante antes estava inerte e aparentemente morto, e agora encarava Fábio de uma maneira doentia.

O cobrador do ônibus segurava Fábio, mesmo estando trespassado por uma barra de metal retorcido. Aquele homem devia estar morto. De fato, ele parecia morto alguns minutos antes, mas agora assumia a face de uma fera assassina tomada pela fúria.

O cobrador puxou com força o pulso de Fábio, tentando levá-lo à boca. Fábio, tentando se desvencilhar, deixou escapar mais um grito com o susto.

— Que porra é essa?! — ele berrou, se soltando. E quando fitou o ser dentro dos olhos, viu um vazio profundo: eram olhos brancos sem vida, salpicados de sangue.

Quando Fábio deu um passo para trás, o cobrador se enfureceu e começou a grunhir como um animal, debatendo-se, como se quisesse se soltar da peça que atravessava seu corpo de um lado ao outro. O esforço fazia o ferimento no seu peito abrir ainda mais, e sangue, fragmentos de tecido e carne escorriam pela barra de metal.

Joana gritou diante daquela cena nauseante, e também retrocedeu um passo, ficando num dos poucos cantos onde não havia ninguém desacordado.

Num uníssono aterrorizante, diversas pessoas do ônibus que antes pareciam mortas começaram a grunhir e resmungar. Algumas passaram a se mexer, tentando se levantar.

Fábio arregalou os olhos. O som de urros se elevava. Não era de dor; parecia um tipo de despertar. Simultaneamente, dezenas de indivíduos recobravam a consciência, mas seus movimentos revelavam um tipo de indiferença ao acidente.

Um homem de pele clara e cabelos escuros, ao se erguer, esticou tanto o corpo que parte do braço caiu no chão; a outra parte estava presa do lado de fora na lataria do ônibus. Ao puxar, um som grotesco de carne se rasgando invadiu o veículo, sem que ele se importasse ou apresentasse o menor sinal de dor.

Algumas daquelas pessoas mal se ergueram e imediatamente começaram a atacar as vítimas feridas que esboçavam algum movimento. Aqui e acolá, os primeiros gemidos e gritos dos moribundos surgiam enquanto carne, pele e gordura eram arrancados de seus ossos.

Fábio tentava se concentrar na cena. Passou rapidamente pela sua cabeça que aquilo poderia ser um pesadelo, mas entendeu que era real e não poderia vacilar. Ele e sua filha estavam cercados por dezenas de zumbis dentro de um ônibus capotado e destruído. Sentiu uma pequena quantidade de urina quente se espalhar pela sua virilha ao mesmo tempo em que o terror tomava conta de sua alma.

Joana começou a gritar mais alto ao perceber aquelas pessoas que agora despertavam e passavam a devorar as demais, e aquilo foi o estalo que tirou Fábio de seu torpor. Mas, com os berros da menina, as criaturas voltaram a atenção para sua direção.

Diversos seres que ainda despertavam ou atacavam os outros passageiros se voltaram para a menininha acuada, que tornou a gritar ao ver tantos olhos voltados para si.

Fábio falou para Joana ficar quieta, mas ele mesmo usou um tom alto demais. E acabou por despertar a atenção de vários seres que até então não haviam notado a sua presença.

Tinha de chegar até a filha, com ou sem cobrador atravessando seu caminho. Por isso, num movimento rápido impulsionado pela adrenalina que invadia seu corpo, Fábio se agarrou num dos bancos acima da sua cabeça, deu um impulso e enfiou o pé nas costas do cobrador, empurrando para baixo com violência.

A espinha do homem empalado se partiu de vez com a pressão, mas a criatura pareceu não ter sentido nada, e continuou a grunhir e a se debater, mesmo agora, tendo perdido os movimentos das pernas.

Fábio pulou para o outro lado do ônibus, chegando até a filha e apertando-a junto ao peito. Espremiam-se naquele canto do veículo destruído desejando poder se tornar invisíveis por uns instantes.

Para onde quer que eles olhassem, só viam carnificina. Homens, mulheres e crianças destroçavam outros a dentadas, lavando de sangue as janelas do ônibus tombado, que agora serviam de piso.

Um dos zumbis, que já observava Joana antes de Fábio pular a catraca, levantou-se devagar, pisando numa das muitas poças de sangue. Seu maxilar estava quebrado, e parte da arcada dentária estava pendurada. Aquele ser nunca conseguiria morder ninguém, mas ele parecia ignorar isso e começou a avançar cambaleante na direção dos dois.

Quando a criatura esticou a mão na direção dele e de sua filha, Fábio se transformou. Ex-militar e treinado em diversos tipos de luta, ele desferiu um murro que explodiu no rosto do ser, fazendo-o girar nos calcanhares e desabar no chão. Mas a criatura mal recebeu o golpe e já começava a se erguer novamente, como se nada houvesse acontecido.

Antes que o zumbi se recuperasse, Fábio aplicou um chute no meio de suas costas, fazendo-o desabar para a frente no meio de outros seres que se ocupavam de devorar ruidosamente suas vítimas.

Fábio voltou a abraçar Joana, torcendo para que aquelas pessoas os deixassem em paz, mas logo outro zumbi começou a se erguer, dessa vez um homem alto de calça social preta, camisa branca ensanguentada e gravata preta.

Ele também tinha o rosto desfigurado e ferido, mas parecia bem mais apto a atacar do que o zumbi que Fábio derrubara.

Entretanto, quando este ficou de pé, Fábio sentiu como se presenciasse um milagre. Sua PT938 caiu no chão. Ela estivera presa entre as vestes daquele desgraçado que fazia menção de se aproximar.

Conferiu bem o local, o timing da ação, e sem que explicasse o que ia fazer, largou Joana, jogando-se no chão, agarrando a pistola bem diante do zumbi.

O ser grunhiu ao ver Fábio praticamente aos seus pés e se curvou para agarrá-lo. Então, Fábio virou o cano da arma para cima, ainda de joelhos, praticamente encostando-o no queixo do zumbi, e apertou o gatilho.

Um estrondo ensurdecedor fez o ônibus inteiro tremer. Joana soltou um grito e levou as mãos aos ouvidos. Até mesmo Fábio, que era acostumado com o som estridente daquela arma, se assustou com o barulho. A cabeça do zumbi explodiu, deixando um jorro de sangue e massa encefálica espalhado pelas janelas e pelos bancos da parte de cima.

Todas as demais criaturas, atraídas pelo tiro, se voltaram para Fábio e Joana. Algumas abandonaram suas vítimas inertes para tentar conseguir aquela refeição viva, muito mais atraente.

Com ânimo e coragem redobrados, Fábio agarrou Joana pelo braço e puxou a filha para o fundo do ônibus.

Entre o ponto em que estavam e o vidro traseiro havia ainda um espaço de cerca de cinco metros a ser percorrido, cercado de zumbis por ambos os lados, mas ele não hesitou. Passou entre eles arrastando Joana, de arma em punho, explodindo cada um que se aproximava.

Uma mulher de aspecto repugnante tentou barrar seu caminho e foi fulminada com um tiro no olho direito. A bala causou um ferimento mínimo na parte da frente, mas abriu um rombo do tamanho de uma maçã por trás do crânio.

Foram sete criaturas mortas num intervalo de dez segundos. A pontaria de Fábio era perfeita. Por último, ele deu dois tiros no vidro do ônibus e o chutou com violência, estilhaçando-o na rua e liberando a passagem.

Fábio chegou à calçada com Joana, ansioso por se afastar logo do ônibus e daquelas criaturas demoníacas, porque dentro daquele veículo mais parecia o inferno.

Porém, ele estava prestes a descobrir que "inferno" é apenas uma palavra que as pessoas usam de modo figurativo.

A realidade era infinitamente pior.

* * *

Joana agarrou o pai pela cintura, com o cenário de destruição formado diante de seus olhos. Para eles, aquela cidade inteira parecia ter enlouquecido.

As ruas estavam lotadas de carros batidos, capotados e em chamas. Caminhões e ônibus acidentados ou simplesmente abandonados na via cobriam todo o percurso.

Diversas pessoas perambulavam sem destino. Algumas vinham ensanguentadas e até mesmo desfiguradas, mas a maioria parecia normal, apesar de caminhar de forma vacilante e descoordenada.

O que eles percebiam era que nenhum daqueles indivíduos pertencia mais à raça humana. Cada um deles trazia o semblante carregado de primitivismo e selvageria, similares a feras estúpidas.

Um número muito menor de homens e mulheres corria pela rua. Fugiam com uma mistura de medo, perplexidade e desespero.

Fábio ficou petrificado por alguns instantes. Ele, que sempre imaginara que algum dia algo parecido aconteceria no mundo, simplesmente não sabia o que fazer. Mas tinha uma certeza absoluta: o apocalipse zumbi começara.

E agora ele estava ali, parado, estupefato.

— Papai... — Joana chamou, sem ter nenhuma resposta. — Papai! — Joana chamou um pouco mais alto, com a voz carregada de pavor.

Será que ele esquecera algo? Talvez Fábio tivesse deixado algum detalhe passar. Afinal de contas, a teoria e a prática são coisas completamente diferentes.

— PAPAI!!! — Joana, desesperada, agarrou-se no braço de Fábio, que enfim saiu do transe de pânico que o havia dominado.

E ele viu várias criaturas rumando na direção deles. Uma horda de seres grotescos com roupas ensanguentadas. Uma turba de zumbis homicidas. Tinha de formar uma imagem em sua cabeça do que acontecia para estabelecer uma estratégia de sobrevivência.

— Vamos sair daqui! — Fábio pegou Joana no colo e correu em disparada pela avenida, que mais se assemelhava a um labirinto de carros abandonados. A única opção era correr e tentar se esconder em algum lugar, bem rápido.

Pai e filha driblavam carros e criaturas que surgiam a todo instante. Um dos seres fechou o caminho de uma forma impossível de desviar e Fábio aplicou um tiro certeiro no crânio da criatura que caiu estatelada.

Ele olhava para ambos os lados da avenida, desesperado, tentando achar uma saída, um esconderijo, qualquer coisa. Mas não havia absolutamente nada. Para todos os lados, apenas zumbis e algumas poucas pessoas fugindo, nada mais.

Então, passou do lado de um dos vários carros atravessados na pista, um C4 Pallas preto que chamou a sua atenção. Ele havia sido abandonado ligado e engrenado, só não estava andando sozinho por estar cravado em outro veículo.

Fábio colocou Joana no banco do passageiro e assumiu a direção, fechando a porta com força. Em poucos instantes, algumas criaturas cercaram o veículo e várias outras se aproximavam.

Ele engatou a marcha a ré bruscamente e acelerou com fúria, fazendo o potente veículo disparar para trás, derrubando meia dúzia de seres. Em seguida, partiu para a frente, buscando fugir daquele lugar.

O problema era que a avenida Sete de Setembro estava tomada de carros abandonados, batidos e destruídos, não havia como circular. Assim, Fábio subiu na calçada e na contramão, acelerando cada vez mais. Cada zumbi que atravessou seu caminho foi atropelado implacavelmente.

— Papai, vá mais devagar! — Joana pediu, aos gritos, logo quando Fábio atropelou mais um zumbi.

— Não posso, filha, nós temos que buscar a mamãe e fugir daqui!

Avançaram cerca de três quilômetros e o cenário de devastação não mudava. Eles passaram por algumas pessoas fugindo a pé, mas Fábio as ignorou.

Um homem idoso de cabelos brancos e ralos e de olhar apavorado parou no meio da calçada com os braços abertos tentando fazê-lo parar, mas Fábio não lhe deu a menor atenção; só não o atropelou porque o velho saltou de lado.

— Pai, você não vai ajudar essa gente? Eles também estão com medo! — Joana perguntou às lágrimas.

— Não, filha, agora é cada um por si. Quero proteger você e buscar a mamãe, só isso importa! — Fábio respondeu, acelerando ainda mais.

Eles já haviam atropelado mais de duas dezenas de zumbis quando Fábio freou abruptamente, olhando para o céu. O que ele via só podia ser um pesadelo.

Em Guarulhos, próximo ao Aeroporto de Cumbica, o maior aeroporto do Brasil, onde centenas de aeronaves de diversos tamanhos e modelos pousavam e decolavam, ele presenciara o exato momento em que uma daquelas aeronaves se aproximava de uma queda. Era um Airbus A320 que despencava em velocidade vertiginosa, com o bico do avião apontado para o chão.

— O que é aquilo, papai?! — Joana apontava para o gigante de metal a pouco menos de um quilômetro de distância que se aproximava cada vez mais.

Fábio não respondeu. Engatou a marcha a ré e disparou para trás, atingindo zumbis, postes e tudo o mais que achava pelo caminho. Um dos retrovisores do carro fora arrancado durante a manobra.

O avião pendeu levemente, a asa esquerda para baixo enquanto traçava uma suave curva em direção ao solo.

As asas da aeronave, que mediam quase trinta e cinco metros de ponta a ponta, atingiram dois pequenos prédios comerciais, um de cada lado da avenida, destruindo as paredes e estilhaçando as janelas.

O choque arrancou parte das asas, fazendo com que as turbinas se soltassem da fuselagem e explodissem.

O bico do avião atingiu o asfalto antes de todo o resto, abrindo caminho entre veículos abandonados de todos os modelos e tamanhos. Carros, motos, caminhões, ônibus e inúmeros zumbis foram transformados em bolas de fogo, arremessadas pelo choque, enquanto o colosso de metal rasgava o asfalto a mais de duzentos quilômetros por hora.

A trilha de destruição se estendeu por mais de meio quilômetro.

E apenas uma fração de segundo depois do impacto a aeronave inteira explodiu.

Uma coluna de fogo se elevou a centenas de metros de altura, enquanto uma densa coluna de fumaça preta tóxica se espalhava pelo local do impacto e pelas ruas próximas.

A onda de choque derrubou postes, árvores e pulverizou zumbis num raio de mais de trezentos metros, incendiando diversas quadras.

O deslocamento de ar atingiu o C4 com a violência de um caminhão desgovernado. Os vidros se estilhaçaram, e o carro em marcha a ré e em alta velocidade virou bruscamente para a esquerda. Joana e Fábio nem tiveram tempo de gritar quando o veículo se descontrolou e, por fim, capotou.

* * *

Fábio abriu os olhos tentando fazer a cabeça parar de girar. Ao longe, avistou zumbis em chamas que corriam de um lado para o outro em meio aos destroços do avião e dos veículos retorcidos. As criaturas se debatiam, enlouquecidas pelo calor.

Fábio sentiu sobrevir um torpor que era quase agradável, uma vontade irresistível de cerrar as pálpebras e se entregar ao mais profundo dos sonos.

Ele deu um tapa em si mesmo com tanta força que o barulho causou um sobressalto em Joana, mesmo desacordada. Fábio precisava reagir; o carro estava destruído, sua filha, desmaiada, e ele se encontrava em vias de perder a consciência também. Se isso acontecesse, ambos morreriam.

Apesar do acidente, o carro havia caído sobre as quatro rodas. Fábio saiu dele cambaleando e de arma em punho. Alguns zumbis próximos que também foram derrubados pelo avião começavam a se reerguer. Assim, ele não poderia perder tempo. Colocou Joana no ombro e correu pela avenida, em meio à cidade de Guarulhos completamente devastada.

* * *

Fábio e Joana levaram mais de três horas para alcançar a rua onde moravam. Chegaram com muito cuidado, atravessando alguns quilômetros de verdadeiras praças de guerra. Sentiam-se exaustos, famintos e assustados. Pai e filha se aproximaram com cautela, tomando o cuidado para não chamar a atenção das criaturas que vagavam em frente à sua casa, num bairro residencial de Guarulhos.

Fábio segurava a filha pela mão, os dois abaixados atrás de um carro estacionado próximo ao portão de casa. Esperaram pelo momento oportuno e entraram, trancando-o rapidamente e em seguida a porta da sala.

Fábio fechou as cortinas e se jogou no sofá. Ao ver Rex, seu amado chihuahua, Joana correu para pegá-lo no colo, feliz por ele estar a salvo.

Mas aquela seria uma estada rápida. Eles apanhariam Laura, algumas roupas, mantimentos e armas, e sairiam de Guarulhos de madrugada rumo a São Paulo. Para isso, Fábio já planejara, tomaria o carro do vizinho, nem que fosse necessário matar por isso.

— Pai, nós podemos levar Rex conosco? — Joana perguntou, enquanto o bichinho lambia seu rosto.

— Claro que sim, filha. — Fábio esfregou os olhos com as mãos. Sua cabeça doía muito. Precisava desesperadamente de uns analgésicos.

— Eu vou avisar a mamãe. — E Joana saiu correndo na direção dos quartos.

— Sim, filha, diga para ela que eu já subo, ok? — Fábio começou a revirar a gaveta do aparador ao lado do sofá, procurando algo para a dor de cabeça.

Ele a arrancou do móvel, virou todo o seu conteúdo sobre a mesa, e algumas coisas caíram no chão. Quando se abaixou para pegar um dos objetos, Fábio se deparou com uma foto em que ele, Laura e Joana estavam na praia. Fora tirada dois anos antes e era uma das poucas fotos da família junta num lugar público, pois Fábio detestava ser fotografado.

Olhou aquela cena com atenção. Eles haviam brincado na água, cavado buracos na areia e tomado sorvete; um dia tranquilo e alegre, daqueles que ficam na memória para sempre e parecem fazer a vida melhor.

Fábio sempre se sentira um homem de sorte por ter conhecido sua esposa. Laura foi uma das poucas pessoas na vida que o entenderam de verdade. Ele sofria de um distúrbio paranoico, diagnosticado anos antes, quando seus pais ainda eram vivos. Por isso, Fábio sempre fora arredio e desconfiado e se tornara obcecado por teorias da conspiração.

E criara vários blogs acerca de assuntos que iam desde invasão alienígena a zumbis que um dia poderiam tomar a Terra.

Laura jamais acreditou no falatório dele, mas aceitava o seu jeito de ser. Sua mania de armazenar água e mantimentos, por exemplo, como se o mundo pudesse entrar em colapso a qualquer momento e isso fosse lhes permitir sobreviver. Assim como uma coleção de armas que mantinha em casa, gosto que adquiriu no tempo em que serviu o exército.

Fábio ficou mais alguns instantes olhando a foto de sua amada esposa, a única mulher por quem ele sentia conexão e que ele amara toda a vida. Mas, olhando para a foto dela agora, sentiu uma pontada no peito, Fábio arregalou os olhos e seu coração se encheu de terror.

Ficou de pé num salto e correu para o quarto com o coração aos pulos. A noção do que estava acontecendo no mundo finalmente retornou sobre o mundo dele e num instante compreendeu que talvez tivesse sido estúpido demais.

Fábio entrou no quarto gritando pelo nome de Joana, olhando para todos os lados, tentando avistar sua filha de olhos castanhos e dentes tortos. E avistou o momento exato em que Laura atacava a pequena Joana a dentadas, ainda tremendo como numa reação muscular, mas sem emitir som algum.

Aquela visão criou um buraco negro em sua mente, parecia um pesadelo, o que fez com que Fábio ficasse por segundos sem reação. Então, ele gritou de puro horror diante de todo o sangue que já estava espalhado pelo carpete, pela cama e pelas cortinas.

Num lance rápido, em que aquilo que era antes sua esposa teve tempo apenas para virar o rosto e urrar para ele, Fábio sacou a arma e explodiu o cérebro daquele ser. Em seguida, atirou na própria filha e deitou-se ao lado da cama, após um surto de gritos, escorregou no sangue espalhado no chão, bateu a cabeça na quina da cama e ficou num estágio de loucura e dor, esperando apenas o momento de também partir.

CAPÍTULO 2
A FUZILEIRA

IVAN ATRAVESSAVA A PÉ o gigantesco Condomínio Colinas, uma comunidade criada para resistir a praticamente tudo.

Ele vinha acompanhado de uma pequena escolta de homens armados, algo que relutou em aceitar, mas depois entendeu que aquela prática era em prol da comunidade.

— O senhor parece preocupado — observou Raphael, um soldado de cerca de dezoito anos.

— Um pouco, é verdade — Ivan respondeu, sorrindo.

— O senhor está assim por causa do Fábio Zonatto? — o soldado quis saber.

— Sim, ele tem sido uma preocupação constante desde que o encontramos. — Ivan soltou um suspiro pesado.

— E o que o senhor pretende fazer? — Raphael franziu a testa.

— Ainda não sei. Porém, minha paciência já se esgotou — completou com ar sombrio.

O soldado engoliu em seco. Ele conhecia o gênio de Fábio e sabia que agora um complicado embate estava para acontecer.

— Raphael, você quer ser preso? — Ivan perguntou, de repente.

— Claro que não, senhor! O que eu fiz de errado, senhor? — O rapaz o encarou com olhar assustado.

— Nada. Apenas pare de me chamar de "senhor"! — Ivan deu risada.

O grupo inteiro caiu na gargalhada, inclusive o soldado, que suspirou de alívio.

Continuaram caminhando em direção a entrada do Condomínio Colinas, um espaço que agora mais lembrava uma base militar, com casamatas espalhadas ao longo de toda a murada com metralhadoras de grosso calibre, arame farpado, tanques de guerra e protegido vinte e quatro horas por turnos de mais de trinta soldados, todos fortemente armados.

Ivan e seu time de seguranças chegaram ao prédio da administração do condomínio, um pequeno edifício que servia como quartel-general da comunidade, seguiram por um corredor de paredes brancas e foram até a sala que ele dividia com Estela.

Ele entrou no recinto de cara fechada. O simples fato de ter que discutir aquele assunto de novo o enfurecia. E lidar com alguém tão imprevisível como Fábio tornava aquela conversa ainda mais tensa.

Ao cruzar a porta de sua sala, ficou claro que aquele seria um péssimo dia. Fábio o aguardava com um sorriso irônico, sentado, com as pernas esticadas, braços cruzados; mas estava na cadeira de Ivan.

Sua aparência agora era outra, melhor, se comparada à época em que o apocalipse zumbi começou. Seus cabelos loiros se estendiam até o meio das costas e sua barba estava completamente cheia e densa.

— Grande patrão, bom dia! — Fábio cumprimentou, festivo.

— Levante-se — Ivan ordenou em tom baixo, fitando-o fixo nos olhos.

— Claro, mestre, você é o chefe — Fábio respondeu, fingindo simpatia. Ele também fez um floreio com a mão, indicando a cadeira livre para Ivan, como se o convidasse para sentar.

Ivan sentou-se, enquanto Fábio fez a mesma coisa na cadeira em frente à mesa. Ficaram alguns instantes parados, olhando um para o outro.

Nenhum dos dois falava ou se mexia. Apenas se observavam.

Passados alguns instantes, Fábio começou a se remexer na cadeira, desconfortável. E Ivan mantinha o ar sério, mas estava cada vez mais à vontade.

No momento em que Ivan olhou para a direita e ficou observando a mesa de Estela vazia, Fábio viu a oportunidade para romper o silêncio:

— Você sente falta dela aqui, não é, patrão?

— Sim — Ivan afirmou, seco.

— Ao menos ela está viva — Fábio respondeu, com uma pitada de ironia. — Nem todos tiveram tanta sorte assim.

— Por que você me desobedeceu de novo? — Ivan quis saber, ignorando a frase anterior.

— Foi um deslize. Nem todos nós temos uma família para nos fazer companhia; às vezes, precisamos de um pouco de diversão só para variar.

— Estou cansado dessa mesma explicação, sabia? — Ivan tornou a encará-lo. — Essa é apenas uma desculpa esfarrapada.

— Foi mal, patrão, não vai acontecer de novo. — Fábio ergueu as duas mãos em sinal de rendição.

— Eu também odeio quando me chama de patrão, e você sabe disso! — Ivan deixou agora transparecer a sua irritação.

— Calma, mestre, mil perdões! Eu não sabia disso, desculpe! — Fábio esboçou um leve sorriso, parecendo se divertir quando irritava Ivan.

— Fábio, vou ser muito honesto: você é um imbecil. — Ivan abriu sutilmente as mãos, como se aquela frase explicasse tudo.

Fábio, entretanto, ficou visivelmente irritado.

— Se essa é a sua opinião, eu respeito — Fábio disse, carrancudo.

— Essa não é apenas a minha opinião: é a absoluta verdade. Você é um tremendo cretino! — Ivan falou, e dessa vez era ele quem estava sorrindo.

— Muito bem, patrão, era só isso? Posso pegar de volta meu rifle que aquele idiota do soldado Silva tomou de mim?

— Não, não pode. Eu só vou autorizar que você torne a usar o rifle quando você responder à minha pergunta. — Ivan reclinou de leve a cadeira e cruzou os braços diante do peito.

— Eu já respondi, patrão! — Fábio demonstrava impaciência.

— Preciso ser mais claro? Eu odeio quando você me chama de patrão. — Ivan aproximou o corpo ainda mais da mesa para encarar de perto o seu interlocutor.

— E eu odeio ser chamado de imbecil, sabia? — Fábio rebateu, fuzilando Ivan com o olhar.

— Então, pare de se comportar como um! — Ivan falou mais alto, fitando-o com um olhar de pedra.

— Só se você parar de se comportar como o dono do condomínio — Fábio o desafiou.

Ivan se ergueu da cadeira, apoiou as duas mãos na mesa e berrou para ele:

— Não venha me dizer como agir. Sou o líder desta comunidade! Eu criei este oásis e mantenho essas pessoas a salvo! — Ivan afirmou, furioso.

— Não, Ivan. Nós, *os soldados*, mantemos esse lugar protegido. Você só dá ordens! — Fábio retrucou, ficando em pé também.

— Meça bem suas palavras, soldado! Eu salvei inúmeras pessoas deste lugar! Matei centenas de zumbis em combate! — Ivan subiu ainda mais o tom de sua irritação.

— Isso é o que você diz. Eu só o vejo aqui no escritório, enquanto nós ficamos nas guaritas, sob um calor escaldante — Fábio o acusou.

— Se eu não tivesse tirado você do *campus* da ETEP, onde estava escondido como um rato, os zumbis o teriam feito em pedaços meses atrás — Ivan contra-atacou.

— Aquilo foi um acaso. Eu estava sem munição, senão, todos aqueles zumbis teriam se ferrado comigo. — Aquela conversa começava a tomar um rumo de que Fábio não estava gostando.

— Sem munição? Eu defendi minha família com um extintor de incêndio e um martelo quando os zumbis surgiram, seu palhaço! Você está me dizendo que ficou encurralado esperando a morte chegar? Que tipo de idiota é você? — Ivan indagou, irônico.

Duas batidas leves na porta quebraram o ritmo daquela discussão e logo em seguida Silva entrou.

O jovem soldado, de cabelos e olhos castanhos, era uma montanha de músculos, fruto em parte do treinamento dos combatentes para manter o grupo sempre pronto para o confronto.

— Está tudo bem por aqui? — Silva perguntou, olhando diretamente para Fábio.

— Tudo bem sim, soldado, fique tranquilo — Ivan afirmou com serenidade.

— Certo. Se precisar de mim, estarei aqui fora. — Silva ainda olhava para Fábio, que o encarou de volta. O jovem soldado ajeitou o fuzil que trazia pendurado no ombro e se retirou.

— Você arrumou uns bons cães de guarda aqui. Um privilégio e tanto nos dias atuais, não acha? — Fábio alfinetou.

— Não lhe devo explicações. Essa conversa acabou, e cansei das suas justificativas. — A paciência de Ivan chegara ao fim.

— Eu já me expliquei, queria apenas me divertir atirando nos zumbis. — Fábio deu de ombros.

— Mesmo sabendo que cada tiro dado atrai mais criaturas? E que todo o resto de nós não sai do condomínio e até evita fazer barulho na esperança de que esse enorme bando de seres que nos cerca se disperse? — Ivan soltava faíscas pelos olhos.

— Qual é, Ivan? Zumbi bom é zumbi morto! Estou fazendo um favor pra vocês! — Fábio deu risada, como se tudo não passasse de uma enorme piada.

— Sua excelente justificativa para desobedecer às minhas ordens é colocar em risco a comunidade?

Mas Fábio não recuaria naquele momento.

— Essa é a única explicação que tenho. — Fábio olhava fixo para Ivan, como se o desafiasse a tomar alguma atitude.

Ivan avaliou seu interlocutor por um instante, como se tentasse decidir o que fazer. Logo em seguida, levantou-se e abriu a porta, pedindo que Silva e mais dois soldados entrassem.

— Prendam este homem — Ivan ordenou.

— Sim, senhor! — Silva, diligente, bateu continência para seu líder.

— Ei, isso não é justo, me larguem! Me soltem, porra! — Fábio protestou enquanto os outros dois soldados o agarravam pelos braços e arrancavam-no da cadeira.

— Fábio Zonatto, você está preso por colocar em risco a segurança do condomínio. Irei mantê-lo encarcerado durante um mês até você aprender a obedecer às ordens dos seus líderes — Ivan decretou, formal.

— Diga a verdade, até eu aprender a obedecer *você*, certo, Ivan? Até eu me tornar um dos seus capachos! — Fábio o provocou.

— Muito bem, quarenta dias preso, então. — Ivan arqueou uma sobrancelha.

— Eu não reconheço sua autoridade! Você não é e nunca foi um oficial do exército! — Fábio gritou, tentando se soltar dos homens que o seguravam e praticamente o arrastavam para fora.

— Cinquenta dias preso. Posso fazer isso o dia inteiro; você decide. — Ivan sentou-se na sua cadeira e colocou as mãos atrás da cabeça, reclinando-se no espaldar.

Fábio olhou para Ivan com ódio. Pensou em continuar protestando, mas seria burrice prosseguir com aquela disputa. Finalmente, os homens arrastaram-no para o corredor e fecharam a porta da sala.

— Vocês não são soldados de verdade. *Eu* sou um verdadeiro soldado... — Fábio murmurou, sendo conduzido pelo corredor.

No meio do caminho, passaram por um grupo de meia dúzia de soldados, todos amigos de Fábio. Eles se entreolharam, perplexos, quando viram o camarada sendo preso.

— O que está acontecendo? — um deles perguntou.

— Nosso grande ditador mandou me prender! Mas ele me paga! — Fábio vociferou e seguiu avante, quase arrastado.

Seus amigos observaram-no sumir no corredor, inconformados.

Ivan soltou um suspiro pesado e decidiu começar logo suas atividades cotidianas. Queria despachar tudo para voltar para casa e ficar com Estela. Só precisava que seu dia não trouxesse mais surpresas.

* * *

Isabel e Hilton chegaram juntos ao posto de saúde naquele dia. Ele vinha falante como sempre. Ela se mantinha calada, absorta em seus pensamentos.

Hilton, um homem que aparentava pouco mais de sessenta anos, era alto, corpulento e tinha os cabelos ralos e grisalhos. Isabel acabara de completar trinta e um anos, tinha cabelos longos, encaracolados e negros, e pele morena clara. Era uma mulher bonita, alguém que chamava a atenção.

Ambos viviam num dos apartamentos que faziam parte da comunidade.

Junto com eles vivia Scheyla, uma senhora baixinha, simpática e de cabelos brancos, com sessenta e poucos anos também.

Hilton e Scheyla salvaram a vida de Isabel meses antes, quando se conheceram, e desde então os três moravam juntos num apartamento enorme.

Isabel vinha pensando no namorado e na irmã. Lembranças dolorosas das quais ela não conseguia fugir.

— Você estava pensando em Canino e Jezebel novamente? — Hilton perguntou, de repente, pegando Isabel de surpresa.

— Sim, estava — Isabel confirmou. — Não consigo evitar. A forma como perdi os dois... não me conformo.

— Você precisa esquecer. Seguir em frente. — Hilton se apiedava daquela moça, que, além de ter o mesmo ofício que ele, aprendera a amar como uma filha.

— Desculpe, nós dois sabemos como o luto é um processo que precisa ser cumprido. E eu não consegui acabar o meu ainda. — Isabel sentiu de novo os olhos cheios d'água.

E ficava sempre assim quando pensava no namorado e na irmã gêmea, ambos mortos, na sua opinião, por conta da indiferença de Ivan.

Jezebel morrera sozinha em Canela, cidade da serra gaúcha onde nasceram. E Canino fora abandonado para morrer num quartel em Taubaté, em meio a uma horda de zumbis. Em ambos os casos, Ivan tomara a decisão de não arriscar mais a vida de outras pessoas para ajudar as que Isabel mais amava.

E ela o desprezava profundamente por isso. Um ódio que se não era maior agora do que quando Jezebel e Canino foram mortos, crescia de uma maneira doentia e envenenava cada fibra de seu coração. Tudo que ela desejava era que o líder do condomínio morresse.

Hilton, então, a fez voltar de seus pensamentos:

— Eu sei disso, mas o luto também é um processo que pode ser moroso ou mais breve; depende da pessoa que está sofrendo decidir enfrentar. Não é fácil, mas trata-se de uma escolha, querida.

— É tudo muito recente, meu amigo. Preciso de um tempo. Não tive a oportunidade de me despedir, de enterrar nenhum dos dois, nada. As últimas palavras de Jezebel foram de puro medo e desespero, e com Carlos nem sequer pude conversar antes de ele ser morto. Sobrou apenas uma carta de despedida, que não consigo parar de ler, e tornou sua perda ainda mais dolorida para mim. — Isabel soltou um suspiro pesado.

Hilton estacou à porta do imenso casarão que fora transformado em posto de saúde. Em seguida, colocou a mão no ombro de Isabel e olhou-a de forma carinhosa.

"Você precisa perdoar Ivan", Hilton pensou.

— Não me peça isso. Eu nunca o perdoarei, entendeu? Nunca! — Isabel respondeu à frase que não fora verbalizada, fitando Hilton nos olhos, usando seu dom de ler mentes, algo que ela e Jezebel possuíam.

"O seu coração está cheio de tristeza e de ódio. É uma bagagem muito pesada e que está esmagando você. Mas são sentimentos dos quais pode se livrar, se quiser", Hilton tornou a pensar. "A saudade e a dor que sente são

49

imensas, minha menina, e vão demorar a passar. Mas perdoar Ivan é uma forma de você se libertar de parte do que a está consumindo."

— Desculpe-me, eu não consigo... — Isabel balançou a cabeça, fitando o chão. — Só não odeio mais o Ivan porque adoro Estela. Se eles não fossem casados, ela não estivesse grávida e ele não fosse pai de um monte de crianças, eu já o teria matado.

"Não fale uma coisa dessas. Você não é assim, eu sei que o seu coração é bom e generoso. E essa é parte da causa do seu sofrimento, você está se esforçando para manter um sentimento que não combina com você."

— Como assim? Acho que eu não entendi... — Isabel olhou para Hilton, confusa.

"O fato é que você admira tanto Ivan quanto Estela, e nutre por ambos um sentimento de gratidão por tudo que eles fizeram. E no fundo sabe as razões dele. No entanto, está fazendo um esforço muito grande para odiá-lo, embora seu desejo seja esquecer tudo o que houve e seguir em frente. Você está lutando contra si mesma, Isabel."

— Hilton, eu...

"Não existe problema algum em perdoá-lo. Canino e Jezebel gostariam de saber que você limpou seu coração e continuou com sua vida."

Isabel fitou aquele senhor, tentando processar tudo.

— Não sei se posso fazer isso — ela murmurou, por fim. — Acho que não estou pronta.

"Não me refiro àquilo que você está pronta para fazer; refiro-me àquilo que você *quer* fazer. No fundo, você quer acabar com essa guerra. Perdoe Ivan. Liberte-se do ódio, e eu lhe garanto que a tristeza irá embora mais rapidamente." Hilton tirou a mão do ombro de Isabel.

Em seguida, entrou no posto de saúde, deixando-a absorta com aqueles pensamentos.

Ela não sabia como poderia fazer. Será que era aquele o caminho? Isabel se sentia triste o tempo todo, indiferente à sua própria vida. Então, não estava feliz com o horizonte que via diante de si. Será que Hilton estava certo e ela estava vivendo completamente equivocada em relação aos seus sentimentos?

Suspirou e decidiu entrar. Não sabia mais o que fazer, mas tinha certeza de que aquela montanha de sentimentos a intoxicava, matando-a aos poucos. Precisava encontrar uma forma de aliviar seu coração, de um sinal.

Isabel precisava de um milagre.

A TRANSFORMAÇÃO DE MARIANA

MARIANA PERMANECIA IMÓVEL, com receio até mesmo de respirar. Uma gota de suor escorria pela sua têmpora, fazendo o cabelo grudar no rosto.

Ela era uma moça linda, de olhos verdes, cabelos castanho-claros e pele branca com pequenas sardas no rosto. E, para sobreviver, aos vinte e cinco anos, Mariana Fernandes aprendeu a matar.

Estava agachada num espaço mínimo entre uma porta e um armário, tão pequeno que mal dava para se mexer. Mariana puxou o fuzil que trazia nas mãos para mais perto do corpo e o apoiou no chão, entre as pernas. Em seguida, encostou a testa no cano gelado e fechou os olhos.

Sabia que precisava permanecer calma, essa era a chave da sobrevivência. Qualquer barulho ou movimento e tudo estaria acabado. O que havia do outro lado da porta era impossível de ser vencido. Sobretudo sozinha e apenas com uma arma.

Os gemidos das criaturas que passavam ao seu lado gelavam seu sangue. Era um som cheio de lamento, dor e desgraça. Também era carregado de morte e danação.

Nada no mundo era tão apavorante e angustiante do que o som de centenas de zumbis reunidos, ainda mais em um lugar fechado como aquele, onde o eco se tornava cúmplice, fazendo parecer uma procissão no inferno.

Mariana não podia acreditar em como aquilo havia acontecido. Ela fora muito imprudente. Depois de tantas expedições similares, não esperava cometer um erro tão amador. Se bem que a imprudência, de uma certa forma, transformara-se em sua marca registrada.

Mariana fazia parte do grupo de sobreviventes que habitava a sede da Segunda Divisão de Exército, localizada no bairro do Ibirapuera, na capital paulista. Esse grupo era liderado pelo seu pai, coronel Fernandes, famoso por ser um dos militares mais arrogantes do exército brasileiro.

Se os zumbis não a matassem, Mariana sabia que teria que enfrentar a fúria do pai quando ele descobrisse sobre a situação em que se meteu. Era irônico. Ela encurralada por centenas de criaturas assassinas e não conseguia decidir o que a preocupava mais: se os mortos-vivos ou a reação do coronel. "Ambos", pensou.

Aquela era para ser uma expedição de rotina em busca de comida para o grupo de sobreviventes, algo que Mariana já fizera várias vezes com o grupo de meia dúzia de homens.

Missões como aquela eram rotina: invadir algum supermercado, matar um punhado de zumbis e pegar o que fosse possível. Quando acabava o estoque de um, eles escolhiam um novo alvo; assim também mapeavam os lugares e caminhos que poderiam servir de rota para a busca de suprimentos.

Os locais onde a infestação era muito severa eram descartados, mas aquele local parecera bastante calmo quando Mariana e seus companheiros avaliaram pelo lado de fora.

Eles invadiram o supermercado, localizado no bairro de Moema, silenciosos como sempre. Se conseguissem entrar e sair sem disparar nenhum tiro, melhor. Caso contrário, abririam caminho usando a força bruta.

O lugar estava completamente deserto. Um verdadeiro achado, repleto de mantimentos e outros itens de primeira necessidade, como produtos de limpeza e higiene pessoal.

Mariana e os demais caminharam entre os corredores apinhados de alimentos, atentos a qualquer tipo de movimentação. Ela trazia um fuzil Heckler & Koch G36 nas mãos.

O local estava escuro, mas com as luzes dos fuzis era possível enxergar na penumbra. Havia muita sujeira no chão, muito pó, e em alguns pontos as prateleiras haviam cedido e desmontado, espalhando produtos diversos pelo piso. Ratos e baratas corriam por todos os lados.

O líder do grupo, sargento Carlos, fora designado pelo coronel Fernandes não apenas para guiar a equipe como também para ficar de olho em sua filha.

O sargento Carlos sabia da inexperiência de Mariana e de uma espécie de predisposição natural dela para se meter em encrencas. Por isso, a repreendia o tempo todo, tentando mantê-la longe de confusão.

— Mariana, fique junto com o grupo. Mantenha a formação! — Carlos falou em tom baixo, mas firme.

— Ok, eu sei — Mariana respondeu, impaciente, caminhando atenta a qualquer movimento, com o olho na mira da arma.

— O que foi que você disse? — o sargento perguntou em tom ameaçador.

— Eu quis dizer "sim, senhor!" — Mariana se corrigiu rápido. Não queria levar mais uma descompostura.

Depois de checarem todos os corredores e constatarem que não havia criaturas por perto, o grupo começou a encher carrinhos de compra. Tinham uma lista grande de artigos de higiene, limpeza, e, claro, alimentos eram sempre o objetivo principal.

Mariana ajudava na tarefa de reunir os produtos o mais rápido possível quando avistou uma grande porta nos fundos do supermercado.

Era uma porta dividida em duas partes, de vaivém. Havia também uma janela circular de vidro de cada lado. E em cada lateral, um armário de madeira.

Aquela porta dava acesso a algum tipo de área restrita — uma pequena placa de metal fixada na madeira indicava "Somente Funcionários".

Mariana decidiu checar; ali poderia haver alguma criatura que atraída pela movimentação deles talvez pegasse os demais distraídos.

Ela caminhou devagar até a porta, distanciando-se assim do restante do seu grupo.

Como todo o resto, aquela parte do supermercado estava muito escura, empoeirada e cheirando a mofo e podridão, pois muitos alimentos, como carnes e frutas, haviam apodrecido e se tornado alimento de ratos e vermes fazia muito tempo.

Mariana se aproximou da porta e olhou pela janela, tentando divisar algo em meio à escuridão.

Incapaz de ver, apontou a lanterna da arma para dentro daquele espaço desconhecido. A luz jorrou ofuscante naquele ambiente, revelando uma cena aterrorizante.

Centenas de criaturas voltaram-se ao mesmo tempo na direção daquela luz, procurando a origem. Era uma quantidade absurda de zumbis naquele ambiente, mais parecia um exército de estátuas de aparência monstruosa que de repente retomavam a vida.

Homens e mulheres, idosos e jovens e até mesmo crianças — havia de tudo naquele lugar. Seres de dentes podres e peles cinzentas e repletas de escaras. Roupas imundas de sujeira e sangue. Algumas nem sequer tinham mais suas vestimentas, pois haviam se desmanchado pela ação do tempo.

Mariana arregalou os olhos e instintivamente se abaixou, tentando sair do raio de visão dos seres desligando a lanterna da arma. Mas era tarde demais.

Quando a porta começou a se abrir, ela se deslocou em silêncio para o lado, ficando encurralada.

Mariana estava espremida na quina formada entre a porta e a parede. Qualquer pessoa um pouco maior não teria cabido ali; por sorte, Mariana era bem magra.

Mal dava para se mexer, e do outro lado da porta ela escutava os gemidos e lamentos dos zumbis. Cerca de uma centena de criaturas invadiu então a área do supermercado.

Mariana aguardou, quieta, agachada, tentando não chamar a atenção do grupo de mortos-vivos que caminhava de forma cambaleante de um lado para o outro a menos de um metro de distância dela.

Ela olhava para cima o tempo todo, tentando enxergar algo através da pequena janela de vidro fixada na porta. Teve de morder com força o lábio inferior, para que seus dentes parassem de bater.

Sua boca estava seca e ela começava a sentir o estômago embrulhando. O coração disparava dentro do peito.

De repente, deu-se conta de que algo estava errado. Havia mais seis homens fortemente armados dentro daquele supermercado; por que ninguém atirava? Seria possível que não tivessem percebido a presença dos zumbis?

Foi quando ouviu a voz do sargento Carlos no rádio que ela carregava na cintura, perguntando onde ela estava. Mariana arregalou os olhos até quase saltarem das órbitas: fim de jogo, os zumbis descobriram sua localização.

* * *

— Mariana, cadê você? Precisamos sair daqui, agora! — Carlos tentou sussurrar no rádio, mas estava tão tenso que sua voz acabou saindo perigosamente alta.

Mariana olhou para cima, de boca aberta, tremendo tanto que temia que o fuzil caísse de suas mãos. Engoliu em seco, aguardando o que aconteceria. Mas sabia o que viria a seguir, quase conseguia ouvir seu pai gritando no seu ouvido: "Zumbis são predadores. Eles enxergam no escuro, encontram você pelo cheiro e pelo menor barulho. Se houver uma chance, por mais remota que seja, de eles localizarem você, pode ter certeza de que é isso o que vai acontecer!".

Um zumbi olhou pela janela de vidro, atraído pelo som, e encarou Mariana, de cima para baixo.

"Se você puder fugir, fuja. Mas se não puder, enfrente-os. Ataque com força máxima, dê tudo que você tem. Lute para matar, sempre!", o coronel falou grosso dentro da cabeça dela.

O zumbi arreganhou os dentes de forma selvagem diante de sua presa. E isso ligou a chave dentro de Mariana, que respirou fundo e o encarou de volta com aço no olhar. E quando isso acontecia, o resultado era que a moça frágil ia embora e a matadora emergia.

"Ataque, filha! Ataque agora!"

Quando o zumbi agarrou a porta para puxá-la, Mariana se colocou de pé em um pulo, empurrando a peça de madeira para a frente com violência.

A porta bateu no rosto da criatura, que oscilou e caiu para trás com o nariz sangrando.

Sem a porta como cobertura, Mariana encarou as várias criaturas que olhavam para ela. Seus olhos já haviam se acostumado com a escuridão, e Mariana conseguia divisar os vários vultos espalhados.

Diversos zumbis rosnaram ferozes para aquela mulher parada diante deles. Mas Mariana estava pronta; ela havia desligado o medo.

"Atire! Atire agora!", o coronel Fernandes gritou em sua cabeça, furioso.

Mariana ergueu o fuzil, religou a lanterna e começou a disparar.

A primeira rajada foi desferida da direita para a esquerda, na altura da cabeça. A massa de criaturas homicidas avançou contra ela, mas os primeiros da fila foram fulminados com os disparos da arma de grosso calibre. Lascas de crânios, sangue e massa encefálica explodiram, voando para todos os lados.

Os seres que vinham logo atrás não se detiveram nem desaceleraram; não existe medo para criaturas cujo único propósito é devorar outros seres vivos.

"Continue atirando! Não se economiza munição em situações de risco extremo, use tudo o que você tem! Mate todos!", o coronel bradou.

Mariana continuou disparando, derrubando a segunda leva. E então ela começou a andar para trás, matando cada linha de zumbis e procurando se afastar das fileiras seguintes. O coração marretava no peito e a respiração estava disparada, frutos da imensa descarga de adrenalina.

"Ataque! Ataque com vontade, sem medo!", a voz de seu pai trovejou.

Mariana sentiu as pernas amolecerem quando bateu as costas contra a parede e a munição acabou. À sua frente, a parede de zumbis parecia não diminuir, e eles vinham sobre ela, muito próximos.

Os gemidos, grunhidos e urros dos seres causava um efeito psicológico terrível, parecia multiplicar a tensão por mil. Em geral, as pessoas morriam justamente por não conseguirem se controlar diante do horror da sinfonia da morte de uma horda de zumbis. E isso quase aconteceu com ela.

"O segredo é manter a calma, nada mais importa! Respire fundo, arranque o municiador vazio e recarregue, agora!", o coronel tornou a ordenar.

Imediatamente, Mariana recarregou o fuzil e, quando um dos seres a agarrou pelo braço, ela avançou contra o zumbi e o empurrou para trás, para logo em seguida explodir seu crânio com um tiro. Em seguida, varreu tudo à sua frente com os disparos, derrubando mais uma dúzia de seres.

"Costas contra a parede! Não deixe que eles a cerquem, é assim que se sobrevive quando se está em desvantagem! Vai!"

Mariana se encostou na parede e continuou atirando enquanto andava de lado, impedindo os seres de cercarem-na. Ela disparava com a mandíbula travada e o olhar implacável, disposta a sair dali viva, custasse o que custasse.

A munição acabou de novo. Porém, Mariana não se apavorou: jogou o fuzil de lado e sacou sua pistola Glock do coldre.

"Use a pistola!", a voz comandou.

— Já saquei! Vá se foder, pai! — Mariana gritou para ninguém.

"Então atira, merda!", o coronel mandou, furioso.

Mariana começou a disparar, explodindo cabeças de seres. Um deles venceu a distância e a agarrou pelo braço, mas ela trocou a arma de mão e atacou a fera na cabeça, fazendo-a se desequilibrar. Em seguida, deu um tiro certeiro em sua testa, abrindo um buraco pequeno na frente e um rombo na parte posterior do crânio do zumbi.

"Mate todos! Mate! Mate! Mate!", o coronel berrou.

Ela conseguiu manter uma faixa vazia entre si mesma e as criaturas furiosas. Quando chegou ao fim da parede, avistou à sua direita um dos grandes corredores do supermercado completamente livre.

"Lembre-se da primeira regra. Corra! Corra muito! Agora!", o coronel Fernandes gritou uma última vez.

Mariana fez um derradeiro disparo em um dos zumbis, uma mulher jovem de cabelos imundos e rosto deformado, e saiu em desabalada carreira pelo corredor, deixando para trás uma trilha de corpos.

Ela não parou para contar, mas estava segura de que havia disparado uns cem tiros e matado mais de trinta seres durante aquele confronto.

Mariana ia passando pelos corredores em alta velocidade, pulando sobre latas espalhadas e ratos que inundavam aquele local. À medida em que se aproximava da saída, o ambiente ficava mais iluminado com o sol brilhando forte do lado de fora e ela pensou que estava finalmente salva.

Assim que passou pela porta, Mariana viveu novos segundos de susto. Ouviu seis cliques de gatilho acionados ao mesmo tempo e apenas um disparo, repentinamente desviado. Carlos e os demais estavam próximos à entrada, preparados para metralhar quem saísse dali.

— É ela, não atirem! — Carlos gritou. — O que você foi fazer, garota?!

— Não importa agora, eles estão vindo, e são muitos! — Mariana ignorou o olhar de reprovação do seu superior. Em seguida, correu até o jipe estacionado a poucos metros dali, pegou um novo fuzil e dois carregadores.

— Você perdeu seu fuzil? — Carlos esbravejou.

— Não mesmo! Vou voltar pra buscar. — Mariana falou, ofegante, destravando o fuzil AR15 que trazia nas mãos. O cabelo estava empastado e colado no rosto, numa mistura de suor e pó.

Quando os primeiros zumbis surgiram à porta do supermercado, os disparos recomeçaram. E dessa vez a vantagem era dos humanos.

* * *

Mariana, sentada no capô do jipe, sentia o sol aquecer o seu rosto enquanto uma brisa refrescante a envolvia por completo.

Ela bebia um pouco de água do cantil, recuperando o fôlego. Carlos e os demais se ocupavam da macabra tarefa de amontoar os cadáveres dos zumbis no estacionamento do supermercado.

O sargento pretendia atear fogo aos corpos; aquele lugar tinha bastante comida e ele não pretendia comprometer ainda mais os alimentos deixando dezenas de zumbis apodrecendo lá dentro.

Carlos se aproximou de Mariana e olhou firme para ela. O sargento era um homem maduro, com cerca de quarenta e cinco anos. Era tido como rígido, mas no fundo, admirava a moça que passara por coisas terríveis e ainda assim continuava forte e se mantinha lúcida.

Todos os sobreviventes tinham histórias aterrorizantes para contar, mas Mariana era diferente. Ela vivenciara um pesadelo todo particular pouco menos de um ano antes.

— Você tem sete vidas, sabia? Nunca vi ninguém se meter em tantas confusões e ainda conseguir sair ilesa — Carlos comentou.

— Não é verdade. Não passei por tantos apuros assim. — Mariana sorriu. Era a primeira vez naquele dia que ela sorria, um gesto cada vez mais raro.

— Estando comigo, acho que essa é a quarta vez que você quase morre. E suas peripécias para fugir de um elevador repleto de zumbis são famosas — Carlos observou.

— Quinta vez, para falar a verdade. — Mariana deu um sorrisinho maroto. Dois sorrisos num mesmo dia; realmente aquela estava sendo uma tarde atípica. — E no caso do elevador eu tive a ajuda de alguns amigos.

Ela lembrou com saudade de Joana e Rodolfo, seus dois companheiros na luta pela sobrevivência. Sem eles, Mariana não teria conseguido. Dois grandes amigos, duas perdas irreparáveis.

Mariana precisou matar Rodolfo quando ele foi contaminado e Joana se suicidou depois de ter sido mordida por...

Ela fechou o semblante imediatamente. Fugia de certas lembranças do dia em que os zumbis dominaram o mundo. E não era porque elas trouxessem algum tipo de saudade. É que as lembranças faziam Mariana lembrar o que veio depois, algo que ela seria incapaz de esquecer mesmo que se passassem mil anos.

Mas agora era tarde demais, as recordações insistiam em forçar a passagem. Assim, por um fugaz momento, Mariana se viu transportada para o passado — ela se viu de novo no purgatório.

* * *

No fatídico dia em que o planeta Absinto assolou a humanidade, Mariana foi a única que escapou do edifício em que trabalhava. Aquele fora o evento mais assustador de sua vida, mas não fora a única surpresa daquele dia.

Poucas horas antes do início do apocalipse zumbi, Mariana descobriu que estava grávida. Algo totalmente indesejado e que fez com que ela e seu namorado e colega de trabalho, Raul, tivessem uma briga pública, dentro das dependências da empresa.

Quis o destino que quando as pessoas começaram a se transformar em zumbis Raul fosse uma delas. E Mariana, para se salvar, precisou matá-lo com as próprias mãos — o pai de seu filho.

E no derradeiro momento, quando todos os seus amigos já haviam perecido, sem ver outra opção, ela planejava se matar jogando-se do alto do prédio, quando um helicóptero da polícia surgiu e a resgatou.

A bordo da aeronave, Mariana se deparou com uma cena à sua frente que nunca mais iria esquecer: uma mulher dentro do helicóptero, ainda envolta em faixas, carregando nos braços um bebê zumbi recém-nascido. Uma criatura minúscula de olhos brancos e leitosos que guinchava como um animal e que viera ao mundo daquela forma.

Foi quando Mariana tomou consciência de que os terríveis zumbis assassinos que assolaram o prédio em que trabalhava estavam dominando toda a Terra rapidamente.

Naquela situação em que nem o piloto nem o soldado que o acompanhava sabiam para onde ir, Mariana pensou no óbvio: eles iriam procurar o seu pai. O coronel Fernandes saberia o que fazer. Ele havia se preparado a vida toda para lutar e sobreviver a qualquer tipo de desafio.

Chegar à sede da Segunda Divisão de Exército, local onde seu pai servia às Forças Armadas, foi a parte fácil. O problema foi que do alto eles avistaram uma verdadeira praça de guerra no complexo.

No estacionamento, barricadas em chamas separavam algumas dezenas de homens de centenas de mortos-vivos.

Os homens comandados pelo coronel Fernandes usaram veículos, móveis e tudo o que conseguiram reunir para queimar, produzindo assim imensas labaredas que atrasavam o avanço dos zumbis.

Os soldados lutavam com porretes e pouquíssimas armas de fogo, matando as criaturas que conseguiam atravessar o bloqueio improvisado.

Era um confronto desigual e aparentemente impossível de ser vencido. E isso fez com que o piloto desistisse.

— Não podemos pousar ali, é suicídio! Precisamos ir para outro lugar! — o piloto falou em voz alta.

— Tem que haver um jeito! Meu pai deve estar lá! Ele pode nos ajudar! — Mariana tentava fazer sua voz se sobressair ao som do helicóptero. Apesar de exausta, ferida e com as roupas imundas, ela não pretendia desistir daquela opção.

— Moça, eu não vou pousar! Nós todos morreremos se eu fizer isso, esquece!

— Nós precisamos pousar ali! Eu sei que meu pai... — Mariana tentou argumentar.

— Seu pai está morto! — o piloto afirmou, nervoso.

Mariana não podia acreditar. O mundo todo parecia ter enlouquecido, aquele só podia ser o fim dos tempos anunciado na Bíblia.

Levou a mão à testa enquanto o piloto fazia uma curva larga e começava a virar a aeronave na direção oposta. Foi quando avistou seu pai.

O coronel José Fernandes estava no meio do grupo de soldados que enfrentava a horda de zumbis assassinos. Entre os mortos-vivos, inclusive, havia inúmeros recrutas; era uma batalha entre ex-aliados, agora, separados pela maldição.

O coronel, de cinquenta anos, porte atlético, pele morena clara, bigode e cabelos grisalhos, gesticulava e gritava, mandando os homens continuarem lutando.

Uma das criaturas passou no meio das chamas e avançou na direção dele, transformado numa bola de fogo ambulante e fora de controle, mas calmamente o coronel ergueu a pistola e explodiu o crânio do ser, sem pestanejar.

— Eu vi meu pai! Ele está ali embaixo! Volte! — Mariana gritou, apontando para o coronel em meio ao caos.

— O quê? De jeito nenhum! Esquece isso, eu não vou pousar ali! — o piloto contrapôs.

— Soldado, meu pai é um coronel do exército e vai acabar com a sua raça se souber que você se recusou a pousar. Eu estou falando para você aterrissar, agora! — Mariana ordenou.

O piloto olhou, através do espelho, para Mariana, que estava logo atrás dele, procurando algum sinal de que ela estivesse blefando, mas percebeu a segurança dela.

— Fazer isso é suicídio! Olhe para eles! Seu pai e aqueles homens estão em um número muito menor, todos vão morrer! — o piloto tentava trazer Mariana de volta à realidade.

A moça, entretanto, estava irredutível.

— Pouse, soldado! Agora! — Mariana tornou a erguer a voz, num tom inequívoco de encerramento.

O piloto tornou a encará-la pelo retrovisor e Mariana sustentou seu olhar. Ela fora criada por um militar linha-dura; sabia exatamente como lidar com uma situação como aquela.

O piloto e o soldado se entreolharam, tentando decidir o que fazer. Pousar naquele campo de batalha era uma péssima ideia, mas se indispor com um oficial parecia pior ainda. Quando as coisas voltassem ao normal, eles poderiam se encrencar, e muito.

— Muito bem, eu vou descer. Mas não ficarei nesse lugar; se você quer morrer é problema seu, fui claro? Eu a deixo aqui e vamos embora, estou falando sério! — Aquela era uma inegociável oferta final.

— Está ótimo, me deixe aqui e pode ir para onde você quiser — Mariana respondeu.

A contragosto, o piloto deu uma guinada à direita e estabilizou a aeronave sobre o estacionamento, bem acima da batalha de vida ou morte que era travada entre humanos e zumbis.

Soldados e mortos-vivos olharam para o alto, atraídos pelo som do helicóptero. O sol já baixava no horizonte, ofuscando os olhos de todos, por isso, o coronel Fernandes levou a mão ao rosto tentando enxergar. Quando percebeu que se tratava de uma aeronave da Polícia Militar ele começou a gesticular para que pousasse logo; reforços seriam muito bem-vindos naquele momento.

O helicóptero começou a baixar lentamente em linha reta, no final do estacionamento e a cerca de vinte e cinco metros do grupo de soldados e sua barricada em chamas.

Coronel Fernandes ordenou que os soldados continuassem em suas posições, enquanto ele falaria pessoalmente com a equipe da aeronave.

Mariana se posicionou junto à porta e olhou mais uma vez para a mulher que trazia o pequeno zumbi no colo. Ela permanecera em silêncio o tempo todo, com um olhar vazio e distante, tentando conter a criatura que se debatia e gemia sem parar.

— Boa sorte. Eu sinto muito — Mariana balbuciou.

— Não existe mais sorte neste mundo... apenas morte — a mulher falou, apática.

Mariana não respondeu. Apenas engoliu em seco e fez um leve aceno com a cabeça para o piloto e o soldado que a salvaram. Ela não chegara a agradecer pelo fato de eles a terem resgatado no momento mais crítico de todos.

Quando coronel Fernandes se aproximou do helicóptero cuja porta acabara de se abrir, esperava ver qualquer pessoa do mundo, menos sua filha.

— Mari! O que você está fazendo aqui?! — o coronel gritou em virtude do som do rotor do helicóptero.

— Eu vim encontrá-lo, pai! Não sabia para onde ir! — Mariana se jogou nos braços dele.

O coronel ficou perplexo com a filha pendurada em seu pescoço, mas se sobressaltou mesmo quando viu o helicóptero alçando voo em meio à fumaça negra que se espalhava rapidamente por todo o estacionamento.

Ele se desvencilhou dos braços de Mariana e correu na direção da aeronave que partia.

— Não! Voltem aqui! Isso é uma ordem! — O coronel gesticulava para o piloto, que parecia ignorar seus protestos.

— Eles disseram que não ficariam, pai — Mariana balbuciou, um pouco decepcionada.

Estava cansada e assustada, e esperava que ao menos naquele momento seu pai fosse minimamente atencioso com ela. Mas não havia espaço para sentimentalismos agora.

— Você não entende, eu não quero que você fique aqui! Tem que ir embora, Mari! — O coronel berrava, ainda gesticulando para o helicóptero.

— Pai, não sei para onde ir, não tem como chegar em casa, não consigo falar com a mamãe e...

Mas o coronel a interrompeu, sem rodeios:

— Filha, sua mãe está morta, eu sinto muito.

Mariana permaneceu parada, olhando para o pai. Estava confusa; podia jurar que o pai dissera que sua mãe estava morta.

— Não, pai, eu disse que não consegui falar com a mamãe e... — Mariana insistiu.

— Mariana, acorda! Sua mãe morreu! Eu liguei para casa e Elza afirmou aos gritos que sua mãe a atacou e ela conseguiu derrubá-la da escada. Elza matou sua mãe, sinto muito.

Mariana olhava para o pai boquiaberta. Ela continuava sem entender, devia ter algo errado. Seu pai parecia ter dito que Elza, a empregada da família, matara a sua mãe.

— Pai, acho que eu não entendi...

— A sua mãe morreu! — o coronel Fernandes tornou a gritar, com o rosto vermelho e os olhos injetados de fúria, enquanto jogava os dois braços para cima em sinal de frustração por ver o helicóptero se afastando.

— Qual parte não está clara para você, Mariana?

Ela não respondeu. Tapou o rosto com as mãos e começou a chorar, indiferente ao caos que os cercava.

Chorou de tristeza pela morte da mãe, pelos amigos perdidos, pelo namorado que ela matara com as próprias mãos e até mesmo pela criança que carregava no ventre. Sobretudo, Mariana chorava por continuar viva; preferiria ter morrido quando aquilo tudo começou...

Ao fundo, ela continuava ouvindo os gritos dos soldados, os disparos das armas, os grunhidos e urros dos zumbis. Todos os sons da guerra entre humanos e mortos-vivos chegavam claramente aos seus ouvidos, mas ela se sentia anestesiada, entorpecida, como se não conseguisse traduzir tudo aquilo em algo que de fato conseguisse processar.

Na sua crise de choro incontrolável, Mariana conseguiu ouvir vagamente quando os gritos dos soldados aumentaram, enquanto frases mandando todos recuarem eram proferidas.

— Voltem, eles passaram! — alguém alertou.

— Todos para o prédio! Todos para o ... — Em seguida, a mesma voz começou a urrar de dor, pois o seu dono era esfolado vivo.

Mariana sentiu uma mão forte e pesada agarrando-a pelo antebraço e arrastando-a, praticamente obrigando-a a correr.

— Vamos, filha, se mexe! Corre, Mariana! Corre!!!

Mariana abriu os olhos e correu, praticamente contra sua vontade. Tinha dificuldade até mesmo de se lembrar por qual motivo estava correndo. No fundo, ela preferiria ter ficado parada, mas tinha que obedecer seu pai. Encontrava-se em estado de choque e por muito tempo nada faria muito sentido.

Ela e o coronel Fernandes foram os últimos a entrar no prédio da sede do complexo. E quando as portas se fecharam, uma imensa manada de zumbis enfurecidos se chocou contra elas, como uma onda arrebentando nas rochas de uma praia.

* * *

Dois meses depois dos eventos do dia 14 de julho de 2018, o doutor Oscar, médico do exército, especialista em pesquisas científicas, examinava Mariana.

Ele tinha cerca de quarenta anos, cabelos desgrenhados e cara de louco. Muitos apostavam que não era apenas a aparência— quase ninguém confiava na sanidade dele.

— O que ela tem? — o coronel Fernandes perguntou, vendo que o médico finalizara o exame.

— Ela aparentemente está bem. Não há indícios de lesões, seu estado é puramente emocional. — Oscar acendeu uma pequena lanterna diante dos olhos de Mariana. Ele tentava não tremer. Havia desenvolvido vários tiques nervosos após o surgimento dos zumbis.

— Ela continua em estado de choque? — o coronel quis saber.

— Provavelmente, não mais. O Transtorno de Estresse Agudo, conhecido pelos leigos como estado de choque, em geral, não dura mais de um mês — Oscar respondeu.

Mariana permanecia indiferente àquela conversa. Não falava muito, recusava-se a responder perguntas e só comia, andava ou tomava banho com a ajuda de outras pessoas. Ao que tudo indicava, ela vivia num estado de transe.

— Mariana, você consegue me ouvir? Fale comigo! — o doutor Oscar ordenou, com firmeza. Ele era incrivelmente tímido; só mesmo circunstâncias como aquela para fazê-lo falar daquele jeito com uma mulher.

— Eu já tentei de tudo; nem perca seu tempo. — O coronel Fernandes se mostrava irritado e um tanto frustrado também. — Cheguei até mesmo a esbofeteá-la, mas nada mudou.

— Acho que ela está aí em algum lugar, ouvindo tudo o que dizemos. A sua filha simplesmente não quer falar. — Oscar ajustou os óculos no rosto.

— E por que diabos ela não quer falar conosco? Tudo isso está sendo causado pelo medo dos zumbis? — o coronel indagou, impaciente.

— Não, o medo gera respostas de autopreservação na maioria das vezes. Ela está deprimida.

— Então, isso tudo não passa de pura frescura? — Uma veia saltava agora no pescoço dele.

— Não, coronel, tristeza profunda também é uma doença. Mas, em geral, desperta irritabilidade, choro e até mesmo dor. A reação de sua filha está sendo diferente do normal, mas ainda assim eu aposto na teoria de que é tristeza, pura e simplesmente — Oscar afirmou, com seu jeito esquisito.

— E o que eu faço para tirá-la desse estado? — Fernandes perguntou, mais calmo.

— É complicado, eu não sou terapeuta. E, na prática, depende muito de ela querer reagir. — Oscar cruzou os braços, olhando Mariana sentada no sofá em estado catatônico.

— Não entendo. Será que tudo isso é por causa da morte da mãe?

— Não. Eu acho que é algo diferente — Oscar argumentou, arqueando as sobrancelhas.

— Como o quê, por exemplo? — o coronel Fernandes insistiu com o médico, carrancudo.

— Pai, eu estou grávida — Mariana falou de repente, dando um enorme susto no coronel Fernandes e no doutor Oscar.

* * *

— Mariana, eu preciso conversar com você algo muito importante — Oscar começou a falar, sem jeito.

Mariana respirou fundo e engoliu o ar. Sentia o estômago embrulhado e um gosto amargo na boca. Parecia que vomitaria a qualquer momento.

— Eu acho que já sei o que você vai dizer — Mariana se obrigou a responder, lutando contra o medo.

— O que houve, Oscar? Fala logo, homem! — O coronel Fernandes ordenou, do outro lado da sala. Estava com o semblante muito mais pesado que o normal.

Já haviam se passado três dias desde que Mariana voltara a falar e ele ainda não digerira a notícia que a filha lhe dera. Nem mesmo o alívio de vê-la se recuperando amenizara sua reação.

— O fato é que considerando todas as informações que sua filha me passou, posso estimar que a gestação dela já tem cerca de quatorze semanas — Oscar informou.

— Sim, isso eu já entendi. E daí?

— O problema, coronel, é que nessa fase o feto costuma ter por volta de oito centímetros e cerca de quarenta gramas aproximadamente. — Oscar voltou a olhar para o aparelho de ultrassom portátil que eles conseguiram em um hospital próximo ao complexo.

— E o meu filho? Qual o tamanho dele? — Mariana perguntou, ansiosa, rezando para que seus pressentimentos estivessem errados.

— Cerca de um centímetro e meio. O tamanho aproximado de um feto de seis semanas — Oscar respondeu.

Mariana abaixou a cabeça e sentiu seus olhos se encherem de lágrimas. Sabia que algo estava errado, aquilo era apenas a confirmação. Mas tinha temores ainda maiores que precisava esclarecer.

— Isso quer dizer que meu bebê está morto? — Mariana enxugou os olhos com as costas da mão.

— Quem dera, Mariana. Muito pelo contrário; infelizmente, seu bebê está bem vivo. — Doutor Oscar balançou a cabeça.

Mariana congelou. Ficou olhando para o doutor Oscar, sentindo o coração disparar. Suas mãos se encharcaram de suor quase instantaneamente de tanto estresse.

— Calma aí... Meu neto está vivo? E o que há de ruim nisso? — O coronel Fernandes parecia confuso.

— O problema é que basicamente o seu neto não cresceu nada nos últimos dois meses. O desenvolvimento dele simplesmente parou. — Oscar o encarou.

— Então, existe algum engano. Com certeza, minha filha perdeu o bebê — Fernandes afirmou, convicto.

— Se isso fosse verdade ela já teria abortado. E além disso... — Oscar iniciou a frase, mas se interrompeu. Aquela era a parte inacreditável.

— O quê? O que houve? — Mariana sentiu como se uma mão invisível tivesse se fechado em sua garganta.

— É sobre o coração do seu feto, Mariana. Nessa fase, o coração de um bebê já está batendo, em geral, numa frequência de cem batidas por minuto. Mas, nesse caso, está muito mais rápido. Incrivelmente mais rápido — Oscar falou, sem jeito.

— Quanto mais rápido? — o coronel indagou, cismado.

— Quase trezentos batimentos por minuto. O aparelho quase não conseguiu medir. — Oscar tornou a fitá-lo, muito sério.

Mariana levou as mãos ao ventre e se dobrou como se levasse um murro no estômago. Ela sabia o que viria a seguir. O desastre que prenunciara estava se tornando realidade.

— Você é médico, Oscar. Alguma vez na vida já viu algo similar? — Fernandes não sabia o que pensar ou esperar.

— Sim, eu vi recentemente alguns casos bem similares. — Oscar se virou para Mariana, que recomeçara a chorar. — Sinto muito, mas você está grávida de um zumbi.

Ela soltou um grito tão alto, tão estridente, que foi ouvido praticamente em toda a sede da Segunda Divisão de Exército.

* * *

— Não posso fazer isso. — Mariana soluçou.

— É preciso, você não pode continuar com essa coisa dentro de si. — O doutor Oscar se sentia compadecido da moça.

— Filha, escute Oscar, ele sabe o que diz.

— Eu não posso matar meu filho, vocês não entendem? Sempre fui contra o aborto, não tenho coragem. — Os olhos de Mariana estavam vermelhos de tanto chorar.

— Não chame essa coisa de filho! — coronel Fernandes bradou, indignado.

— Meu filho. E seu neto, não se esqueça disso. — Mariana mediu o pai de cima a baixo. Não era muito comum ela enfrentá-lo, mas esta lhe pareceu realmente uma boa ocasião.

O coronel Fernandes fez menção de responder, mas se conteve. Estava de cabeça quente e sabia que naquele momento brigar com a filha não resolveria nada.

— Mariana, eu tenho estudado essas criaturas e posso afirmar: seu filho está morto, eu sinto muito. — Oscar tentava não parecer louco, como de costume.

— O coração dele está batendo forte. Como você quer que eu me convença de que está morto? Faz ideia do quanto isso é difícil? — Mariana se sentia profundamente angustiada.

— Eu imagino o tamanho de seu dilema, mas tente usar a razão, por mais duro que possa parecer. Você já enfrentou um zumbi? Alguém que você conhecia antes?

— Sim, mais de uma vez. — Ao responder, Mariana se arrepiou inteira com a lembrança de seu namorado, Raul, transformado num monstro homicida.

— E era alguém querido?

— De uma certa forma, sim, Oscar.

— Nesse caso, você viu o que essa praga faz com as pessoas. Foi o que aconteceu com seu filho, Mariana. Ele era alguém querido, mas agora é uma coisa completamente diferente. Você quer carregar algo assim no seu ventre?

— E se tudo não passar de um engano, Oscar? E se houver uma chance, mínima que seja, de o meu filho nascer normal? — Mariana questionou, teimosa.

— Não há. E se o contrário for verdadeiro? E se dentro do seu útero houver uma criatura que só não a está ferindo pelo simples fato de não possuir dentes? — Oscar perguntou, agora um pouco impaciente. — Nós sabemos muito pouco a respeito dos zumbis. Essa criatura pode apodrecer dentro de você, transmitir doenças, talvez até mesmo contaminar você também. Pense nisso!

— Eu prefiro esperar que ele nasça para depois decidir. — Mariana estava irredutível.

— Esse é o problema, Mariana. Seu filho não está se desenvolvendo, o relógio biológico dele parou de funcionar. Ele não vai nascer. Estamos diante de uma situação que pode nunca ter fim — Oscar respondeu, fazendo com que os olhos de Mariana se arregalassem. — Imagine os malefícios que algo do gênero poderia trazer para a sua saúde. Você precisa pensar com clareza, Mariana!

Ela se encolheu.

O coronel Fernandes olhou feio para o médico e Oscar decidiu que era melhor não ter outros rompantes iguais àquele.

— Preciso pensar. Você está pedindo que eu vá contra todos os meus princípios — Mariana respondeu, arrasada.

Oscar e o coronel Fernandes se entreolharam. Nenhum dos dois estava com muita paciência para lidar com aquela situação, mas era óbvio que Mariana não recuaria facilmente.

— Então, pense, filha. Mas não demore muito, pois poderá ser tarde demais. — O coronel Fernandes, emburrado, saiu da sala antes que acabasse fazendo algo do qual poderia se arrepender.

— Procure-me quando você estiver pronta, Mariana. — E Oscar também se foi, deixando-a a sós com seus fantasmas.

* * *

Quase um mês se passou, e a rotina no complexo permanecia igual. Os soldados procuravam manter os zumbis distantes e Mariana sofria. Então, ela pediu para repetir os exames.

— Nada novo. — Oscar fitava a tela do aparelho de ultrassom. — Seu feto não cresceu nem um milímetro sequer, apesar de estar com o coração batendo numa velocidade inimaginável.

— Bom, mas algumas crianças são menores do que as outras, não é? Quem sabe eu...

Oscar a interrompeu:

— Mari, com mais de quatro meses de gestação seu bebê deveria estar dez vezes maior. Não se iluda, ele também é um desalmado, agora.

Mariana recomeçou a chorar. Se Deus estava castigando toda a humanidade, ela estava recebendo punição dobrada.

Então, finalmente, ela decidiu fazer o aborto.

* * *

Mariana olhava fixo para os cinco comprimidos na palma de sua mão, sem que estivesse segura de estar fazendo a coisa certa.

Apesar dos zumbis, da morte do pai de seu filho e do inferno em que a Terra se transformara, ela não queria fazer aquilo. Sua formação a fazia considerar o aborto sob qualquer circunstância uma forma de assassinato.

Porém, agora, Mariana sabia que algo estava muito errado com aquele bebê. No fundo, sempre soube que uma coisa como aquela poderia acontecer, desde o instante em que entrou no helicóptero e viu um zumbi recém-nascido.

Porém, ela havia mantido a fé até o fim. No fundo, uma parte pequena e zangada de Mariana ainda queria ter esperanças, mesmo sabendo que era impossível, após tantas comprovações.

Sentia culpa pela própria covardia. Parte dela imaginava que sua mãe se envergonharia daquele momento, caso ainda estivesse viva.

— Quando eu tomar isso, o que vai acontecer? — Mariana perguntou ao doutor Oscar.

Felizmente, o coronel não estava presente. Ele, sempre tão frio, ficara transtornado com toda aquela história.

— Depois de algumas horas você sentirá uma forte contração uterina, seguida de um intenso sangramento. As contrações de seu útero irão expulsar o feto e causarão o aborto — Oscar explicou.

— Vai doer muito? — Mariana perguntou, preocupada.

— Depende, varia de mulher para mulher. Talvez seja uma dor quase insuportável, talvez não seja mais do que uma simples cólica menstrual. O problema é que estou apostando que será um processo similar ao de uma mulher com seis semanas de gravidez em função do tamanho do feto, sendo que na realidade você está com dezoito semanas. Estamos pisando em terreno desconhecido.

— O que devo fazer com estes comprimidos?

— Tome primeiro esse. — Oscar apontou. — E amanhã tome os outros quatro. Ao fazer isso, será questão de minutos para os sintomas começarem.

— E quais serão esses sintomas? — Mariana engoliu em seco. Suas mãos suavam de nervosismo.

— Mais uma vez, varia de paciente para paciente. Você pode ter calafrios, febre, diarreia. Ou talvez não tenha nenhum desses sintomas. A dor é certa, disso não há como escapar, mas a intensidade eu não posso prever. É uma gravidez atípica, que não consta na literatura médica — Oscar explicou.

Mariana respirou fundo e fechou os comprimidos na mão. Chegara a hora.

Ela agradeceu a Oscar pela ajuda e se despediu, dirigindo-se ao dormitório em que estava alojada. O médico pediu que Mariana o procurasse quando os sintomas começassem, pois queria acompanhar tudo de perto.

Por ser a única mulher que habitava o complexo naquele momento, Mariana tinha o privilégio de dormir sozinha, o que era um imenso alívio. Tudo que ela não queria era ter que olhar para a cara de alguém.

Aquele era, sem dúvida, o dia mais difícil de sua vida. Mais triste do que quando os zumbis surgiram e ela perdeu a mãe, sua melhor amiga e até mesmo o pai de seu filho. Aquele momento superava todos os demais em termos de infelicidade. Mariana se sentia uma assassina.

Ela fez exatamente o que Oscar prescreveu. Tomou o primeiro comprimido e, vinte e quatro horas depois, engoliu os outros quatro.

E então o seu armagedom teve início.

* * *

Fazia duas horas que Mariana ingerira os outros quatro medicamentos e não sentia nada. Nenhuma dor, calafrio, nem mesmo uma simples gota de sangue. Parecia que ela havia tomado algum tipo de placebo.

Mariana fez menção de procurar o doutor Oscar e relatar o que estava acontecendo. Mas ela se conteve; também não queria ficar demasiadamente neurótica por não sentir nada. O pior que poderia acontecer seria os remédios não funcionarem.

De repente, uma dor descomunal brotou dentro de seu ventre. Parecia que uma faca perfurava seu abdome e a rasgava por dentro.

Mariana gritou com a dor dilacerante e caiu no chão estatelada. Imediatamente ela se dobrou, colocando-se em posição fetal, tentando suportar o sofrimento repentino e incontrolável.

Suas entranhas se torciam, como se fossem romper. Em questão de segundos seu corpo se encharcou de suor e Mariana começou a tremer.

Ela permaneceu deitada, apavorada e com dificuldade de respirar em virtude da imensa dor que sentia. Definitivamente, havia algo errado, Oscar não descrevera nada parecido com aquilo.

Passados alguns instantes, Mariana tentou se levantar. Precisava chamar o doutor; ele saberia o que fazer.

Lentamente, Mariana apoiou as mãos no chão, tentando se erguer. Então, uma onda de dor intensa torceu seu útero e se alastrou pelas costas, na altura dos rins. Ela trincou os dentes e respirou fundo; era preciso manter a calma naquele momento. Precisava procurar Oscar, era a sua prioridade.

Primeiro, ela se ajoelhou, tentando endireitar o tronco, o que fez seu corpo doer por inteiro. Em seguida, começou a se erguer devagar, apoiando-se na cama.

Quando isso aconteceu, uma nova onda de dor a atravessou. Começou no útero, mas logo se propagou por todo o seu abdome.

Ela gritou de desespero, mas conseguiu ficar de pé. Se caísse de novo, não sabia se conseguiria levantar mais uma vez.

Apoiando-se nas paredes, na porta e onde mais conseguiu, Mariana por fim saiu do quarto. Sua cabeça girava, os olhos se encheram de lágrimas e ela sentia náuseas.

Olhou para baixo e viu uma mancha escura surgindo na calça jeans na altura da região pélvica, mas já não sabia se aquilo era sangue ou se estava urinando de tanta dor. Porém, pouco importava; precisava de ajuda urgentemente.

Ao chegar ao corredor, constatou, para sua infelicidade, que ele estava vazio. Mariana tinha de encontrar alguém, qualquer pessoa, para que lhe chamasse o médico.

Porém, após ter dado apenas uns poucos passos, sentiu algo explodindo dentro de seu corpo, como se uma bexiga cheia de água quente houvesse arrebentado no interior do seu útero.

Quando isso aconteceu, a dor foi tão intensa que ela soltou um último grito e sua visão escureceu completamente, fazendo com que Mariana desabasse no chão, inconsciente.

* * *

Os acontecimentos seguintes foram entrecortados por momentos de lucidez e delírio. Mariana ouviu gritos, passos apressados pelo corredor, a voz de seu pai, do doutor Oscar e várias outras pessoas falando ao mesmo tempo.

Ela sentiu diversas mãos erguendo-a e colocando-a sobre algo que parecia ser uma maca. Ao fundo, vozes familiares discutiam.

— Como você permitiu que isso acontecesse?! — alguém falava furioso.

— Não sei o que houve, não era pra ter acontecido nada assim — a pessoa tentava se explicar.

Mariana sentia-se flutuar, enquanto a dor se propagava pelo seu corpo em ondas cada vez mais fortes e, a cada instante, mais rápidas. Quando chegavam à sua cabeça, transformavam-se em pontos brilhantes que dançavam pelo cérebro.

Enfim, sentiu-se sendo colocada numa cama um tanto dura, enquanto ao fundo vozes ordenavam que as pessoas saíssem. Ela não saberia dizer se todo aquele movimento havia durado alguns segundos ou vários minutos.

Seu estado de confusão mental diminuiu quando escutou seu pai chamando seu nome:

— Mari, você está me ouvindo? Fala comigo, filha.

— Estou ouvindo... dói muito... — Mariana respondeu, debilitada.

— Mariana, eu vou dar uma medicação para aliviar sua dor, está bem? Mas preciso que fique acordada, preciso saber tudo que você está sentindo, certo? — doutor Oscar falou.

Ela se ateve a assentir com a cabeça. A dor era tamanha que mal conseguia falar.

Mariana sentiu a picada da injeção, mas diante de tanta dor tratou com indiferença. Passados alguns instantes, finalmente começou a experimentar algum alívio. Estava longe de acabar, mas ela conseguiu reunir forças e abriu os olhos. Diante de si, seu pai e o doutor Oscar a observavam, preocupados.

— Mariana, como se sente? — Oscar passava uma toalha umedecida em água fria na testa suada dela.

— Está doendo muito... é a dor mais intensa que já senti... Isso é normal? — Doía tanto que ela tremia sobre a cama, batendo os dentes.

— Não, não é normal... Já ouvi falar de casos de pessoas que sentiram dores similares à dor do parto, mas nada parecido com o que você está descrevendo. — Oscar ajustou os óculos no rosto.

— Então, o que está acontecendo? Qual a explicação? — o coronel Fernandes perguntou, praticamente intimando Oscar a esclarecer aquilo.

— A verdade é que eu acho que nosso pequeno desalmado está resistindo bravamente. É um filho da puta durão. — Oscar quase riu do próprio comentário. Mas engoliu o riso imediatamente quando percebeu os olhares de Mariana e do coronel Fernandes para ele.

— Para sua sorte, vou deixar esse comentário passar em branco. — O coronel Fernandes o encarou, ameaçador. — A pergunta é: como vamos tirar isso dela sem que essa coisa a mate?

Mariana não gostou muito do termo "coisa" empregado pelo seu pai, mas não estava em condições de discutir. E, no fundo, o sofrimento era tão grande que todo e qualquer afeto que podia nutrir por aquele bebê ficara no passado. Tudo o que queria era que aquele martírio acabasse logo.

— Coronel, não temos equipamento para fazer a curetagem por sucção, nem dispomos de um centro cirúrgico para que eu possa realizar um procedimento mais invasivo. Sugiro aguardar, é mais seguro. Mais cedo ou mais tarde o corpo dela vai vencer a batalha e expulsará o feto e todo o material do útero — Oscar afirmou, resignado.

Mariana suou frio diante da perspectiva de aquela dor continuar por tempo indeterminado. Porém, não havia mais nada que pudessem fazer.

Novas ondas de dor começaram a se propagar do seu útero, irradiando-se pelo corpo todo. Mariana sentia seu peito, suas pernas e até mesmo seus braços doendo.

Seu abdome inteiro parecia se contorcer, distender e revirar, esmagando os demais órgãos. Era uma sensação devastadora. Os lençóis se encharcavam de suor e lágrimas, enquanto o seu martírio se prolongava. Mariana sentia como se seu corpo fosse partir ao meio a qualquer momento.

Passaram-se minutos intermináveis. E logo se tornaram horas. O sofrimento parecia não ter fim.

Oscar chegou a aplicar medicamentos abortivos diretamente no canal vaginal de Mariana, tentando acelerar o processo, mas nada fazia efeito e a dor aumentava exponencialmente a cada momento.

Mariana rezava, gritava de dor com toda a força dos seus pulmões. Às vezes, perdia as forças em cólicas e espasmos intermináveis que viravam o seu corpo do avesso.

Depois de seis horas naquele processo, Mariana só pedia a Deus para morrer. Era mais sofrimento do que imaginava ser capaz de suportar. Sua energia se esgotara; não tinha mais de onde extrair forças para continuar enfrentando aquele inferno.

Foi quando de súbito sentiu uma contração monstruosa. Pareceu que todas as suas entranhas tentavam expelir o conteúdo do ventre, num movimento contínuo e rápido, que mais pareciam mãos invisíveis expremendo-lhe a barriga de cima para baixo.

Oscar e o coronel Fernandes prenderam Mariana à cama, cada um segurando também uma de suas mãos. As veias do pescoço saltaram de tal forma que ameaçavam explodir.

Mariana gritou uma última vez e trincou os dentes. E uma verdadeira explosão de sangue aconteceu, manchando completamente o lençol, chegando até mesmo às paredes.

Mariana caiu na cama prostrada, parecia que desfaleceria. Ela ainda sentia pequenas cólicas que expulsavam resquícios daquilo que havia em seu útero. Mas a dor em escala descomunal cessara.

— Filha, você está bem? — O coronel Fernandes passou a mão na testa dela.

Mariana abriu os olhos e não acreditou no que via. Será que delirava novamente?

Seu pai a fitava com toda a ternura do mundo. Não era mais o sisudo, carrancudo e hiperexigente coronel Fernandes diante dela. Era apenas um pai preocupadíssimo com sua filha. Nada mais. Mariana não conseguiu resistir e sorriu diante daquele cenário tão inesperado.

— Estou melhor, a dor quase parou. — Mariana esboçou um sorriso fraco.

— Graças a Deus, minha filha! Tive muito medo de perder você... me desculpe ter sido tão duro, nunca fui um pai muito presente, me perdoe — Fernandes sussurrava suavemente.

Era um sonho ou ele estava mesmo quase chorando?

— Não tem problema, pai, obrigada por você estar aqui comigo. Eu te amo — Mariana falou, com as lágrimas rolando dos seus olhos.

O coronel se curvou e abraçou a filha apertado. Uma lágrima discreta caiu dos olhos do militar.

— Eu também amo você, filhinha — ele disse baixinho, próximo ao ouvido dela.

— Meu Deus do céu... — Oscar balbuciou, perplexo, alheio à bela cena que se desenrolava entre pai e filha.

Mariana se soltou do abraço reconfortante do pai e olhou na mesma direção que Oscar olhava, no rastro sobre o colchão, entre suas pernas.

— Não, Mariana, não olhe! — Oscar tentou impedi-la, mas já era tarde.

Quando Mariana guiou sua visão para o colchão, viu um minúsculo feto no meio do sangue e dos restos do material de seu útero. Ele parecia um camarão, levemente rosado e com braços subdesenvolvidos, porém, não tinha nem dois centímetros.

A aparência dele era a esperada para um feto de seis semanas, mas já possuía olhos completamente brancos, tão grotescamente claros que se confundiam com a cor da própria pele. Ao observar aquele pequeno ser, Mariana voltou a se sentir mal.

E o ser se movia. Uma criatura minúscula que jamais poderia estar viva fora do útero materno. Que não estava pronta para a vida, mas já estava pronta para a existência maldita dos seres desprovidos de alma. Um desafio a todas as leis da Natureza, da vida, das religiões, algo que ninguém sabia como lidar.

Quando Mariana viu o feto se mexendo de forma frenética e movimentando a boca como um peixe, soltou um grito de desespero e finalmente desmaiou.

* * *

Mariana voltou ao presente e fitou o sargento Carlos, que a observava com curiosidade. Ambos continuavam parados no meio do estacionamento do supermercado enquanto subia ao céu uma fumaça escura da queima dos corpos dos zumbis.

— Sua cara voltou a ficar péssima. Lembranças ruins? — Carlos franziu a testa.

— As piores possíveis. — Ela esboçou um sorriso murcho.

— Eu imagino. Se metade do que eu ouvi falar for verdade... — Carlos iniciou, fazendo menção de abordar o assunto, mas bastou um olhar de Mariana para que desistisse.

Após alguns instantes de um silêncio incômodo, o sargento Carlos decidiu fazer uma outra pergunta, parte por curiosidade, parte para tentar desfazer o clima pesado que se formara de repente.

— É verdade que você foi treinada pelo seu próprio pai no ano passado, Mariana?

— Sim, é verdade. Depois do meu... Enfim, dos meus problemas de saúde, tão logo me recuperei, ele começou a me treinar.

76

— E antes disso você jamais disparara uma arma? — Carlos parecia impressionado.

— Não. Nunca tinha sequer chegado perto de uma. Meu pai não deixava.

— E como foi o treinamento? O coronel é uma lenda. Dizem que ele era um dos melhores oficiais da ativa. Mas também sempre teve fama de... bem... ser um pouco... temperamental — Carlos afirmou, sem jeito.

— Meu pai é um tremendo filho da puta, acho que é isso que você está querendo dizer. — Mariana sorriu.

— Não, não foi isso que eu quis dizer... — Carlos tentou consertar, sem jeito.

— Relaxa, ninguém vai saber que conversamos sobre isso. E sim, meu pai tem um temperamento difícil e não pegou leve comigo. Aliás, nem um pouco. — Mariana sorriu de novo. Falar mal de seu pai sempre a fazia se sentir melhor, apesar de amá-lo.

— E mesmo sabendo do temperamento de seu pai você aceitou ser treinada por ele? Não ficou com medo? — Carlos suspirou, um tanto aliviado.

— Perdi o medo do meu pai faz tempo. Depois de muitos gritos, muitos castigos e algumas surras, deixei de me intimidar. E quando virei adulta, só piorou. — Aquela conversa estava fazendo Mariana se sentir melhor.

— E o seu treinamento? Dá para ver que foi excelente. Você tem boa pontaria, sabe lutar e é mais lisa do que quiabo quando as coisas engrossam; e tudo isso em pouco tempo — Carlos comentou, admirado.

Mariana ficou contente ao ouvir aquilo, e lembrou-se daqueles tempos. Dos dias após o aborto.

Ela ficou mais de um mês em depressão, sem vontade de fazer nada. Agradecia a Deus por Oscar ter se livrado do feto; não aguentaria olhar para aquilo de novo. O doutor matara a criatura e enterrara num dos gramados do complexo.

Depois de muito chorar e se perguntar por que tivera que passar por tudo aquilo, Mariana, enfim, enxergou duas verdades óbvias: a primeira era que as respostas para essas perguntas nunca viriam. E a segunda, era que tinha duas opções: reagir ou morrer. E Mariana decidiu que queria viver.

— Filha, você passou por muitas coisas, é melhor descansar mais um pouco — o coronel falara naquela ocasião.

77

— Não, pai. Chega de descanso, chega de repouso, chega de chorar. Quero ajudar. E quero aprender a me defender — afirmou, convicta.

— Tem certeza de que quer fazer isso pelos motivos certos? — O coronel a olhou, cismado, mas sentindo uma pitada de orgulho de sua menina, que virara adulta tão depressa.

— E existe um motivo errado quando se trata de proteger a própria vida e a de outras pessoas? — Mariana desafiou.

— Não, filha. Não tem. — O coronel Fernandes a olhou dentro dos olhos, aceitando o desafio.

A pergunta do sargento a trouxe de volta ao presente:

— E como foi ser treinada pelo próprio pai, um veterano do exército?

— Doloroso e massacrante — Mariana respondeu, sorrindo. — O coronel me fez correr na chuva e na lama e me obrigou a fazer flexões em manhãs geladas. Ele me ensinou a disparar com vários tipos de armas. Sobretudo, ensinou-me a matar desalmados de todas as formas possíveis. Com granadas, pistolas, facas e até mesmo de mãos limpas. Ele inclusive me fez passar por um batismo, me obrigando a matar um zumbi desarmada.

Carlos arqueou as sobrancelhas, procurando algum indício de que Mariana estivesse inventando ou exagerando. E não encontrou.

— Sério? Seu pai fez tudo isso com você? Sua única filha? — Carlos perguntou, chocado.

— Papai repetia sempre que era melhor passar por aquilo com ele do que sem ele — Mariana respondeu. — Naqueles meses de preparação, eu colecionava escoriações; acabei toda arrebentada.

Carlos balançou a cabeça e exalou um suspiro. Pelo visto, as histórias a respeito de Mariana eram verdadeiras.

— Acho melhor encerrarmos as coisas por aqui e voltarmos para a sede. Já tivemos nossa cota de encrencas por hoje. E me perdoe, Mariana, mas terei que relatar ao seu pai o que houve lá dentro. Ele disse que me destripa se eu omitir qualquer detalhe.

— Sem problemas, é mais seguro assim.

A equipe terminou de queimar os cadáveres dos zumbis, encheu o veículo com comida e água e deixou o supermercado para trás

CAPÍTULO 3
MARCHA DA DESTRUIÇÃO

O CORONEL FERNANDES caminhava pelos corredores da sede da Segunda Divisão de Exército. Ele já havia cumprido todas as tarefas daquele dia, como participar do treinamento dos soldados e repassar instruções aos plantões de guarda. E já falara com Oscar sobre os últimos avanços nas suas pesquisas com os desalmados.

Fernandes vinha se perguntando como estava evoluindo a missão do destacamento de Carlos, do qual Mariana fazia questão de participar, para busca de suprimentos. Ele não conseguia ficar completamente tranquilo com a ideia da filha saindo para matar zumbis em missões externas.

No que dependesse dele, Mariana jamais deixaria a sede. Mas ela já havia demonstrado várias vezes que tinha a competência necessária para aquelas empreitadas.

Além do mais, ele cedera depois de inúmeras brigas com a filha e não aguentava mais viver às turras com Mariana.

O coronel sacudiu a cabeça e decidiu não pensar mais naquilo. Todas aquelas experiências que Mariana estava vivendo, sabia ele, eram importantes para um objetivo maior no qual detestava pensar, mas do qual não podia fugir. Ela vinha aprendendo a sobreviver com seus próprios recursos.

Fernandes sabia que não duraria para sempre, e era tranquilizador ver que a filha se tornava cada vez mais apta a se manter viva sozinha num mundo em que só os mais fortes eram capazes de seguir em frente.

Mesmo assim, ele só queria que ela estivesse em uma posição mais segura, em algum lugar menos perigoso. Aquelas excursões o matavam de preocupação.

O coronel chegou à sala na qual estava o GMR, um dos melhores rádios de operações táticas do exército, e sintonizou a frequência usada pela comunidade de sobreviventes do Condomínio Colinas. Era hora de mais uma reunião com Ivan.

— Salve, grande coronel, como tem passado? — Ivan cumprimentou, animado, através do rádio.

— Muito bem, meu amigo, muito bem. E vocês aí, tudo tranquilo? Como vão Estela e o bebê? — O coronel gostava de conversar com Ivan; saber que tinha um aliado era reconfortante.

— Estela está ótima e mandou lembranças. E o bebê vai bem também, já são seis meses de gestação. O tempo voa!

— Ainda em repouso total? — O coronel vira Estela apenas uma vez, mas nutria uma imensa simpatia pela moça, mesmo tendo sido enganado por ela quando se conheceram. Afinal, gostava das pessoas capazes de enfrentá-lo.

— Sim, sem previsão de alta. As coisas, aparentemente, só vão se tranquilizar depois do nascimento. Mas tudo bem, ao menos ela continua estável e a gravidez agora vem evoluindo sem sustos. Eu é que não estou aguentando mais, ando sobrecarregado.

— Delegue tarefas, rapaz. Divida as responsabilidades com outras pessoas, você não precisa fazer tudo sozinho — o coronel aconselhou em tom grave.

— Eu tenho feito isso — Ivan afirmou. — O problema é que há coisas que ninguém mais conhece, só eu e Estela.

— Então, treine alguém — o coronel sugeriu, seco.

— Não é simples como parece. Pode soar como uma idiotice, mas eu e Estela desenvolvemos um sistema para controlar munição, recursos etc. É com ele que temos administrado tudo por aqui e venho tendo que dar conta disso sozinho. Foi ela quem desenvolveu quase tudo e agora não está mais aqui. — Ivan deu risada, pois já imaginava o que ouviria em seguida.

— Calma aí, o mundo está sendo destruído por zumbis e vocês estão preocupados com um sistema de computador? Você só pode estar brincando, certo? — o coronel Fernandes zombou. Aquela era a coisa mais idiota que já ouvira.

— Somos mais de três mil pessoas, coronel. Se não administrarmos tudo muito bem, vai faltar comida, munição, armas e tudo o mais. Isto

80

aqui já está parecendo uma minicidade. Se eu não tomar cuidado, vai virar um caos — Ivan respondeu, um pouco sem graça.

— Eu, hein? Não entendo essa geração internet. No meu tempo, controlávamos tudo no papel, era muito mais simples.

— Eu acredito, coronel, mas não sei cuidar das coisas de outro jeito. — Ivan coçou a cabeça, sem graça.

Ainda bem que o coronel Fernandes não conseguia ver sua expressão.

— De qualquer forma, boa sorte, acho que você vai precisar. — O coronel riu; quisera ele ter preocupações tão simples com as quais lidar.

— Muito obrigado. E claro, se você tiver um bom analista de sistemas para me indicar, pode mandar o currículo que eu pago bem — Ivan brincou.

Foi quando o coronel Fernandes parou para pensar nas palavras de Ivan. Acabara de ter uma ótima ideia. Como diabos não pensara naquilo antes?

— Calma aí! Estou ficando velho mesmo. Quer dizer que você está precisando de um analista de sistemas? — O coronel sorriu, esperançoso.

— Sim, estou. Alguém disposto a botar a mão na massa. — Ivan ficou curioso da súbita empolgação do coronel.

— E essa pessoa vai passar o dia todo num escritório, sentada a uma mesa e em segurança, lidando com códigos de computador? — O coronel ficava cada vez mais empolgado.

— Sim, coronel, é o que os analistas de sistemas costumavam fazer antes de o mundo ir para a casa do cacete. — Ivan deu risada. — Estamos falando agora de Mariana, não é verdade?

— Está tão na cara assim? — O coronel não imaginava que Ivan ainda lembrasse das histórias a respeito de sua filha.

— Bom, eu, como pai, preferiria que a minha filha ficasse num escritório, não matando zumbis por aí. Só havia me esquecido de que Mariana trabalhava com sistemas, mas lembrei agora, com as suas perguntas.

— Pois é, agora mesmo ela está nas ruas, invadindo supermercados. Eu quero muito que minha filha esteja pronta para vencer desafios, mas confesso que não consigo me acostumar com a ideia de Mariana com uma arma na mão como função principal. Acho que minha filha já aprendeu bastante, mas, por mim, ela faria algo menos arriscado — Fernandes foi sincero.

— Entendo perfeitamente o senhor e desejaria o mesmo para qualquer filho meu. — Ivan franziu a testa. — E acho que nós podemos nos ajudar mutuamente, coronel. Diga à Mariana que preciso muito de alguém com as habilidades dela. Se ela vier para cá será muito bem tratada.

— Até que enfim uma boa notícia! Eu falarei com ela ainda esta semana. Vou tentar convencê-la, mas para protegê-la tentaria mandá-la nem que fosse à força.

Ambos riram daquele comentário.

— O senhor está brincando, certo? — Ivan ainda sorria.

— Mais ou menos. Mariana é a única pessoa que não segue minhas ordens por aqui, mas tentarei ser convincente.

— Bom, para nós Mariana será de grande importância. Diga isso a ela. — Ivan continuava contente, pois não perdia a serenidade com as oscilações de humor do coronel.

* * *

Em seguida, o coronel Fernandes mudou a frequência do rádio. Ele queria conversar com seus aliados no Comando da Aeronáutica de Porto Alegre, seu mais recente contato. Em seguida, também falaria com o 63º Batalhão de Infantaria, de Florianópolis.

O seu grupamento estava desconectado de todos até a chegada do rádio cedido por Ivan e sua comunidade. A partir do instante em que o coronel Fernandes teve acesso ao equipamento, passou a tentar contato através das frequências de emergência das forças armadas, às quais somente os oficiais tinham acesso. Em retribuição, ele repassou a Ivan e sua operadora de rádio as frequências, os protocolos de contato e os códigos de comunicação específicos. Agora, mantinha-se em contato permanente com quartéis aliados no Paraná, Santa Catarina e também com o Comando da Aeronáutica gaúcho.

Estava na hora exata em que ele havia combinado com o coronel Mansur, comandante do que sobrara da unidade gaúcha. Eles queriam traçar planos para iniciar um grande projeto de limpeza e retomada. Pretendiam criar uma grande zona de exclusão, livre de zumbis. Em seguida, o plano era expandir os limites, libertando regiões infestadas e devolvendo-as aos humanos. Seria um trabalho a longo prazo, mas era o princípio para reestabelecer uma pequena parte do território nacional.

O coronel iniciou os protocolos citando seus prefixos de acesso e códigos de comunicação. Em seguida, ele iniciou a conversa:

— Boa tarde, coronel Mansur, o senhor está na escuta? Câmbio.

Em seguida, ele ouviu a voz do coronel respondendo, também citando seus prefixos e códigos.

Mas havia algo errado. O coronel Mansur, que tinha uma voz imponente, naquele momento estava com uma voz fraca e debilitada, parecia exausto. Ou ferido. Aquilo colocou o coronel Fernandes em alerta.

— Coronel Mansur, o senhor está na escuta? Por favor, responda! — o coronel Fernandes exigiu, enérgico.

Mas não houve resposta, apenas silêncio. Ele não fazia ideia se o seu colega gaúcho estava ouvindo, não havia nenhum sinal do outro lado do rádio.

Apenas um silêncio perturbador.

— Coronel Mansur, o senhor está na escuta? — Fernandes insistiu.

— Coronel Fernandes... — alguém falou muito baixo, quase num sussurro.

— Coronel Mansur? O senhor está bem? O que está acontecendo? — o coronel Fernandes indagou, preocupado.

— Perdoe-me, Fernandes, eu não pude evitar... desculpe... — o coronel Mansur falou, débil.

— Mansur, o que há? O que você não pôde evitar?

O que o coronel Fernandes não podia ver era que a mais de mil quilômetros dali seu interlocutor estava debruçado sobre a mesa do rádio, com o rosto espremido contra o tampo. A mão suja e acinzentada de uma mulher segurava sua nuca com força, quase esmagando sua cara contra a madeira, obrigando-o a olhar para o comunicador do rádio. A mão direita do coronel, com vários dedos quebrados e ensanguentada, tentava se apoiar no móvel a fim de aliviar a pressão.

A mulher o atirou para trás, fazendo com que o homem idoso se chocasse contra a parede de forma muito violenta, derrubando um quadro no chão e partindo o vidro em pedaços. O coronel caiu no piso e tentou ficar de joelhos sobre os cacos de vidro. Estava coberto de sangue, com cortes visíveis na boca e no couro cabeludo.

Alguns dentes estavam quebrados, bem como algumas costelas. O olho direito, vermelho de sangue, parecia estar sob hemorragia no globo ocular em função dos múltiplos ferimentos.

A mulher o encarou com frieza e com toda a calma pegou o comunicador tombado sobre a mesa. Ao fundo, ela ouvia a voz do coronel Fernandes, chamando, nervosamente, o colega ferido.

83

— BOA TARDE, CORONEL FERNANDES. É UM PRAZER FALAR COM O SENHOR — Jezebel falou calmamente, com uma voz metalizada e distorcida.

* * *

O coronel Mansur estava desde cedo reunido com alguns dos seus homens, discutindo questões de segurança do Comando da Aeronáutica de Porto Alegre. Semelhante ao que havia acontecido com seus colegas de São Paulo, ele e um grupo de soldados haviam conseguido, ao custo de pesadas baixas, expulsar os zumbis da sede do Comando da Aeronáutica, e agora buscavam garantir toda a segurança do local. A linha mestra seria agora conquistar cada vez mais territórios livres de zumbis, sem correr o risco de perder aqueles retomados.

Os zumbis sempre surgiam. Indivíduos desgarrados ou hordas de centenas de criaturas nunca paravam de chegar, e eles deviam estar preparados para qualquer tamanho de tentativa de invasão, bem como para acolher os sobreviventes que chegavam à sede.

Para indicar aos sobreviventes que lá havia um espaço preparado para recebê-los, os soldados espalharam faixas pela cidade, informando que o Comando da Aeronáutica continuava em atividade e que todos os sobreviventes eram bem-vindos, ação também adotada pelos seus parceiros de São Paulo e até mesmo por Ivan e Estela.

Mas foram exatamente essas faixas, que tinham como objetivo salvar vidas, que atraíram Jezebel e sua gigantesca horda de criaturas...

O coronel conversava com seus comandados quando uma voz cheia de urgência o chamou pelo rádio. O soldado em serviço se expressava com grande nervosismo, tropeçando nas palavras.

— Coronel, venha rápido! Tem muitas criaturas se aproximando! São muitas, não sei o que fazer! — o rapaz informou, atrapalhado.

— Fique calmo, estou indo. Mantenham suas posições e permaneçam invisíveis, fui claro? — coronel Mansur comandou.

Ele e alguns de seus homens se dirigiram à entrada principal do complexo e subiram até um posto de observação improvisado.

— Veja isso, senhor! — O soldado passou-lhe o binóculo.

Mansur ajustou o binóculo sobre os olhos e ficou petrificado. Pela avenida vinha um grupo de criaturas tão descomunal que engolia a via completamente. Milhares de zumbis caminhavam, trôpegos e vacilantes. A massa de mortos-vivos fazia tudo ao redor desaparecer. Carros, motos, tudo sumia de vista à medida que o grupo passava.

O coronel observou atentamente a turba e não enxergava o fim. O grupo ocupava toda a avenida, formando um paredão que tinha mais de meio quilômetro de extensão.

Os grunhidos e gemidos dos seres eram cada vez mais nítidos e em breve seriam insuportáveis.

O coronel começou a suar frio; nunca na vida vira nada parecido. Como um grupo tão grande poderia ter se formado? Ele já vira hordas de zumbis, mas nunca nada tão gigantesco.

— Fiquem calmos — o coronel sussurrou pelo rádio. — Temos uma ameaça iminente diante de nós. Quero que todos mantenham suas posições em silêncio e sem revelar suas localizações.

Ele respirou fundo e aguardou. Aquela fora a estratégia praticada em todas as outras vezes. Zumbis não tinham como adivinhar que havia pessoas ali. Bastava que eles ficassem em silêncio, escondidos, e aquela multidão de desgraçados passaria sem causar danos.

Além disso, os portões estavam fechados. Eles nunca seriam suficientes para conter o avanço de tantos zumbis, mas impediriam que algum indivíduo desgarrado do bando entrasse no complexo, o que poderia atrair mais criaturas e, assim, forçar um confronto.

A horda prosseguiu sua marcha arrastada, sem causar nenhum alvoroço, parecendo organizada, passando por diversos prédios até chegar em frente ao complexo militar. E continuaram andando, sem desacelerar.

O coronel começava a respirar mais aliviado; no fundo, sabia que não havia motivo para se preocupar: zumbis eram absolutamente irracionais, não tinham como descobri-los ali.

Mas com o passar das primeiras fileiras do centro do prédio ele percebeu que o grupo desacelerava, indo cada vez mais devagar, até pararem no limite do complexo militar. Daquela forma, uma parte considerável do grupo se postou bem diante da sede do Comando e outros milhares pararam mais atrás.

O coronel ficou perplexo. Era como se aquela horda obedecesse a algum comando de marcha. E foi como se, logo ali, alguém tivesse dito: "Parem!".

Todos os soldados que acompanhavam aquela movimentação começaram a falar uns com os outros, nervosos. A essa altura, até mesmo os civis lá escondidos começavam a perceber o perigo iminente.

— Senhor, quais são as suas ordens? — um deles sussurrou no rádio.
— Assumir posições de combate?

— Fiquem calmos e em silêncio. Eles não têm como saber que estamos aqui — o coronel Mansur sibilou entredente.

— Mas, senhor, eles estão parados diante de nós! Talvez tenham visto as faixas e placas falando sobre este lugar...

O coronel o interrompeu:

— Está querendo dizer que zumbis sabem ler? Soldado, pare de falar besteiras e fique quieto, isso é uma... — Mas o coronel não conseguiu concluir o raciocínio.

Um grotesco som de metal sendo retorcido se elevou, gelando o sangue de todos. E quando o coronel voltou seu binóculo para a origem do som, pensou que estivesse sonhando...

O portão feito de aço e arame entrelaçado se dobrava ao meio como se fosse de papel, produzindo um rangido agudo e altíssimo. Ele se dobrava de cima para baixo, como se gigantescas mãos invisíveis forçassem as bordas ao se aproximarem uma da outra.

— Jesus Cristo... — Mansur balbuciou, fazendo o sinal da cruz. Aquilo só podia ser obra do demônio.

O portão soltou um estalo alto quando as pesadas dobradiças laterais arrebentaram o muro, rasgando também o metal e deixando pontas e farpas afiadas.

E finalmente ao chão, deixou a passagem livre. Quando os primeiros zumbis entraram no complexo, homens, mulheres e crianças começaram a gritar e a correr em grande desespero.

Os seres eram tantos que congestionavam a passagem de mais de dez metros de largura. Foi como assistir a um gigantesco formigueiro se romper e milhares de criaturas passarem descontroladas, batendo umas nas outras e ocupando todos os espaços.

Os homens começaram a atirar, mas era inútil. Algumas dezenas de soldados armados não podiam fazer frente a uma ameaça como aquela.

— Recuem! Teremos que abandonar o complexo pelos fundos. Iniciar plano de evacuação! — o coronel berrava no rádio.

Ele desceu do posto de observação sobre uma edificação de apenas dois andares, e gritava para seus homens fazerem o mesmo. Alguns, entretanto, não saíram do lugar, petrificados.

— Desçam daí! Agora! — O coronel acenava para os homens que se recusavam a sair daquele ponto elevado, crentes de que aquilo talvez os mantivesse a salvo.

O coronel começou a correr, vendo as criaturas se aproximarem por todos os lados e cercando o prédio em que ele mesmo estivera instantes antes.

Os soldados que lá permaneceram despejavam as munições de suas armas, alvejando os zumbis que avançavam pelo chão tentando alcançar o coronel e outros homens. Mas então, o telhado do prédio se ergueu no ar, como se fosse um lençol sacudido antes de ser colocado sobre uma cama. Em seguida, as estruturas de madeira que o sustentavam se partiram, e uma verdadeira chuva de telhas caiu sobre o edifício.

Os soldados do telhado foram jogados para cima, como pó. Homens, armas e telhas subiram igualmente pelos ares, para, em seguida, caírem no solo, em meio à massa de zumbis.

Os gritos dos soldados pegos de surpresa e agora caídos feridos entre as feras se elevaram nas alturas, mas o coronel Mansur não olhou para trás, e continuou tentando fugir e garantir a sobrevivência dos demais. Ele procurou ver algum sentido, mas só entendeu que se tratava de algo sobrenatural e maligno por trás de tudo aquilo e o mais racional seria fugir.

Por todos os lados, soldados e civis tentavam se salvar da multidão de feras que se espalhava nos prédios e espaços do complexo. Uma cacofonia interminável de gritos dos infelizes que eram encurralados e atacados pelas criaturas se misturava aos gemidos dos zumbis, que aos milhares, tomaram toda a sede.

Nos fundos do complexo, alguns veículos estavam posicionados no ponto de encontro. Aquele era o plano de fuga para o caso de uma invasão. Se tudo desse errado, era para ali que todos deveriam correr.

O coronel chegou, ofegante, e viu que parte dos seus homens já estava distribuída em uma van e um caminhão de uso militar. Mas ficou surpreso ao ver quão reduzido era o número de indivíduos.

— Onde estão os outros? — o coronel perguntou, vermelho de tanto correr.

— Não sei, senhor! Não vi mais ninguém! — o soldado respondeu e em seguida entrou na van.

Mansur olhou para trás e constatou que não havia mais tempo. A menos de vinte metros de distância uma verdadeira parede de criaturas avançava contra aquele pequeno grupo de sobreviventes. Parecia uma infestação.

O coronel entrou rápido na van, torcendo para que outras pessoas tivessem se salvado. Ao fundo, ainda ouvia algum disparo, mas não podia esperar. Não havia esperanças para mais ninguém. Então, ele deu o sinal.

Os motoristas dos dois veículos arrancaram quase ao mesmo tempo na direção do portão que estava a pouco mais de quarenta metros. Porém, para surpresa de todos, ambos frearam tão bruscamente que alguns passageiros caíram ou mesmo bateram as cabeças.

Um rugido altíssimo subiu dos motores dos carros parados um ao lado do outro. Uma fumaça escura acompanhada de um cheiro sufocante de borracha queimada subiu do caminhão ao lado da van.

— Mas que diabos vocês estão fazendo? Tirem-nos daqui, agora! — o coronel gritou para o motorista, em meio ao som ensurdecedor do motor, que rugia alto, apesar de o veículo não sair do lugar.

— O CARRO NÃO SE MOVE! Estou acelerando ao máximo, mas a van não sai do lugar, tem algo nos prendendo! — o soldado respondeu, à beira da histeria.

O coronel achou que aquele homem havia enlouquecido ou estava brincando. Mas o fato era que a van acelerava ferozmente, o motor rosnava alto, e era possível ouvir o som dos pneus raspando no chão e o cheiro de borracha queimada, mas o veículo não se movia. Nem a van, nem o caminhão.

De repente, o caminhão, que estava ao lado da van, recuou abruptamente. Era como se o imenso veículo, que acelerava com toda a potência e mesmo assim permanecia parado, tivesse engatado a marcha à ré, retornando em direção ao bando de criaturas.

O caminhão gigante verde-oliva recuou uns vinte metros. Depois disso, o que aconteceu parecia impossível.

O caminhão soltou um rangido metálico altíssimo e a traseira se ergueu no ar, fazendo com que todos os ocupantes caíssem para a frente. O motorista, instintivamente, continuou acelerando, apesar de todo seu peso projetá-lo contra o painel. A traseira do veículo subiu num ângulo de quarenta e cinco graus inicialmente. Em seguida, o caminhão ficou na posição vertical. Os faróis e a grade que protegiam o motor foram esmagados contra o chão pelo peso.

O motorista e o seu acompanhante na boleia se estatelaram sobre o painel e o para-brisa. Todos lá dentro gritavam de terror, rezavam em voz alta, pedindo a proteção divina contra as forças do demônio que suspendia o veículo no ar. Então, o caminhão tombou para a frente. O para-brisa se estilhaçou contra o asfalto, ferindo os ocupantes da cabine.

Toda a parte superior do veículo se espatifou no chão. Alguns ocupantes foram atirados para fora do veículo, enquanto outros permaneceram presos entre as ferragens. O caminhão ficou esmagado de cabeça para baixo e com as rodas viradas para cima, todas ainda girando, apesar de o motorista ter parado de acelerar.

Gemidos e pedidos de socorro vinham de todos os lados. E os lamentos se transformaram em gritos quando os zumbis cercaram o que restara do caminhão.

Os feridos caídos do lado de fora do veículo se desesperaram pelo horror que sentiam com o avanço das criaturas sobre eles. Os seres rasgavam a carne dos soldados como se fossem de papel.

Um dos soldados sacou a pistola do coldre, tentando se levantar, e começou a disparar contra os zumbis, mas era inútil. Uma mulher de olhos brancos e aquosos, cabelos empastados de sangue e sujeira, com roupas maltrapilhas, se lançou sobre o soldado, por trás, caindo sobre ele. Em seguida, abocanhou seu pescoço com violência, lacerando sua carne e suas artérias.

O moribundo, com os olhos cheios de lágrimas e cego de dor, sentindo a criatura de rosto colado ao seu enquanto tentava mordê-lo de novo, não hesitou: encostou a arma contra a têmpora e puxou o gatilho, estourando os próprios miolos.

O coronel observou toda aquela cena de dentro da van, que continuava acelerando inutilmente, sem sair do lugar. Sem demora, dezenas, talvez uma centena de feras cercou o veículo em que estava. As criaturas se acotovelavam junto aos vidros e arranhavam a lataria, tentando achar uma forma de entrar em meio à fumaça que saía dos pneus que giravam, barulhentos, no asfalto. Eles estavam cercados.

De repente, a van foi puxada para trás, arrastando consigo dezenas de seres, jogando alguns zumbis no solo, parecendo que repetiria o mesmo macabro espetáculo ocorrido com o caminhão.

O movimento foi tão abrupto que as rodas do lado direito da van se ergueram enquanto a traseira dava uma guinada para a esquerda. Na sequência, o veículo tombou de lado, esmagando o retrovisor do motorista.

Os passageiros rolaram uns sobre os outros, em meio a gritos de horror. O próprio coronel, sempre tão contido, gritava, estupefato diante da situação improvável.

89

Por alguns instantes, o veículo permaneceu parado tombado de lado, mas quando um dos homens fez menção de tentar sair, a van foi arrastada para trás, arremessando seus passageiros mais uma vez de um lado para o outro.

O veículo soltava faíscas à medida que deslizava para trás, atropelando zumbis, cadáveres de soldados que eram devorados pelas feras e tudo o que estivesse no caminho. Os ocupantes da van sabiam que não havia como fugir. Eles apenas se perguntavam quando aquilo acabaria.

Foi quando o movimento parou. E o veículo girou quase cento e oitenta graus, fazendo com que os passageiros, atônitos, finalmente conseguissem ver uma figura parada logo à sua frente, destacada das demais.

Era uma mulher de cabelos castanhos encaracolados, pele acinzentada, olhos brancos e rosto encovado. Tinha um semblante feroz e animalesco como todos os demais zumbis, mas no semblante transparecia algo bem mais complexo e humano. Ela parecia sentir prazer, como se aquilo tudo fosse uma espécie de brincadeira macabra.

O coronel e seus homens, ainda dentro da van, ficaram chocados com aquela visão. Então, o veículo deu um forte solavanco e foi virado para o lado violentamente, voltando a ficar com as rodas no chão.

O zumbi continuava olhando-os de forma sarcástica, apenas com o movimento da cabeça, mudo.

Instintivamente, o soldado que dirigia a van levou a mão à chave e a girou no contato novamente, religando o motor.

Numa fração de segundo, o capô do veículo foi arrancado fora, subindo no ar e caindo ao lado da van.

— Que diabos é isso?! O que você fez?! — coronel Mansur berrou, assustado, enquanto instintivamente se segurava na alça de apoio ao seu lado.

— Não sei, coronel, eu não fiz... — Mas o soldado não conseguiu concluir a frase.

Um barulho alto se elevou das entranhas do veículo, e o motor da van saltou para fora, espirrando óleo, água e gasolina para todos os lados.

Parte dos fluidos do motor respingaram no para-brisa, diante dos olhares atônitos do coronel, do motorista e dos demais passageiros.

Em seguida, o imenso dispositivo de metal caiu pesadamente no solo, ao lado da van e próximo da porta do coronel. Onde antes ficava o motor da van restou um imenso buraco vazio.

— O que é essa coisa...? — o coronel murmurou olhando para Jezebel, que continuava imóvel com o mesmo olhar irônico e raivoso.

O motorista, de olhos esbugalhados, sacou a pistola do coldre e mirou nela. Ele tentaria matar aquela criatura infernal. Sabia que de alguma forma fora ela quem tombara o caminhão, e arrastara e inutilizara a van.

Quando viu a arma sendo apontada em sua direção, Jezebel mais uma vez não se moveu. Então, o soldado sentiu o braço entortar de um jeito estranho, sem que ele conseguisse controlar.

Seu cotovelo dobrou para dentro e a articulação se quebrou, o que fez com que os ossos rompessem a pele e a carne saltasse para fora. O sangue jorrou, abundante.

O motorista da van gritou de dor e soltou a pistola. Seu braço pendeu destruído rente ao corpo. Todos os demais ocupantes do veículo, incluindo o próprio coronel Mansur, gritaram de pânico diante da cena grotesca e dolorosa.

Jezebel caminhou tranquila na direção da van, olhando fixo para seus ocupantes. Nesse momento, todos entenderam que qualquer tentativa de ataque traria consequências ainda piores para cada um deles. E ficaram aguardando o que aconteceria. Um dos homens, vendo-a tão próxima, fez o sinal da cruz.

Ao redor, milhares de zumbis devoravam suas vítimas ou observavam a cena, sem se aproximar. Jezebel veio até a porta do coronel e tornou a parar, observando todos com atenção.

A porta começou a ranger nas dobradiças liberando um som de aço sendo retorcido, fazendo o vidro se espatifar. Depois, a peça foi arrancada fora, como por mágica. Coronel Mansur, instintivamente, tentou se afastar, encostando-se mais no motorista ferido.

Um dos soldados, um rapaz muito branco de cabeça raspada e aparentando ter cerca de vinte anos que estava no banco de trás, fez um movimento brusco de fuga. Jezebel apenas olhou para o jovem assustado e a cabeça dele girou cento e oitenta graus. O infeliz morreu na hora, com o pescoço quebrado, e seu corpo tombou, inerte. Outros dois soldados que estavam naquela parte do veículo gritaram ao ver aquela cena.

— O que foi, garotos? Um zumbi comeu a língua de vocês? — Jezebel perguntou, sarcástica.

— Vo-você... fala?! — o motorista da van gaguejava, aterrorizado.

— Melhor do que você, moleque — ela afirmou, se deliciando com o pânico que emanava daquele grupo. — Meu nome é Jezebel.

— Eu nã-não sou mo-moleque... — o rapaz a desafiou, lutando contra o medo e a dor do braço quebrado.

— Thiago, fique quieto... — o coronel Mansur sussurrou, sem desviar o olhar de Jezebel.

— Claro que você não é moleque... Sabe o que todos vocês são? — Jezebel esboçou um sorriso irônico. — Vocês não passam de gado! — gritou, com sua cara se torcendo numa careta de fúria, ódio e profundo desprezo.

Sem aviso, a porta ao lado de Thiago voou longe, como se fosse arrancada dali por mãos invisíveis. Em seguida, o rapaz foi erguido, arrastado para fora da van e arremessado longe.

O coração do pobre soldado disparou quando subiu no ar. Ele soltou um único grito de horror e caiu mais de vinte metros à frente, no meio da horda de zumbis que cercava aquele espaço onde a van estava parada.

As criaturas se acotovelaram em cima dele. Thiago gritava enquanto os zumbis desmembravam seu corpo ainda vivo.

A porta traseira da van também foi arrancada fora, caindo pesadamente no chão. O coronel e os dois soldados restantes se entreolharam. Um deles, um garoto chamado Alexandre, que não tinha mais do que dezoito anos, sentiu os olhos queimarem com as lágrimas.

— Coronel... foi um prazer servir com o...

— *TODOS... NÃO... PASSAM... DE... GADO!* — Jezebel gritou, interrompendo o rapaz nas suas derradeiras palavras.

Em seguida, Alexandre, seu companheiro no banco de trás e o rapaz cujo pescoço fora quebrado por Jezebel foram arremessados da mesma forma que Thiago.

Ambos gritaram em pânico e caíram no meio da turba de seres enlouquecidos. Jezebel os arremessara como se jogasse ossos para um bando de cães famintos.

Coronel Mansur encarou Jezebel. Se ele tivesse uma única chance, enfiaria uma bala na cabeça daquela criatura. Ela sustentou o olhar dele sem se incomodar.

— Você quer me matar, soldado? É isso o que quer? — Jezebel indagou, sarcástica, com sua voz metalizada e distorcida.

— Pode apostar, moça, pode apostar — o coronel afirmou, entredentes.

— Você está armado. — Jezebel olhou para a arma no coldre do velho oficial. — O que o impede? Saque sua arma e tente a sorte.

— Era exatamente isso que eu deveria fazer... — O coronel a olhava com ferocidade, apesar do medo.

— Vamos, soldado, por que você não... — Jezebel iniciou a frase no mesmo tom zombeteiro.

Repentinamente, coronel Mansur sacou a arma do coldre e começou a disparar. Ele atirava a esmo; sabia que não havia tempo para mirar.

Pega de surpresa, Jezebel sentiu o impacto de dois tiros no peito e um no ombro. Mas aquilo só a deixou mais irritada.

Quando tentou apertar o gatilho de novo, coronel Mansur sentiu seu corpo inteiro enrijecer. Parecia que seus músculos haviam virado pedra, e uma forte cãibra o fez travar por inteiro. Seu corpo doía de uma forma inimaginável.

O coronel cerrou as pálpebras e trincou os dentes sem conseguir se mexer, sentindo como se os ossos fossem ser esmagados a qualquer momento. As veias do pescoço saltaram; parecia que seu corpo implodiria. A pistola despencou de sua mão e quicou no assoalho do veículo.

Jezebel o mediu de cima a baixo com um olhar feroz e olhou para a camiseta surrada que vestia. Viu dois buracos dos quais vazava um sangue escuro e denso, bem no meio do tórax. Se aquele fosse um soldado comum, ela acabaria com Mansur ali, num piscar de olhos.

— Acha que isso tudo é uma brincadeira? — Jezebel se aproximou ainda mais do coronel Mansur. — Você acha mesmo que eu estou brincando?!

— Foda-se, sua puta... — O coronel arfava, tentando suportar a dor inacreditável que Jezebel lhe infligia sem sequer tocá-lo.

— Não, não e não! Resposta errada!

Imediatamente, o coronel gritou com a dor que duplicou de um instante para o outro. Ele se retesou inteiro; parecia que seu corpo se despedaçaria. Estava a ponto de se despedir da Terra.

— Eu vou ensiná-lo a ter mais educação com uma dama, soldado — Jezebel falou.

O coronel sentiu o braço direito sendo puxado e sua mão se abrindo completamente. Uma força incontrolável o fez colocar a mão sobre o painel do veículo, com os dedos bem esticados e separados.

— Muito bem, soldado, vamos tentar de novo. Você acha que eu estou brincando? — Jezebel indagou, agindo como uma professora severa.

— Vá à merda! — O coronel se desesperava de dor.

— Resposta errada!

Em seguida, o dedo médio do coronel, que estava esticado sobre o painel, quebrou, virando ao contrário, num ângulo grotesco. O osso rompeu a pele e o sangue jorrou.

— Deus! — O coronel por pouco não desmaiou.

— Resposta errada de novo. Deus não existe, velhote desgraçado! — Jezebel cuspiu as palavras.

Então, o dedo indicador virou noventa graus para o lado errado, soltando um estalo alto ao quebrar. Agora, Mansur só desejava que aquela infeliz o matasse logo; não sabia mais quanto daquele martírio seria capaz de suportar.

— Isso mesmo, seu velho miserável, grite! Grite mais alto! — Jezebel berrou, diabólica.

O dedo anelar do coronel se quebrou também, causando tanta dor que a voz nem sequer saiu. Havia atingido o limite de suas forças e também do sofrimento.

Ele começou a sentir a mente escurecer; seu corpo não aguentava mais. Quando enfim pareceu que desmaiaria, o coronel sentiu seus músculos relaxarem e tombou sobre o banco da van.

Seu peito arfava com o alívio da pressão, apesar de a mão doer absurdamente. Era uma dor tão aguda que irradiava pelo braço inteiro.

— Está doendo, soldado? Quer um pouco mais? — Jezebel se curvou perto do coronel, sorrindo, fitando-o com seus olhos mortos.

O coronel se apoiou da forma como foi possível e ergueu a cabeça, encarando Jezebel. Ele não tinha mais coragem para ofendê-la, mas ao menos conseguiu olhar sua algoz nos olhos.

— Escute bem o que eu vou falar: um dia, moça, alguém nos vingará. Um ser humano como eu fará você pagar pelo que aconteceu hoje aqui. — Os olhos dele estavam vermelhos de tanto ódio e dor, e sua boca tremia.

Jezebel tornou a sorrir.

— Eu duvido, soldado. Ninguém é capaz de me enfrentar. Sou a escuridão e o desespero. Quem cruzar o meu caminho morre — Jezebel decretou com suavidade.

— Tenho amigos mais fortes e mais bem preparados. Eles não se calarão. Você não perde por esperar, monstro!

— Veremos, coronel, veremos. Uma coisa eu garanto: caçarei seus colegas como se caçam ratos. E a última coisa que eles verão será o meu rosto — Jezebel afirmou com o semblante fechado.

Logo em seguida, ela começou a se afastar. Aquela brincadeira perdera a graça.

— Você se tornou muito cansativo, coronel, me desculpe, mas preciso ir. E meus irmãos estão morrendo de fome, por isso, faça a gentileza de não dar muito trabalho.

Vendo que não lhe restara mais nada, Mansur ainda falou:

— O coronel Fernandes e o sargento Ivan arrancarão seu couro, sua cobra!

Jezebel estacou imediatamente: ela mordera a isca, mesmo que por motivos diferentes dos que ele poderia imaginar.

— Ivan? Você conhece o Ivan? — Jezebel se mostrou muito interessada. Aquele nome não podia ser uma coincidência.

Coronel Mansur hesitou por um instante, temendo ter falado demais. Mas o fato era que queria ter oportunidade de alertar seus colegas.

— Muito bem, coronel, quero bater um papo com os seus amigos, como vamos fazer? — Jezebel perguntou, irônica.

* * *

— Quem é você? — coronel Fernandes perguntava pelo rádio, em tom ameaçador.

— O termo certo não é "QUEM", coronel Fernandes. É melhor perguntar "O QUE" sou eu. — Jezebel respondeu com frieza.

Ela começou a rir de seu próprio comentário, quando, de repente, sentiu um empurrão. Pega de surpresa, Jezebel se desequilibrou e caiu no chão. Coronel Mansur agarrou o comunicador e começou a falar desesperadamente com seu colega paulista:

— Não venham para cá, Fernandes! Ela se chama Jezebel e é um zumbi que destrói as coisas sem sequer tocá-las! E ela comanda uma horda de milhares de mortos-vivos, vocês precisam fugir, fiquem fora do caminho dessa...

Ouviu-se um barulho alto e a voz do coronel foi interrompida.

Imediatamente, seu corpo travou de novo. A mesma dor, a mesma sensação de esmagamento. Mas dessa vez, muito mais aguda.

Mansur gritou, soltando o botão do comunicador.

A voz do coronel Fernandes se elevou nas caixas de som chamando por ele. Jezebel pegou o comunicador e apertou o botão para falar, assim o oficial paulista pôde ouvir o que acontecia.

Fernandes ficou petrificado com os gritos do colega. Jezebel extraía até a última gota de sofrimento do velho soldado.

Mansur sentiu seu peito inflando, como se enchesse os pulmões de ar até o limite máximo. Em seguida, sua caixa torácica se partiu. Primeiro, as costelas que ainda permaneciam inteiras. Depois, a pele começou a se romper. Ele soltou um último grito de dor acompanhado de um jato de sangue vindo direto dos pulmões que eram perfurados.

Coronel Fernandes ouvia tudo, impotente, gritando no rádio para que Jezebel parasse, fosse lá o que ela estivesse fazendo.

Finalmente, o peito do coronel Mansur explodiu, abrindo um rombo em seu tórax. O sangue espirrou até o teto e seu coração foi arremessado para fora do corpo. O cadáver do oficial caiu de joelhos no chão e tombou de lado com os olhos completamente esbugalhados.

Fernandes não sabia como havia acontecido, mas tinha certeza de que o colega acabara de deixar este mundo.

Depois de alguns instantes aguardando em suspenso, coronel Fernandes ouviu a voz de Jezebel. Ela parecia muito satisfeita consigo mesma.

— Gostei do seu amigo, coronel, dá para notar que se tratava de um homem bom... Ele tinha, por assim dizer, um coração enorme. Mal cabe em minhas mãos. — Jezebel deu risada.

— Muito bem, e "o que" é você, Jezebel? — coronel Fernandes indagou, feroz.

— Eu me chamo Legião, coronel, pois somos muitos — Jezebel respondeu com simplicidade.

— Já ouvi falar de você. Ivan comentou sobre uma mulher dotada de um dom extraordinário que precisou abandonar à própria sorte na Serra Gaúcha. — Coronel Fernandes tentava se conter.

— Ivan não apenas me abandonou, coronel, ele me largou para morrer, como se eu fosse um monte de lixo — Jezebel cuspiu as palavras, a mais de mil quilômetros de distância. — E esse é um dos motivos pelos quais eu estou indo até ele. Vou reduzir o Condomínio Colinas a pó. Vou agora fazer uma visita aos seus colegas do Paraná e de Santa Catarina. O coronel Mansur, gentilmente, explicou como encontrá-los. Mas não se preocupe, também tenho o seu endereço e faço questão de encontrá-lo quando passarmos por São Paulo.

Coronel Fernandes sentiu um calafrio percorrendo a sua espinha. Em qualquer outra situação, teria dado risada, mas naquele momento, após ouvir tudo que acontecera, não se atrevia a duvidar.

— E digo mais, coronel, estou levando comigo mais demônios do que o senhor é capaz de contar numa vida inteira. Vou passar como um trator sobre todas as cidades, daqui até São José dos Campos, não deixarei um ser humano de pé. Vou acabar com todos.

— Por que está me dizendo isso? — coronel Fernandes perguntou com uma pitada de aço na voz. — Você acha de verdade que vai me assustar com suas ameaças?

— Não se preocupe, coronel, o medo virá. E com ele também o desespero e a desconfiança. Quero que vocês se sintam exatamente como eu me senti: sozinha, abandonada e sem esperanças, aguardando a morte chegar. E depois que vocês estiverem exaustos de tanto sentir medo, eu trarei o horror. — Jezebel destilava absoluta crueldade.

Em seguida, tudo ficou em silêncio. Coronel Fernandes chamou mais algumas vezes, mas não obteve resposta.

Então, ele mandou a operadora chamar Ivan. Precisavam urgentemente conversar.

* * *

Ivan escutou atentamente o relato do coronel Fernandes, até o último detalhe. A cada palavra que ouvia, lembrava das ameaças de Jezebel. Ele sentiu um arrepio correndo pela espinha.

Ao fim da narrativa, Ivan permaneceu em silêncio durante alguns instantes, refletindo sobre tudo.

— E então, o que você acha? — Coronel Fernandes estava ansioso para ouvir a opinião de seu mais forte aliado.

— O senhor me disse que essa unidade de Porto Alegre contava com mais de oitenta sobreviventes, certo?

— Exatamente, dos quais mais de sessenta estavam aptos a empunhar armas e lutar.

— E o coronel Mansur era um homem de vasta experiência militar, correto?

— Sim, Ivan. Eu não o conhecia pessoalmente, mas o coronel me descreveu inúmeras operações bem-sucedidas que comandara. Era um oficial condecorado e testado em situações de risco.

— Então eu estou bastante propenso a acreditar, coronel, infelizmente. — Ivan soltou um pesado suspiro. Estava tenso de uma forma nova. Assustadoramente nova.

— Ivan, eu fiquei impressionado. Falei com ela e escutei aquela voz que não era de um ser deste planeta. — Coronel Fernandes balançou a cabeça. — Mas pode existir algo tão absurdo? Mansur afirmou que ela destrói as coisas sem sequer tocá-las. Isso parece delírio!

— Coronel, se houver oportunidade eu o colocarei frente a frente com Isabel outra vez. Ela consegue mover objetos com a força da mente; o senhor ficará surpreso com as façanhas dela — Ivan respondeu. — Se é possível controlar coisas pequenas, por que não coisas grandes?

— Vou ser franco, meu amigo, eu não sei o que fazer — coronel Fernandes falou, desanimado.

— O senhor precisa mandar o helicóptero para averiguar o que está acontecendo, é a única forma da gente entender a força desse inimigo — Ivan argumentou, sério.

— São mais de mil quilômetros em linha reta.

— Ainda assim, temos de descobrir o que aconteceu em Porto Alegre — Ivan insistiu.

Coronel Fernandes refletiu durante alguns instantes e tomou sua decisão. Ele mandaria uma equipe até o Rio Grande do Sul para desvendar aquele mistério.

* * *

Mariana chegou à sede da Segunda Divisão de Exército louca para tomar banho; aquele fora um dia duríssimo. Estava também preocupada com a reação de seu pai quando ele soubesse que se metera em confusões por imprudência.

Mas, ao chegar, ela percebeu uma movimentação diferente por ali. Soldados corriam apressados de um lado para o outro. Algo grande estava acontecendo.

Mariana entrou num dos prédios da administração do complexo passando por corredores brancos de piso escuro, simples e austeros, e subiu até a sala de seu pai. Ia avisá-lo que estava de volta e, se estivesse com ânimo, talvez narrasse os eventos do dia. Bateu três vezes na porta e entrou, como fazia sempre. E se deparou com meia dúzia de homens na sala dele, todos tensos ao redor da mesa.

— Desculpe, eu volto depois — Mariana falou ao perceber que interrompera a reunião.

Mas seu pai a deteve:

— Não, filha, fique. Eu quero que participe, de certa forma diz respeito a você — o coronel Fernandes afirmou, muito sério.

Mariana entendeu que aquilo só poderia significar problemas.

Ela se aproximou e viu nos mapas uma grande linha reta traçada à caneta ligando a cidade de São Paulo a Curitiba, no Paraná. E em outro mapa, uma outra linha reta ligando Curitiba a Porto Alegre.

— Coronel, até Curitiba, em linha reta, são cerca de trezentos e cinquenta quilômetros, essa parte será fácil — disse um dos pilotos do helicóptero Sabre, de fabricação russa e utilizado pela Força Aérea Brasileira, a arma de guerra mais letal que o coronel Fernandes tinha à sua disposição.

— Sim, o problema será o trecho entre Curitiba e Porto Alegre. São cerca de setecentos e cinquenta quilômetros, o que é quase toda a nossa autonomia de voo — o copiloto argumentou.

— Eu sei, por isso vocês vão abastecer em Curitiba e lá embarcarão mais dois mil e duzentos litros de combustível na aeronave, para garantir a sua volta — o coronel explicou. — Não se preocupem, já conversei com o comandante da Quinta Companhia de Polícia do Exército de Curitiba. Eles estão preparados para receber vocês.

— Será relativamente rápido, mais ou menos uma hora e meia de viagem até Curitiba e depois quase quatro horas até Porto Alegre — um dos soldados informou.

— Mas o reabastecimento em Porto Alegre feito de forma improvisada levará horas — o piloto completou.

— Precisaremos de uma equipe bem armada para nos proteger — o copiloto pediu, preocupado.

— Três homens fortemente armados irão com vocês, não se preocupem. Mais do que isso irá ultrapassar o limite de carga da aeronave. — O coronel Fernandes franziu a testa.

Mariana acompanhava tudo aquilo com interesse, mas sem interromper. Seu pai mandaria uma missão para Porto Alegre? Ele mesmo sempre dizia que só iria tão longe quando pudesse ir por terra, justamente para não arriscar seu equipamento mais precioso. Estava curiosa sobre o que teria acontecido.

Aquela reunião se estendeu por mais quarenta minutos. Mariana já estava impaciente a respeito daquela missão tão urgente e, sobretudo, para saber em que aquilo a afetava.

Quando a reunião se encerrou, os homens se despediram, deixando-a sozinha com seu pai. Mariana tinha pensado em contar sobre o seu dia, mas agora estava mais interessada no que aquela equipe faria.

Eles partiriam no dia seguinte antes de o sol nascer, assim que o helicóptero Sabre estivesse carregado com todo o equipamento e recursos necessários. Com sorte, estariam de volta em dois dias e manteriam contato pelo rádio o tempo todo.

— Filha, quero que você viaje amanhã sem falta para São José dos Campos. Vá para o Condomínio Colinas e fique lá com Ivan e Estela. — Coronel Fernandes foi direto ao ponto.

Mariana ficou surpresa.

— Por que isso agora? É tão grave assim? Por que não posso ficar aqui com vocês? —Durante toda a reunião estratégica ela pôde imaginar tudo, menos que seu pai a mandaria para o Colinas.

— Talvez aqui não seja seguro o suficiente. Lá em São José dos Campos, talvez, também não seja, mas, além de mais distante, eles estão mais bem equipados do que todos nós juntos.

— O que aconteceu em Porto Alegre, papai? Por que você quer que eu fuja para outra cidade? — Mariana franziu a testa, preocupada. A situação sem dúvida era bem mais grave do que imaginara.

— Você não vai acreditar, mas, ao que tudo indica, o Demônio em pessoa está marchando para São Paulo. — Coronel Fernandes encarou o olhar de incredulidade de sua filha.

* * *

Mariana saiu da sala do pai, estupefata. Nunca imaginou que as coisas pudessem ficar ainda piores, mas pelo visto aquele novo mundo no qual eles viviam guardava algumas surpresas bem grandes.

Ela detestou a ideia de deixar seu pai para trás e se esconder em São José dos Campos, mas prometera a ele, quando quis ser treinada como um soldado, que seria tão obediente quanto qualquer um dos comandados do coronel e agora tinha de obedecer, por mais que isso a incomodasse.

De toda forma, aquilo tudo era mera precaução. A equipe aérea checaria se aquilo era, de fato, uma ameaça potencial. Era difícil acreditar que pudesse existir alguém como a tal Jezebel do modo como vinha sendo descrita.

Mariana rumou até o alojamento em que dormia e tomou banho. Em seguida, pôs uma roupa confortável e foi até o refeitório da sede.

Após comer, Mariana começou a preparar sua mala; no dia seguinte iria para o Condomínio Colinas, em São José dos Campos. Mas antes ela pretendia se despedir de um dos poucos amigos que havia feito naquele lugar. O que mais a ajudara naqueles tempos de trevas.

No dia seguinte, cedo, ela foi conversar com Oscar.

* * *

Mariana caminhava apressada até o local onde funcionava o laboratório improvisado de Oscar. Tinha pressa, pois ainda havia outras coisas a resolver e o veículo que a levaria sairia ainda pela manhã. Seu pai estava com muita pressa. O próprio coronel iria junto com a filha para falar pessoalmente com Ivan.

Ela entrou no local de trabalho de Oscar onde ele realizava seus estudos sobre os zumbis. Naquele espaço, havia jaulas de alvenaria em que as criaturas eram mantidas presas para observação e experiências.

Mariana detestava aquele lugar. Desde o que aconteceu com ela quando chegou à base, perdera a piedade pelos zumbis. Mataria um por um se tivesse a oportunidade.

Escrutinou o ambiente com o olhar, mas não encontrou Oscar de imediato. Viu apenas prateleiras com instrumentos médicos diversos, vários vidros com formol e outras substâncias, onde partes de cobaias boiavam tranquilamente, e cerca de uma dúzia de criaturas encarceradas nas jaulas.

Os zumbis, que estavam quietos até aquele momento, começaram a se agitar, gemer e socar as grades com a presença humana. Homens de pele cinzenta, mulheres imundas com corpos mutilados, idosos de cabelos ralos sem partes do corpo. Naquele lugar tinha todo tipo de aberrações.

Mariana nutria um sentimento de profunda gratidão pelo médico. Sem a ajuda dele, sabia que não teria sobrevivido.

Oscar tinha uma longa lista de esquisitices que afastavam a maioria das pessoas, mas ela não se importava. Permaneceu aguardando por ele, pois naqueles tempos uma despedida poderia ser a última para qualquer um dos dois. Após alguns instantes, Oscar apareceu. Ele trazia uma grande caixa de papelão nas mãos.

Mas, ao vê-la, o médico pareceu surpreso e tenso. Mariana não chegou a estranhar aquilo, pois ele era incrivelmente tímido.

— Bom dia, tudo bem? Vim me despedir. Vou passar um tempo no Condomínio Colinas a pedido do meu pai — Mariana falou, sorridente.

Oscar continuou olhando-a de uma forma esquisita, como se estivesse na dúvida do que devia fazer ou falar. Mariana suspirou. Nunca conhecera alguém tão travado quanto ele.

— Você vai ficar aí parado ou virá aqui se despedir de mim? Estou indo embora e no lugar para onde vou não pega celular, não adianta nem tentar — Mariana brincou.

Oscar saiu de seu torpor e balançou a cabeça. Colocou a caixa na mesa, com cuidado, e se dirigiu até a amiga, esticando a mão para ela.

Mariana ignorou a mão do médico e deu um abraço nele, o que o deixou vermelho.

— Boa viagem, Mariana. Espero que você retorne logo — Oscar falou, sem jeito, ainda abraçando-a.

— Eu também. Que coisa maluca, não? O que você achou dessa história toda? Será possível que exista um zumbi capaz de fazer essas coisas? — Mariana o soltou e se afastou, dando um passo para trás.

— Eu acho possível, sim. Para mim, está óbvio que não conhecíamos quase nada do cérebro humano antes de essa loucura começar. Se uma mera glândula é capaz de fazer os mortos andarem, sabe-se lá o que mais ela é capaz de fazer — Oscar ponderou.

— Você se refere à glândula pineal? — Mariana perguntou, interessada. Apesar de sua aversão aos zumbis, ela achava o trabalho de Oscar realmente impressionante.

— Tenho certeza, essa é a única parte do cérebro deles que funciona de fato após a transformação. Aposto que está tudo relacionado, infelizmente.

— Infelizmente? Como assim? — Mariana estranhou a súbita expressão de preocupação do médico.

— Mariana, venho estudando os poucos cadáveres sadios nos quais tive a oportunidade de realizar uma autopsia. Você sabe tão bem quanto eu que mortes que não sejam relacionadas a zumbis têm sido raras.

Mariana sabia disso. Quase todas as baixas naquele período de um ano foram causadas por ataques de zumbis. Mas houve exceções, como um ataque cardíaco, uma criança que morreu de dengue e até mesmo um sobrevivente que foi resgatado muito debilitado, após várias semanas sem comer, e que acabou falecendo depois de algumas horas.

— E em todas essas pessoas que não se transformaram em zumbis no dia Z, tais como nós, eu percebi um padrão. Em todas, o cérebro tinha algum tipo de anomalia — Oscar informou.

Mariana arregalou os olhos. Aquilo era muito interessante.

— Meu Deus, você está querendo dizer que eu, meu pai, você... — Mariana iniciou, mas não concluiu a frase trágica.

— Sim, acho que todos nós temos alguma disfunção cerebral. É a teoria da evolução ao contrário: somente indivíduos com essas alterações permaneceram imunes. Não posso afirmar com certeza absoluta, por falta de mais corpos para estudar, mas até agora é o que me parece mais plausível.

— Oscar, isso significa que todos nós temos pouco tempo de vida? — Mariana indagou, nervosa.

— Não necessariamente. Nem todas as disfunções do corpo humano são letais. Eu estudei apenas três cadáveres. Dois tinham cistos na glândula pineal e um tinha um princípio de aneurisma cerebral, que poderia ou não levar a complicações futuras. Mas não duvido de que entre nós existam, sim, casos críticos. E na atual conjuntura faltam recursos para tratamento, portanto, temo que os casos graves sejam intratáveis — Oscar falou, pragmático.

Diante do olhar de Mariana, Oscar fez uma pergunta crucial:

— Já havia notado algum problema com você, Mariana? Alguma vez precisou ir a um neurologista, fazer tomografia?

— Meu Deus, para falar a verdade, sim! Eu sofri durante anos de uma enxaqueca crônica. Até hoje minha cabeça dói com uma certa frequência. — Mariana estava surpresa.

— Pois é, acho que no seu caso essa pode ter sido a explicação para você não ter se transformado. Ainda preciso estudar bastante, mas talvez algum tipo de distúrbio nessa área do cérebro é que tenha impedido a nossa transformação — Oscar explicou.

— Você já falou com meu pai sobre isso? — Mariana se sentia arrasada.

— Sim, ele sabe. E nem sei se poderia contar isso a você. O coronel pediu sigilo. — Oscar balançou a cabeça. — O fato é que se meus estudos estiverem corretos, muitos dos sobreviventes do dia Z são indivíduos com perspectiva de vida mais baixa que a média e por isso poucos de nós chegarão a envelhecer. Fazemos parte de uma geração potencialmente frágil.

— Bom, mais um ponto para os zumbis... Nós somos fracos e eles talvez não morram nunca — Mariana falou, inconformada.

Oscar suspirou e abriu os braços para a amiga. Mariana o abraçou. Quando o abraço começou a ficar longo demais, Mariana se desvencilhou com delicadeza. Não queria passar uma mensagem errada e o amigo parecia estar ficando mais à vontade do que ela desejava.

— O que tem naquela caixa de papelão? — Mariana tentava disfarçar o constrangimento daquela demonstração de afeto de Oscar.

— Não é nada. Umas coisas que eu estava trazendo para analisar aqui — Oscar disse de forma casual, procurando não dar a entender que havia percebido o desconforto de Mariana.

A moça caminhou em direção à caixa de papelão, tão curiosa que acabou se tornando invasiva.

— Deixa que eu ajudo você. — Mariana abriu a caixa de papelão e começou a tirar os frascos dali.

Oscar correu para impedi-la.

— Não mexa nisso!

Mas era tarde demais.

Mariana tomou um susto com a reação do médico, o que a fez olhar por alguns instantes para o frasco nas mãos. Em seguida, olhou para baixo, tentando entender o que estava segurando que poderia ser tão ruim.

Diante de si, Mariana tinha um vidro cheio de um líquido amarelado, dentro do qual um minúsculo pedaço de órgão boiava. Mas não estava inerte: ele se movia de forma descoordenada.

Então, ela observou a parte inferior do frasco. Numa etiqueta branca via-se um único nome escrito: "Mariana".

Ela ficou paralisada com aquela coisa nas mãos. Lia e relia o seu nome na etiqueta, tentando descobrir se aquilo era real. Mariana só desviava o olhar da etiqueta para observar o minúsculo ser amaldiçoado, que deveria estar morto.

Oscar ficou sem reação por minutos. Por fim, quebrando o silêncio, disse:

104

— Mari, não é o que você está pensando...

— Não? Será? Eu acho que isso aqui é exatamente o que eu estou pensando, Oscar. — A expressão dela mudou rapidamente do choque para a ferocidade.

— Mari, fica calma, eu posso explicar — Oscar gaguejava, sabendo que aquilo só iria piorar.

— Explicar?! Eu não preciso ouvir nada de você. — Mariana tremia de ódio. — Não perca seu tempo.

— Mari, eu...

Mas ela o interrompeu:

— Você transformou o meu feto numa maldita cobaia de laboratório, seu filho da puta! — Mariana berrou, socando o peito do médico, com raiva.

— Calma, Mari! Não faz isso! — Oscar pediu, inutilmente. Ele sabia que aquela situação para ela ia além de qualquer justificativa, mas tentava se agarrar a alguma coisa.

— Você tinha a função de se livrar do feto! No fundo, só queria mais um item para a sua coleção de monstruosidades, não é mesmo, seu doente?! — Mariana cuspiu as palavras, enfurecida.

Oscar não sabia o que fazer e muito menos o que falar. Sobretudo, não conseguia tirar os olhos do minúsculo ser alojado no frasco de vidro. E Mariana percebeu aquilo.

— O pior é que o seu olhar de desespero não é por minha causa, certo? Você está muito mais preocupado com essa... coisa, do que comigo — Mariana o acusou, enquanto olhava para o frasco com súbito nojo.

— Mari, dá isso aqui e senta para nós conversarmos direito... — Oscar esticou as mãos na direção do frasco em poder da moça.

— Nem pense nisso! Não se aproxime de mim! — Mariana, arisca, deu um passo para trás.

— Mari, por favor, fique calma. Me dê o frasco. — Oscar tentava se aproximar da moça transtornada.

Mariana perdeu a paciência de vez e levou a mão ao coldre preso na sua cintura, às costas, sacando sua pistola Glock.

— Eu mandei você se afastar! Agora! — Mariana elevou a voz, furiosa, e apontou a arma para a cabeça do médico.

Oscar recuou na hora, impulsionado pelo instinto de sobrevivência. Ele nunca vira Mariana utilizando uma arma, mas a fama dela naquele local era de que raramente errava um tiro, sobretudo tão de perto.

— Calma, calma, não precisa tanto, eu vou me afastar. — Oscar ergueu os braços.

Mariana apontava a arma para ele enquanto segurava o frasco sob o outro braço. A paciência dela estava por um fio.

— Eu só quero saber de uma coisa: o meu pai sabe disso tudo?

— Não, e eu tenho certeza de que ele nunca aceitaria isso — Oscar respondeu, imediatamente.

Aquilo foi um alívio para Mariana. Já era horrível fazer aquela descoberta, mas ficaria muito pior se o seu pai tivesse alguma participação.

Mariana fitou o frasco de vidro por um instante, e seus olhos se encheram de lágrimas ao observar a minúscula criatura boiando no líquido, viva, apesar de tudo.

Primeiro, uma gravidez indesejada; em seguida, a humanidade como ela conhecia praticamente acabando; depois, a descoberta de estar grávida de uma criatura assassina; e, por fim, ver seu filho reduzido a uma mera amostra de laboratório.

Mariana não conseguia enxergar nada em sua vida que pudesse ser positivo.

Passou a mão sobre o frasco com vontade de protegê-lo. Ela rejeitou aquela criança de todas as formas possíveis por já não gostar mais do namorado, que se revelou, com o passar do tempo, um tremendo canalha, e depois por saber que se tratava de um zumbi. Mas, naquele momento, vendo o ser teimosamente vivo, ela desejou muito um final diferente para ele; não importavam quais fossem as implicações e as dificuldades que tivessem de ser enfrentadas.

Mariana fechou os olhos e por um instante viu aquele bebê nascendo saudável. Ela se imaginou de rosto colado ao do seu filho, sentindo sua pele macia e quente. Acariciando seus pés gordinhos, beijando suas mãozinhas e aconchegando-o em seus braços. Por um momento, Mariana se viu mãe.

No entanto, quando abriu os olhos, se deu conta de que praticamente ninava um frasco de vidro. Algo duro, gelado, dentro do qual repousava um monstro. Ele era inofensivo e nunca seria uma ameaça para quem quer que fosse, mas aquilo jamais seria o filho com o qual Mariana sonhava.

Ela sabia o que fazer. As coisas são o que são e para Mariana só restava aceitar o inevitável.

Assim, atirou o frasco com violência no chão, deixando-o se espatifar, fazendo o líquido jorrar para todos os lados e se espalhar pelo chão do laboratório improvisado.

Oscar gritou de desespero ao ver sua cobaia mais fantástica caída no chão, se movendo debilmente em meio aos cacos de vidro. E ficou chocado quando Mariana pisou com violência sobre o ser, esmagando-o como se ele fosse uma barata.

— Não, Mariana, não! — Oscar gritou, derrotado.

Ela cerrou as pálpebras e começou a soluçar. Nunca se atreveria a olhar para seu bebê morto. Em seguida, voltou os olhos para Oscar. Estava com tanto ódio que seria capaz de fazê-lo entrar numa daquelas jaulas, junto com uma de suas valiosas cobaias.

— Agradeça a Deus por eu não matar você, seu anormal — ela falou, cheia de ódio.

— Mari, eu...

— Calado, maldito! Não quero nem ouvir o som da sua voz, entendeu?! — vociferou. Ela só queria um motivo para matar Oscar.

Em seguida, virou as costas, sem olhar para o chão nem para trás. Seguiria em frente, para tentar não enlouquecer.

— Mariana... — Oscar chamou, infeliz.

— Eu não vou falar com meu pai, se é essa a sua preocupação. Aposto que ele mataria você pessoalmente se descobrisse isso. Mas quero deixar claro que nunca mais olharei na sua cara.

Dito isso, Mariana deixou aquele lugar horrível, com seus gemidos e lamentos, suas desgraças e mentiras.

* * *

O helicóptero já sobrevoava Porto Alegre. Conforme o planejado, haviam feito uma pausa para reabastecimento em Curitiba e agora se aproximavam rapidamente de seu destino. Nem o piloto, nem o copiloto conheciam muito bem a região, por isso os dois se guiavam por mapas e instrumentos de navegação.

Seria fácil chegar ao aeroporto Salgado Filho, o mapa era muito claro, e o Comando da Aeronáutica ficava ao lado.

Mas, na aproximação, ao longe eles já viam grossas colunas de fumaça. Mais de dez focos de incêndios, todos próximos uns dos outros a cerca de seis ou sete quilômetros de distância.

Quando sobrevoavam a linha do metrô que passava ao lado do aeroporto, eles viram, ao longe, um quadro desolador: um trem descarrilhado.

Os vagões estavam bem distantes dele, todos tombados, amontoados ao longo da linha. Não parecia, entretanto, um acidente comum causado por um choque ou falha técnica. Alguns estavam caídos lado a lado, esmigalhados. Outros, espatifados a mais de cem metros de distância dos demais, jogados no chão como um brinquedo de dimensões colossais.

— Meu Deus, o que foi que aconteceu aqui? — o piloto murmurou.

— Não faço a menor ideia... — o copiloto respondeu, estupefato.

À medida que se aproximavam, ficava mais claro que algo grande acontecera.

Uma quantidade anormal de carros, caminhões e ônibus estavam capotados na via como que produzindo um rastro, sendo que alguns ainda estavam em chamas.

Vários prédios e casas haviam desabado, outros ardiam em fogo.

— Vamos com cuidado, acho que a situação é bem mais grave do que imaginávamos — o piloto falou, preocupado.

A aeronave voava na velocidade mínima, no modo mais silencioso possível. O copiloto também percebeu outra coisa preocupante.

— Cara, cadê os zumbis? Não estou vendo quase nenhum vagando nas ruas... — O copiloto balançou a cabeça.

O piloto acionou o rádio. Precisavam notificar aquilo para o coronel Fernandes, cuja voz trovejou no rádio poucos instantes depois. Ambos explicaram a estranha cena do trem destruído e dos vários prédios e veículos avariados. O oficial ouvia tudo, preocupado; não estava gostando nada daquilo.

— Senhor, em todos os lugares a que nós já fomos os mortos-vivos surgiam de todos os cantos, atraídos pelo som do rotor. Aqui não tem quase nenhuma criatura, a cidade está praticamente deserta. — O piloto estava cismado.

— Senhores, tenham muito cuidado. Nossos temores estão se confirmando, há algo de anormal acontecendo — o coronel não escondia a tensão.

O aparelho sobrevoou a estação Farrapos do metrô e todos puderam observar a destruição do local. Parecia que a estação inteira havia afundado, como se o local tivesse sido engolido pela terra.

Mas a cena mais chocante se encontrava no aeroporto Salgado Filho. Diversos aviões estavam amontoados. Algumas aeronaves foram viradas de barriga para cima e um dos aparelhos se achava fincado no prédio onde funcionava o saguão principal. Diversas partes do aeroporto estavam em chamas, com muita fumaça subindo ao redor.

Os homens dentro da aeronave se entreolharam. Um deles fez o sinal da cruz; parecia que o próprio demônio tinha passado por aquele lugar.

Quando sobrevoaram o local onde ficava o Comando da Aeronáutica, não chegaram a se surpreender com o que viram: o local completamente destruído. Tudo reduzido a escombros, como se alguém tivesse querido riscar aquele local da face da Terra.

Mais à frente, várias outras edificações em ruínas. As estações Aeroporto e Anchieta do metrô, uma agência bancária e uma fábrica de ar-condicionado, tudo devastado. Próximo a este último prédio, um complexo de avenidas e viadutos fora destruído, com pistas inteiras espatifadas, como se houvessem desabado por causa de um terremoto.

— Coronel, praticamente a região toda foi reduzida a escombros, é uma cena inacreditável. O Comando da Aeronáutica não existe mais, lamento. — O piloto estava perplexo.

Coronel Fernandes suspirou, desanimado. Se aquilo era verdade, na certa, todo o resto também era.

— É tão grave assim? Alguma chance de termos sobreviventes? — coronel Fernandes perguntou, tenso.

— Negativo, coronel. Se o senhor quiser, podemos descer e realizar uma busca, mas eu acho que é uma perda de tempo e desnecessariamente arriscado, senhor — o piloto da aeronave respondeu. — Desculpe a comparação ridícula, porém, mais parece que o Godzilla fez uma visita a esta parte de Porto Alegre. Quase tudo foi destruído e...

Nesse momento, ele e o copiloto viram algo para o qual não havia palavras capazes de descrever.

— Jesus... — o copiloto murmurou, diante da cena impensável.

— O que vocês estão vendo? O que houve? Respondam! — coronel Fernandes exigiu, impaciente.

— Coronel, descobrimos onde estão os zumbis desta cidade. — O piloto não sabia como descrever a cena que visualizava.

— E onde eles estão?

— Caminhando pelo que eu entendo ser a avenida dos Estados. Tranquilamente e aos milhares. Estão rumando para a estrada Marechal Osório; aliás, já tem várias criaturas na rodovia.

— Como assim? De quantas criaturas estamos falando?

— Coronel, seguramente, mais de cem mil zumbis. Talvez muito mais, é uma passeata gigantesca, com mais de um quilômetro e ocupando de lado a lado toda a avenida dos Estados e toda a rodovia. Eu já vi diversas hordas caminhando, mas isso aqui supera tudo. É assustador — o piloto respondeu, de olhos esbugalhados.

Coronel Fernandes balançou a cabeça, em São Paulo. Não podia acreditar no que ouvia; a situação era gravíssima. Se Jezebel era capaz de fazer tudo aquilo, como eles poderiam enfrentá-la?

— Vocês conseguem distinguir a criatura que diz guiar esses seres e se chama Jezebel? — Fernandes quis saber.

— Negativo, coronel, a massa de zumbis é muito grande, nenhum se destaca. Acredito que esteja misturada à multidão. Se for isso mesmo, ela é bastante esperta, pois nunca a encontraremos no meio de tantos. — O piloto tentava inutilmente divisar algo.

Ele e o copiloto apuravam a visão, olhando para a horda de seres que aumentava cada vez mais. De todos os lados surgiam zumbis que se uniam ao bando.

De repente, a aeronave oscilou de forma brusca para a direita, como se tivesse sido atingida por uma forte rajada de vento. Os pilotos se assustaram e estabilizaram o aparelho, e todos os soldados que os acompanhavam protestaram.

— Cacete, que diabos foi isso?! — o piloto perguntou. — Nem está ventando!

— Pois é, eu também não entendi... — o copiloto começou a falar, mas um novo solavanco o interrompeu.

A aeronave dessa vez oscilou para a frente, como se tivesse sido empurrada.

— Droga, o que é isso? Que porra é...

A aeronave deu uma nova guinada para adiante. Depois outra, e mais outra. Parecia que aos trancos algo tentava arrastar o helicóptero, alguns metros de cada vez.

Os pilotos se entreolharam e, então, entenderam o que era aquilo. Literalmente, algo os arrastava e cada nova guinada era um pouco maior que a anterior, como se o poder de atração aumentasse à medida que eles chegavam mais perto.

— Meu Deus do céu, é ela, não é mesmo? O monstro que vocês mencionaram está tentando pegar a gente! — um dos soldados gritou na parte de trás do helicóptero Sabre.

— Está tentando nos pegar! — O piloto puxou a aeronave para trás.

O imenso helicóptero recuou, voando de costas. Os passageiros gritavam e rezavam enquanto eram jogados de um lado para o outro. Eles sentiam os trancos e puxões daquela força invisível cada vez mais insistentes, porém mais fracos. A aeronave parecia um peixe imenso lutando contra um pescador em alto-mar, num verdadeiro cabo de guerra de vida ou morte.

Por fim, sentiram aquela força diminuir ao ponto de conseguirem virar a aeronave cento e oitenta graus, e assim voaram no sentido oposto àquela horda, fugindo de Jezebel, que, com certeza, estava lá embaixo em algum lugar, observando-os se afastar.

A cerca de quinhentos metros de distância, o helicóptero subiu mais algumas centenas de pés, ficando, assim, fora do alcance daquela criatura e seu poder infernal.

Em meio à multidão de seres que continuavam marchando, Jezebel observava o helicóptero com os olhos injetados de ódio; quase conseguira. Mas eles estavam longe demais e mesmo seus poderes tinham limites. Ela não conseguia alcançar algo tão distante.

Mas não havia desistido: queria aquele helicóptero a todo custo. Foi quando Jezebel teve uma ideia diabólica. Se não pudesse ter aquela máquina, ninguém mais a teria.

O grupo de militares suspirou, aliviado, quando aquela turbulência inexplicável cessou. Mas era óbvio que se aproximar daquele bando de criaturas seria suicídio. Jezebel era muito mais poderosa do que eles imaginavam.

— Rapaz, essa foi por pouco! — o piloto comentou, sorrindo. — Eu achei que a gente fosse...

— Que merda é aquela?! — O copiloto apontava o dedo para baixo e à frente.

O piloto demorou para entender o que via. Aquilo realmente era um carro voando na direção deles?

O comandante da aeronave não pensou muito, não havia tempo para nada. Ele virou bruscamente o helicóptero para a esquerda, numa manobra evasiva bastante agressiva.

O carro voador preto todo enferrujado e sujo, veio girando no ar, parecendo estar muito lento, mas quando passou por eles mais parecia um foguete. O veículo desenhou uma curva para baixo e despencou no chão, se esmigalhando na rua abaixo deles, capotando várias vezes.

— Mas o que essa filha da puta está fazendo?! — o piloto perguntou entredentes.

— Ela quer matar a gente, isso sim! — um dos soldados gritou lá de trás. — Temos que cair fora, agora!

Antes que o piloto pudesse responder, eles viram algo ainda mais inacreditável do que tudo que haviam presenciado naquele dia insano.

— Meu Deus do céu! — o copiloto murmurou.

Ao fundo, o coronel Fernandes berrava ordens, exigindo que informassem o que se passava.

À frente, dezenas de carros vinham voando, girando nos próprios eixos. Na realidade, não voavam de fato, mais pareciam ter sido arremessados aos montes. Literalmente, Jezebel brincava de tiro ao alvo usando aqueles veículos, e o helicóptero era a pilha de latas que ela pretendia derrubar.

Sedãs, utilitários, vans e carros populares. Tudo servia de munição para Jezebel realizar seu intento.

O piloto subiu bruscamente. Ele sabia que nunca conseguiria se desviar de tantos veículos ao mesmo tempo.

— Essa vaca não está brincando! Tira a gente daqui! — um dos soldados exigiu, desesperado.

A aeronave rangeu e estalou com a manobra abrupta, mas cumpriu seu papel. Subiram rápido, enquanto diversos veículos passavam sob eles e despencavam rumo ao solo.

— Essa foi por... — Mas o piloto não completou a sentença.

Um Fiat riscou o céu e atingiu a porta dianteira direita do helicóptero, exatamente onde estava o copiloto. O vidro do lado do rapaz se estilhaçou e a porta afundou com o impacto.

O helicóptero inteiro oscilou com o golpe. O aparelho começou a girar, perdendo gradativamente altitude.

O piloto puxava o manche com força, tentando estabilizar a aeronave desgovernada.

Como era um profissional com anos de experiência em pilotagem, ele conseguiu interromper a queda e os giros, apesar de terem perdido mais de trezentos metros de altitude.

Mas, antes que pudessem respirar aliviados, viram um caminhão basculante, carregado de pedras para construção, voando contra eles.

O veículo subiu alto no céu, traçou uma parábola e caiu na direção do helicóptero. O piloto manobrou a aeronave para trás, tentando se afastar.

O caminhão mergulhou logo à frente deles, girando no ar, enquanto milhares de pedras voavam junto com ele, espalhando-se pelo céu.

Uma verdadeira saraivada de pedregulhos se abateu contra o helicóptero. Os vidros que formavam o para-brisa trincaram em diversos pontos e a lataria do aparelho foi castigada por centenas de fragmentos de pedra de tamanhos variados em alta velocidade.

O piloto e os passageiros se protegiam da forma que dava, enquanto sinais de alerta piscavam e emitiam sons agourentos por todos os lados. Aquele helicóptero dava mostras inequívocas de que não suportaria mais nada.

Eles ouviram o som de inúmeras pedras quicando contra a blindagem do aparelho, enquanto outras batiam nas hélices que giravam sem cessar.

O helicóptero perdeu tanta altitude que ficou abaixo do topo dos prédios, apenas uns vinte metros acima do solo. Na avenida abaixo deles, milhares de zumbis observavam o aparelho que parecia que cairia a qualquer instante.

Quando o piloto e os passageiros acharam que o helicóptero havia se estabilizado, ocorreu mais um ato naquele show de absurdos.

Um zumbi saltou do topo de um dos prédios próximos sobre o helicóptero. O ser nem sequer chegou a tocar a fuselagem, as hélices o reduziu a pedaços, espalhando sangue e tripas sobre o para-brisa. O piloto e os demais passageiros gritaram de susto.

No instante seguinte, cerca de uma centena de zumbis começou a saltar de prédios de ambos os lados da avenida. Alguns, que mal conseguiram pegar impulso, simplesmente se espatifaram na via. Outros, mais fortes, chocavam-se contra o helicóptero.

Um dos seres conseguiu se agarrar ao para-brisa, diante do olhar de terror do piloto. Outros se penduraram nas laterais.

O piloto olhou atônito para o ser, diante de si, que teimosamente se agarrava da forma que podia ao aparelho. E o que ele ouviu foi aterrorizante.

— EU VOU MATAR TODOS VOCÊS!!!! — as criaturas gritaram ao mesmo tempo, com vozes roucas, esganiçadas e distorcidas de todas as formas possíveis. Não apenas aquelas agarradas ao helicóptero, milhares de seres proclamaram a mesma frase em uníssono.

— Jesus Cristo, nos proteja! — o piloto gritou, aterrorizado. Todos na aeronave começaram a gritar e rezar ao mesmo tempo.

— TODOS VOCÊS VÃO MORRER! TODOS! TODOS! — a horda gritava, como uma gigantesca plateia num show de rock. Jezebel fazia cada zumbi sob seu controle repetir suas palavras. Ela não apenas controlava os seres, também pensava por eles.

— Precisamos fugir! Precisamos fugir! — um dos soldados gritava, histérico.

O piloto finalmente estabilizou a aeronave e deu meia-volta, eles precisavam se afastar o máximo possível dali.

À medida em que a aeronave se afastava da horda, os zumbis antes agarrados a ela foram se soltando e despencando. O poder de Jezebel ia perdendo força e os seres não conseguiam mais obedecer a seu comando de ataque.

Pelo retrovisor, ele viu mais carros voando, aos montes. Acelerou o helicóptero ao máximo, dando força total ao rotor e às turbinas. Era urgente que escapassem daquele inferno.

Mais automóveis e até mesmo um ônibus subiam pelo céu e caíam, se espatifando nas ruas, atingindo fios elétricos desativados e derrubando árvores e postes.

Os veículos capotavam pela avenida. O ônibus atingiu um prédio, destruindo a parte superior do imóvel, girando uma última vez e se estatelando na via, sendo atingido por uma avalanche de entulho.

O piloto disparou na direção oposta; se fossem atingidos de novo, seriam derrubados.

No chão, Jezebel olhava para aquele maldito helicóptero com ódio. Não podia acreditar que eles haviam escapado. Depois de observar o aparelho sumir a distância, balançou a cabeça, frustrada e, então, seguiu avante com os seus irmãos de maldição.

Os soldados e o piloto do helicóptero comemoraram a escapatória daquela surra que Jezebel lhes aplicara. Eles todos não morreram por muito pouco.

O comandante da aeronave ainda sorria quando olhou para o lado. E seu semblante se tornou pesaroso ao ver que seu companheiro de pilotagem, que até então não se manifestara após aquela fuga dramática, estava morto. O sangue escorria, abundante, de um imenso ferimento na cabeça e pelo seu rosto, pingando no colo do cadáver, que ainda permanecia preso pelo cinto de segurança.

CAPÍTULO 4
O REENCONTRO

MAIS TARDE, NAQUELE MESMO DIA, os comentários de que algo havia acontecido com os recém-descobertos parceiros de Porto Alegre se espalhavam por todo o Condomínio Colinas.

Ivan reuniu os homens e as mulheres de confiança e também chamou Isabel, que compareceu, desconfiadíssima.

Por causa das circunstâncias, Estela também participaria. Apesar das ordens médicas, ela jamais aceitaria ficar de fora numa crise daquele tamanho.

Todos os presentes sabiam que algo grande estava acontecendo, pois dois visitantes inusitados participavam daquela reunião. Coronel Fernandes e Mariana haviam chegado de São Paulo fazia menos de uma hora.

Quando o coronel avisou que ia com a filha para São José dos Campos, Ivan compreendeu que havia novidades gravíssimas quanto à crise de Porto Alegre.

— Coronel, nossos temores se confirmaram? — Ivan perguntara pelo rádio quando ainda estavam a caminho.

— Não passamos nem perto, Ivan, é bem pior do que imaginávamos — coronel respondera. — Eu sugiro que você reúna as pessoas mais importantes. O que eu tenho para falar afeta a todos.

Por isso, Ivan organizou aquela reunião em caráter emergencial e preparou a operação para receber os dois Urutus que transportavam o coronel, sua filha e também alguns dos melhores soldados do grupamento de São Paulo.

Os recém-chegados ficaram impressionados com a estrutura daquele lugar. O Condomínio Colinas se transformara numa poderosa fortaleza, com casamatas e guaritas com soldados fortemente armados construídas sobre os muros reforçados de concreto.

— Dá para ver que você teve muito trabalho por aqui, meu amigo! — coronel Fernandes comentou ao cumprimentar Ivan.

— Sim, tivemos, coronel. E meu convite continua válido: se o senhor desejar, nossas portas estão abertas para todos vocês — Ivan respondeu, orgulhoso.

Ele também se apresentou para Mariana, que olhava ao redor, fascinada. Aquele lugar tinha algumas das casas mais belas que já vira.

Enquanto os conduzia para o local da reunião, Ivan apresentava parte do condomínio para seus visitantes.

— Boa noite, amigos — Ivan iniciou a reunião, com a cordialidade costumeira, tentando transparecer serenidade apesar de, no fundo, se sentir extremamente nervoso.

Todos responderam com afabilidade. Apesar dos episódios recentes, aquele grupo era muito unido.

Participavam da reunião: Silas, Zac, Gisele, Oliveira, Sandra, Silva, Souza, Dias, Estela, Isabel e um dos líderes da segurança, um soldado chamado Jairo, que vinha se destacando cada vez mais dentro da comunidade.

Outro membro importante do grupo, Adriana, ficara em casa cuidando da nova moradora do condomínio, sua primeira filha, Ingrid.

Estela cumprimentou o coronel e Mariana, e fez questão de fazer as honras da casa, deixando-a muito à vontade, o que fez com que Mariana simpatizasse com a esposa de Ivan de imediato.

Estela também sentia certo alívio ao finalmente sair de casa; desde que os zumbis surgiram, nunca ficou tanto tempo sem uma rotina fora do lar.

— Ivan, para você reunir todos nós só pode ser encrenca das grossas — Zac falou, sem rodeios.

— Sobretudo depois de você desfazer o conselho de segurança — Sandra alfinetou.

"Ok, eu mereci essa", Ivan pensou, resignado.

— Sim, de fato, temos uma situação gravíssima nas mãos. — Ivan se recostou na cadeira.

— E qual é essa situação, Ivan? Acho que nós já passamos por muitas coisas. Para você dizer isso, só posso concluir que se trata de um problema gigantesco. — Oliveira arqueou as sobrancelhas.

— Digamos que temos um problema de proporções que nós nunca poderíamos imaginar. Para pensar algo assim precisaríamos ter tirado os pés da realidade — Ivan respondeu.

— E do que se trata? Estão falando que algo aconteceu com nossos parceiros de Porto Alegre, é isso mesmo? — Silas se mostrava bastante preocupado.

— Sim, tudo indica que estão todos mortos. E o Comando da Aeronáutica de Porto Alegre foi completamente destruído, até o último tijolo — coronel Fernandes informou, sem rodeios.

Todos se entreolharam e várias conversas e cochichos paralelos tiveram início. Eles não conheciam o lugar, mas as informações que chegavam eram de que se tratava de uma unidade muitíssimo bem armada e muito segura. Como poderia ter sido destruída?

Isabel, que não fazia ideia de por que estava ali; era a mais desconfiada. Ela não gostava de Ivan, mas nunca recusaria um pedido de Estela. Partira dela, a mulher de Ivan, a solicitação para que Isabel participasse. Ivan sabia que se ele a tivesse feito, provavelmente, seria ignorado.

Coronel Fernandes descreveu os fatos. Ele explicou que haviam recebido uma mensagem estranha do coronel Mansur, que estava sendo coagido por alguém. Falou sobre a decisão de mandar um grupo de soldados para averiguar os fatos. E, por fim, contou da devastação encontrada pela equipe do helicóptero.

— Calma aí. Quem estava coagindo o coronel Mansur? E como alguém poderia causar toda essa destruição? Será que nós estamos às voltas com um outro grupo de malucos, similar ao de Emmanuel? — o soldado Souza quis saber, preocupado.

— E o que poderia destruir trens e até mesmo um aeroporto? Do jeito que o senhor fala, mais parece que alguém explodiu uma bomba atômica em Porto Alegre — Sandra argumentou.

— A pergunta certa não é "o quê", mas sim "quem" fez isso. — O coronel Fernandes olhou significativamente para Isabel.

Todos se entreolharam, sem entender nada. Estela fitou Ivan nos olhos e começou a desconfiar do que estava acontecendo, por mais absurdo que fosse. Mas foi Isabel quem matou a charada:

— Calma aí, você não pode estar desconfiado de quem eu estou pensando... — Isabel, chocada, se levantou da cadeira.

Coronel Fernandes olhou bem para a bela morena diante de si. Ele lembrava perfeitamente dela, de quando Ivan e seus comandados foram até São Paulo.

Quando Ivan falou dos poderes de Isabel, o coronel Fernandes se manteve bastante cético. Mas, agora, ele estava bem mais propenso a acreditar e queria muito uma demonstração.

— Veja por si própria. — O coronel estendeu a mão para Isabel.

Mariana se remexeu na cadeira. Já ouvira falar a respeito dos poderes daquela moça e estava louca para descobrir do que ela era capaz.

Isabel não pensou duas vezes: se levantou, contornou a imensa mesa de madeira e se aproximou do coronel, segurando-lhe a mão com firmeza.

A mudança no olhar dela foi assombrosa. Primeiro, os olhos saíram de foco, como se estivesse cega ou catatônica. Depois, mudaram para a euforia e, rapidamente, passaram à perplexidade e ao medo.

Isabel soltou a mão do coronel em poucos instantes.

— Meu Deus do céu... — Isabel murmurou.

— O que você viu, Isabel? — Ivan indagou, instigando-a a falar.

— Não vi nada. Mas ouvi a voz da minha irmã; muito estranha, é verdade, mas era a voz dela, falando coisas inacreditáveis para o coronel Fernandes. — Isabel balançou a cabeça. — Meu Deus, Jezebel está viva. E ela se transformou num monstro!

Mais uma vez, uma confusão de pessoas falando e gesticulando ao mesmo tempo começou. Todos queriam saber como aquilo era possível.

— Amigos, a verdade é que algo mudou em Jezebel. Os relatos dos pilotos do helicóptero, que o coronel Fernandes me descreveu, falam de destruição em larga escala. De alguma forma, os poderes dela, antes inofensivos, se amplificaram numa dimensão incalculável — Ivan falou.

— Ela se tornou tão poderosa que agora é capaz, inclusive, de fazer os mortos falarem — coronel Fernandes falou, sério, deixando todos mudos pelo choque.

De repente, várias pessoas se voltaram para Isabel. Zac e Jairo, em especial, a fitavam de uma forma estranha. Coronel Fernandes se remexeu na cadeira, desconfortável. Alguns dos homens que o acompanhavam, vindos de São Paulo, também encaravam a moça, que mesmo sem conseguir ler a mente deles, sentia um tom hostil no ar.

Ivan e Estela perceberam o que estava acontecendo. Todos estavam ficando com medo e esse era o pior dos conselheiros.

— Bastou que Jezebel fosse mordida para se transformar nessa coisa? — Jairo perguntou, encarando Isabel.

— Ao que tudo indica, sim — Ivan afirmou, com serenidade.

— E Jezebel tinha, antes de ser contaminada, os mesmos poderes que Isabel? — Uma veia pulsava no pescoço de Jairo.

— Aonde você está querendo chegar? Por acaso está insinuando que... — Isabel começou a falar.

— Quieta, aberração! Essa conversa é para pessoas normais — Jairo cortou, ríspido. — Eu só quero entender o seguinte: se essa mulher for mordida por um desses desgraçados, significa que estamos perdidos, é isso? — Ele apontou o dedo para Isabel.

— Jairo... — Ivan sussurrou.

— Porque eu me recuso a ter chegado até aqui para acabar desmembrado por um zumbi com poderes mutantes. Prefiro cortar o mal pela raiz. — Jairo batia os nós dos dedos na madeira na medida em que falava.

— Ivan, você vai me desculpar, mas tenho que concordar com Jairo. Se ela for contaminada, estamos ferrados. — Zac não disfarçava o nervosismo.

— Ela pode matar todos vocês. E depois todos nós, se decidir ir para São Paulo — um dos soldados do coronel Fernandes argumentou.

Muitos permaneciam em silêncio, mas mesmo quem não se manifestava parecia estar na dúvida sobre o que fazer.

Isabel olhava de um lado para o outro, encarando as pessoas. Mesmo os amigos dela como Oliveira e Sandra pareciam concordar com as teorias de Jairo.

— Eu voto por banir Isabel. Nós arrumamos para ela um carro, munição e comida e ela vai embora para bem longe daqui — Jairo sugeriu sem preâmbulos.

Isabel congelou diante daquela frase, que mais soava como uma sentença de morte.

Várias pessoas se mantinham cabisbaixas, sem saber qual posição tomar. Um dos soldados do coronel Fernandes tomou a palavra:

— Desculpem, mas banir não é o suficiente. Vocês abandonaram Jezebel à própria sorte e ela agora está reduzindo o Rio Grande do Sul a entulho. Coronel Fernandes, creio que tem outros pormenores que o senhor precisa comentar, não é verdade? — o soldado Antunes falou, apesar do olhar de reprovação do seu oficial imediato.

Coronel Fernandes não gostou nada daquela colocação, mas ele de fato precisava revelar todos os detalhes. Não era certo omitir qualquer fato numa situação como aquela.

— Jezebel disse uma coisa que me preocupou muito, quando conversamos. Algo que afeta todos nós, e, agora que sabemos do que ela é capaz, preocupa muito mais. — Coronel Fernandes arqueou uma sobrancelha.

Isabel sentiu o coração disparar. Ela sabia muito bem o que Jezebel dissera e quando todos soubessem seria a sua sentença de morte.

— Ela falou que está vindo para cá — o coronel informou à queima-roupa. — E prometeu fazer uma visita para nós em São Paulo antes. — Ele encarou Mariana, que mordeu o lábio inferior, tensa.

Uma verdadeira explosão de comentários e discussões começou. Quase todos falavam ao mesmo tempo. Ivan e Estela, contudo, eram as exceções.

— Essa monstruosidade está vindo para cá? Como é que nós enfrentaremos isso? — Jairo quase gritava.

— Calma. Porto Alegre está muito longe, pode levar meses, temos tempo para nos preparar! — Silas tentava acalmar os ânimos.

— Tempo? Essas coisas não morrem, não cansam, nunca param. São capazes de marchar dia e noite sem cessar. Pode ser longe, mas garanto que eles vão chegar morrendo de fome! — Jairo explodiu. — E nós vamos viver com outro monstro dentro dos nossos muros? Eu sou contra, vamos resolver isso agora mesmo!

— O que irão fazer comigo? Eu não fiz nada! — Isabel, horrorizada, ficou de pé.

— Você não fez nada ainda, mas garanto que fará, se virar uma dessas coisas. Aposto que sua irmã está pensando em transformá-la também para que a Família Monstro seja reunida de novo — Jairo falava como se Isabel tivesse cometido algum crime grave. — Amigos, eu acho que temos que tomar providências imediatamente!

— Jairo, cale a boca! — Ivan falou alto como um trovão.

Todos se viraram ao mesmo tempo. Um silêncio pesado e desconfortável se abateu naquela sala por um instante. As pessoas ficaram sem reação. E Isabel ficou surpresa. Não esperava nenhuma intervenção de Ivan a seu favor.

— Ivan, eu respeito você, mas não vou...

— Jairo, você é surdo? — Estela mediu o rapaz de cima a baixo com olhar de pedra.

— Senhora, desculpe, mas eu preciso insistir...

— Jairo, eu mandei calar a boca! — Ivan berrou, se erguendo da cadeira e dando um murro na mesa.

Todos ficaram quietos. Jairo engoliu em seco e olhou para o soldado Antunes, que também parecia não estar muito satisfeito com o rumo que as coisas tomavam.

— Se vocês estão insinuando que devemos sacrificar Isabel como um animal peçonhento, esqueçam! Nós não faremos isso! — Ivan bradou, de dedo em riste.

— Senhor, com todo o respeito, o senhor foi pragmático ao abandonar Jezebel à própria sorte e por isso estamos em perigo. Agora, o senhor decide manter Isabel aqui. Qual o seu critério, afinal de contas? O mais importante não é a comunidade? — Jairo argumentou, enfrentando Ivan.

— Soldado, tome muito cuidado com as suas palavras, você está pisando num terreno perigoso — Ivan falou de modo sombrio. — E não tente confundir as coisas, são situações muito diferentes. Salvar Jezebel era uma missão suicida, todos nós sabemos disso. Agora, porém, Isabel não será uma ameaça desde que nós a mantenhamos a salvo, dentro destes muros.

— E se algo acontecer? E se ela for contaminada? — Jairo perguntou, incisivo.

— Nesse caso, nós a mataremos. Da mesma forma que eu o matarei se você for contaminado e você me matará se eu for mordido. É bem simples, não é verdade?

Isabel se remexeu no assento, diante daquelas pessoas que falavam de matá-la como se ela não estivesse ali. Mas se sentia grata a Ivan. A atitude dele era inesperada.

— Isabel, sei que você não conseguiu e talvez nunca consiga me perdoar pelas decisões que tomei, mas me escute: aqui você estará segura, tem a minha palavra. — Ivan a olhava dentro dos olhos.

— E a minha palavra também. E qualquer um que hostilizar esta mulher terá problemas comigo — Estela ameaçou, olhando diretamente para Antunes, que os encarava, inconformado.

Zac esfregou o rosto com as mãos, tentando se acalmar. Gisele, Oliveira, Sandra e vários outros pareciam preocupados também, mas ninguém ali realmente se sentia confortável com a possibilidade de matar uma inocente numa ação preventiva, apenas para se sentirem mais seguros.

— Meus amigos, a luta pela sobrevivência tem que conhecer alguns limites. Nós não podemos nos transformar em monstros apenas porque estamos com medo; pensem bem nisso. — Ivan argumentou, dessa vez num tom calmo e conciliador. — Nós nunca colocamos a nossa segurança em primeiro lugar. Temos sempre concentrado nossos esforços no próximo, naqueles que não têm como se defender. Por que agora, por causa de algo que pode nunca acontecer, iremos nos transformar em covardes assassinos de mulheres?

— Ela pode se transformar numa criatura destruidora, Ivan! — Jairo exclamou, exasperado.

— Você pode ser mordido amanhã e matar um dos meus filhos! E nem por isso eu considero a hipótese de sacrificar você só por garantia. — Ivan dirigiu a ele um olhar feroz.

Enfim, alguns dos presentes começavam a dar sinais de que concordavam com Ivan e Estela. De fato, apesar da diferença de dimensões, todos eles poderiam vir a ser uma ameaça para o resto do grupo se fossem contaminados.

Ninguém estava imune. O que não faltavam naquele lugar eram histórias de pessoas pacíficas e confiáveis que se transformaram em criaturas assassinas ao serem contaminadas. A única diferença era que o estrago que Isabel poderia vir a causar seria infinitamente maior.

— Vamos encerrar esse assunto. Temos coisas muito mais importantes com as quais lidar — Ivan decretou.

— E sobre o que você quer discutir, agora? — o coronel Fernandes perguntou.

— Como nós enfrentaremos Jezebel? — Ivan indagou, por fim, encarando a todos.

* * *

Aquela reunião se estendeu por horas a fio. Um número imenso de propostas e sugestões foi dado, sem que houvesse nenhum consenso. Ivan escutava tudo com atenção, se limitando a vez ou outra fazer algum comentário ou pergunta.

Alguns propunham fugir, deixando tudo para trás e desaparecendo do mapa. Afinal de contas, Jezebel nunca conseguiria adivinhar onde eles estavam.

Outros achavam que a melhor opção seria fazer algum tipo de emboscada e assim tentar aniquilar a horda que rumava em direção a eles.

Todos esses planos tinham prós e contras, e não eram poucos. Se fugissem, para onde iriam? Como garantiriam a segurança? Conseguiriam uma condição de vida minimamente segura? No caso da emboscada, como enfrentariam tantos zumbis? Sobretudo, como lutariam contra Jezebel?

— E se eu conversasse com ela? Se ela fala, significa que Jezebel manteve a razão, correto? Talvez eu consiga convencê-la a desistir — Isabel argumentou, esperançosa. No fundo, apesar do medo após as informações que havia recebido, queria muito ver a irmã.

Isabel sonhara várias noites com um milagre e pelo visto, finalmente, havia acontecido. Só não era bem como imaginara.

— Não posso permitir isso, Isabel. E se esse for exatamente o plano dela? Talvez Jezebel deseje apenas chamar sua atenção para que você vá encontrá-la para lhe transformar num zumbi também. É isso o que você quer?

— Eu sei que existe esse risco, Ivan, mas não consigo acreditar que minha irmã se transformou num demônio. Ela sempre foi uma das pessoas mais gentis que eu conheci. Jezebel era tão boazinha que chegava a passar por boba para muita gente.

— E mesmo assim, após ler os pensamentos do coronel Fernandes, você mesma falou que ela não era mais a mesma, que havia se transformado num monstro — Estela interpôs.

— Mas pode ser que ainda exista algo de Jezebel nela. Ela não se tornou irracional como esses zumbis que nós sempre enfrentamos. — Embora argumentasse, Isabel, no fundo, tentava encontrar uma solução para evitar a batalha entre eles e sua irmã.

No entanto, ela sabia que a *sua irmã* não existia mais. O que Isabel sentiu ao ler a mente do coronel não deixava dúvida: Jezebel se transformara em algo irreconhecível.

— Lembra quando você nos contou sobre seu marido, quando ele a atacou, Isabel?

— Sim, Ivan, eu me lembro. — Isabel se arrepiou só de pensar.

— Você explicou, naquela ocasião, que viu algo quando o tocou. O que foi? — Ivan questionou com um olhar significativo.

— Puro ódio, nada mais. Nem um pensamento racional, apenas uma fúria desmedida. — Isabel entendera o ponto de Ivan.

— É óbvio que a transformação embrutece os seres, deixando-os num estado de raiva constante. É o que deve estar acontecendo com Jezebel. O ódio que ela sente não é algo controlável, está fora do alcance dela — Ivan falou.

E, infelizmente, Isabel precisava concordar com Ivan. Foi exatamente a sensação que tivera: uma raiva infinita na voz da irmã, algo digno de um maníaco incontrolável.

Aquele era um dia cheio de surpresas. Isabel descobrira que sua irmã se transformara num demônio e agora ela estava concordando com Ivan. O que mais poderia acontecer?

A resposta veio com uma batida na porta, cheia de urgência. Diante da insistência das pancadas, o próprio Ivan correu para atender.

Quando abriu, ele se deparou com um soldado que parecia bastante preocupado.

— Senhor, nós temos uma emergência — o rapaz falou, apressado.

— Meu Deus, o que aconteceu agora? — Ivan perguntou, com medo da resposta.

— Tem um carro lá fora. O motorista já passou buzinando de um lado para o outro algumas vezes pela avenida Cassiano Ricardo, sempre em alta velocidade.

Ivan arregalou os olhos. A comunidade vivia cercada por milhares de zumbis que infestavam toda aquela região. O motorista do carro devia estar precisando de ajuda; nunca conseguiria chegar à entrada do condomínio sozinho.

— Certo, vamos lá ver essa situação de perto! — Ivan falou, apressado.

— Eu vou também! — Estela ficou animada. Estava farta de tanto marasmo, precisava de alguma adrenalina.

— Só por cima do meu cadáver! — Sandra, a médica do condomínio e amiga de Estela, contrapôs. — Pode ir para casa descansar, você nem devia estar aqui.

Estela ficou aborrecida. Até fez menção de retrucar, mas sabia que Sandra tinha razão. Sua teimosia quase a havia matado e ao bebê, não podia mais abusar.

— Senhor, tem mais um detalhe que eu acho importante mencionar — o soldado tornou a falar e todos que já estavam se levantando e saindo da sala pararam e olharam para ele de novo.

— E o que é? — Ivan se mostrou curioso.

— Há uma frase escrita no carro do homem. Em grandes letras brancas.

— O que está escrito? — Estela quis saber.

— Diz assim: "Isabel, estou aqui: Canino!" — o soldado falou.

Isabel soltou um grito e perdeu os sentidos.

* * *

Um mês antes daquele dia cheio de surpresas, um grande confronto ocorrera naquela região. E com consequências incrivelmente funestas para todos.

Ivan, Estela e centenas de soldados enfrentaram um grande bando de ex-presidiários que vinham tratando como escravos um grupo de sobreviventes em um quartel em Taubaté.

Depois de dois meses cercando o quartel e inúmeras negociações, o confronto se tornou inevitável. E, no final, o grupo de Ivan teve de enfrentar em campo aberto os homens do sádico Emmanuel protegidos em sua base, e os milhares de zumbis que a cercavam, num confronto que ficou marcado entre os moradores do Condomínio Colinas.

Ivan e seus homens venceram, mas o saldo foi catastrófico. Mais de cem pessoas morreram, tanto do lado de Ivan quanto dos humanos que eles queriam resgatar, além do grupo liderado por Emmanuel.

Com grandes baixas, Ivan e seus soldados tiveram que abandonar um dos poucos homens decentes do bando. Canino era o único que se opunha às atrocidades de Emmanuel e por isso fora aprisionado pelo líder local. Canino também era o namorado de Isabel, que passou a odiar Ivan ainda mais por tê-lo deixado para trás para morrer.

Mas Ivan tomara uma decisão prática. Canino estava num lugar do quartel cercado de zumbis, no qual não havia nenhuma chance de sobrevivência. Ele não podia arriscar as vidas de mais pessoas numa missão suicida.

No entanto, Canino não era um homem comum.

* * *

Dois meses antes, em Taubaté...

Rodrigo corria pelo corredor do quartel do Comando de Aviação do Exército. O rapaz, apavorado, precisava escapar daquele local.

Ele fazia parte do bando de Emmanuel e fora o único sobrevivente do confronto no qual Ivan, Estela e seus soldados esmagaram aquele grupo de criminosos.

Rodrigo se rendera e, por isso, Ivan o poupara. E quando estava indo embora a pé, o rapaz perguntou onde podia encontrá-los. E as palavras de Ivan ainda ecoavam na sua cabeça: "Vá até São José dos Campos e procure o Condomínio Colinas". Essas foram as palavras exatas de Ivan para ele.

Rodrigo sabia que o condomínio devia ficar ao lado do Shopping Colinas.

O rapaz corria pelos corredores, buscando uma saída no lado oposto da entrada principal. Ele queria fugir dos zumbis que invadiam por todas as direções, mas também queria manter distância do grupo de Ivan.

Ao longe, era possível ouvir o som dos fuzis e até mesmo das granadas de mão explodindo. Os grupos de Ivan e de Emmanuel travavam uma batalha naquele exato momento, num confronto de vida ou morte.

Rodrigo correu como um louco até chegar às escadas. Quando pisou no primeiro degrau, parou. Havia algo que não podia ignorar. Por mais que tentasse, não conseguia deixar de pensar em Canino, seu ex-chefe. Sabia que ele era mantido refém exatamente um andar acima. Era uma sala do quinto andar, o mesmo no qual os grupos de Ivan e Emmanuel travavam o derradeiro combate, naquele momento.

Rodrigo era um rapaz ignorante e truculento, mas conhecia bem o valor da gratidão. Na época em que Canino liderava uma das facções criminosas que controlavam o presídio, Rodrigo foi um dos seus homens mais fiéis. Tudo porque, no passado, seu ex-chefe salvara sua vida

126

quando outro detento tentara matá-lo por conta de uma dívida de drogas. Depois daquele episódio, Rodrigo se transformara num cão de guarda para Canino. Fora com grande relutância que o rapaz mudara de lado e passara a apoiar Emmanuel. Mas, naquela ocasião, ficar ao lado do amigo teria sido sua sentença de morte.

Agora, seu ex-líder se encontrava preso numa sala logo acima. Rodrigo sabia que ele estava ferido, desnutrido e doente, mas ainda vivo. Na ocasião, Canino lhe entregara uma carta que Rodrigo, por sua vez, passara a uma das reféns do grupo de Emmanuel. Uma carta endereçada à Isabel, que agora ajudava o grupo de Ivan a enfrentar Emmanuel e seu bando de assassinos.

Rodrigo sabia que seu tempo era curto, mas não podia deixar Canino para trás. Assim, decidiu-se quando ouviu gemidos alguns andares abaixo. Os zumbis invadiam o prédio. Por fim, as criaturas conseguiram uma forma de entrar.

O rapaz correu escada acima, torcendo para não levar um tiro. Chegou ao quinto andar com cautela. Estava desarmado em um lugar repleto de zumbis e pessoas armadas até os dentes e dispostas a atirar para matar. Os tiros e as explosões haviam cessado. Pelo jeito, um dos lados conseguira vencer.

Ele chegou à sala na qual Canino vinha sendo mantido preso e não se surpreendeu ao encontrá-la trancada. Então, checou o corredor mais uma vez, para se certificar de que não havia ninguém por perto, e chutou a porta com violência, tentando arrombá-la. Golpeou com toda a sua força diversas vezes, fazendo o barulho ecoar pelos corredores desertos do quartel. E finalmente conseguiu derrubar a porta.

Rodrigo avistou Canino sentado numa cadeira, amordaçado e preso com fita adesiva pelos braços e pelas pernas. Estava magro, cheio de olheiras e hematomas, depois de inúmeras surras. Também se encontrava imundo. O ambiente estava impregnado do fedor de urina e fezes.

Apesar de debilitado, Canino mostrava o olhar lúcido e alerta em função dos diversos tiros e das explosões que ouvira e, sobretudo, por todo o barulho que Rodrigo causara.

— Fala, chefe, vou tirar você daqui, velho! — Rodrigo falou, aproximando-se de Canino e começando a tentar soltar os braços dele.

Essa se revelou uma tarefa complicada, pois ele não dispunha de uma única faca nem de nenhum tipo de instrumento cortante e as fitas adesivas eram fortíssimas e davam várias voltas nas pernas e nos braços de seu ex-chefe.

Rodrigo acabava de soltar um dos braços quando Canino começou a se agitar e se debater, grunhindo com a boca amordaçada.

— Calma, patrão, só mais um pouco de paciência! — Rodrigo acabou de soltar o braço direito de Canino.

Com uma aparência cada vez mais tensa, Canino levou a mão recém-libertada à mordaça e arrancou-a da boca com violência, o que lhe permitiu voltar a falar.

— Atrás de você!!! — Canino gritou, apontando na direção da porta.

Rodrigo se arrepiou inteiro e virou-se imediatamente. Mas era tarde demais.

Dois zumbis avançaram sobre ele, agarrando-o, enquanto Rodrigo se erguia. O primeiro o agarrou pelos cabelos crespos e cravou os dentes no seu ombro, arrancando um fragmento de carne de uns quinze centímetros. Rodrigo urrou de dor.

A segunda criatura agarrou seu pulso esquerdo e mordeu o antebraço, estraçalhando as veias, e o sangue jorrou, abundante.

O rapaz gritava de dor e tentava se livrar das criaturas, mas os dois seres juntos, muito mais fortes, derrubaram-no com facilidade e subiram nele.

A cada nova investida, mais sangue jorrava, e a dor que Rodrigo sentia se multiplicava por mil. O momento que ele mais temia chegara, e era infinitamente mais doloroso do que em seu pior pesadelo.

Canino ficou petrificado por um instante diante da cena, mas precisava reagir. Ele seria a próxima vítima daquele ataque macabro.

Com a mão direita livre, arrancou as fitas do braço esquerdo. Em segundos, o outro braço também estava livre.

No momento em que ele começava a soltar a perna direita, um terceiro ser entrou na sala. Era uma criatura grotesca, cujo rosto fora destruído do lado esquerdo, mas quase totalmente preservado do lado direito. E o único olho bom completamente branco da criatura recém-chegada fitava Canino de forma feroz.

Os outros dois zumbis continuavam atacando Rodrigo, que não emitia mais nenhum som.

O zumbi avançou contra Canino, que se pôs de pé com dificuldade, soltando um pequeno grito com o esforço. Fazia dias que não se levantava daquela cadeira para nada, nem para realizar suas necessidades mais básicas. Mas a adrenalina e o instinto de sobrevivência sobrepujaram a dor no corpo e as câimbras.

Acima de tudo, pela primeira vez em meses, Canino vislumbrava a possibilidade de reencontrar Isabel. Aquele era um objetivo pelo qual valia a pena lutar.

Assim, Canino se levantou com uma das pernas ainda presa na cadeira, e, quando o zumbi se aproximou dele com as mãos esticadas na sua direção, ele o agarrou pelos braços e o puxou para o lado, girando o seu corpo e derrubando a criatura no chão.

Vendo que havia conseguido impedir aquele primeiro ataque, Canino virou-se e agarrou a estrutura traseira da cadeira, que ainda estava presa a um dos seus tornozelos, e puxou com força, fazendo a fita arrebentar de uma só vez.

Quando o zumbi se levantava, Canino ergueu a cadeira e a espatifou na cabeça dele, rachando seu crânio e fazendo com que a criatura desabasse no chão outra vez.

Sobrou na sua mão um pedaço de madeira, um excelente porrete com o qual Canino podia enfrentar os seres naquela sala.

Ele avançou contra os zumbis que dilaceravam Rodrigo, e com dois golpes na cabeça derrubou ambos. Em seguida, curvou-se próximo dele, que estava caído no piso logo ao seu lado e mantinha os olhos abertos.

— Meu amigo, por que você foi fazer isso? Sinto muito! — Canino, ajoelhando-se ao lado de Rodrigo, segurou-lhe a cabeça com cuidado.

O rapaz, ofegante, olhava para Canino com olhos embaçados e carregados de dor. Os zumbis haviam causado um estrago enorme, ele tinha lacerações no pescoço, nos braços e no tórax.

— Chefe, me des... des... culpe... — Rodrigo falou, batendo os dentes de tanta dor e febre.

— Não se desculpe, você me salvou. — Canino segurava com firmeza a mão do amigo.

— Pelo amor de Deus, me mata... por favor. — O corpo inteiro de Rodrigo tremia.

— Eu prometo. — Canino fitava os olhos rasos de lágrimas de Rodrigo.

— Chefe... por favor… lembrei de uma coisa... — Rodrigo falou com voz rouca.

— O quê? — Canino perguntou, com a forte sensação de que era algo importante.

Rodrigo, revirando os olhos, encostou a cabeça no chão e cerrou as pálpebras, soltando um suspiro pesado e doloroso. Pelo visto, não tinha mais forças para falar absolutamente nada.

Canino balançou a cabeça e suspirou também. Fosse lá o que fosse, ele levara consigo para o túmulo.

Canino se levantou com dificuldade. Agora vinha a parte mais difícil, algo para o qual ninguém nunca estava preparado: matar alguém que fora contaminado.

Canino tomou um susto com o que ouviu em seguida:

— São José dos Campos... procure o Condomínio Colinas. — E só então Rodrigo entregou a sua alma à escuridão.

— O que tem nesse lugar? O que eu devo fazer lá? — Canino indagou, angustiado, tomando a mão do amigo morto e chacoalhando-a, aflito. Mas era tarde demais; Rodrigo partira para sempre.

Canino se abaixou e pegou o porrete, segurando-o com firmeza. Estava na hora de cumprir sua promessa e saldar ao menos parte de sua dívida de gratidão.

Assim, desferiu diversos golpes na cabeça de Rodrigo, esmagando seu crânio. Gotas de sangue respingaram em seu rosto. Canino contemplou o que havia feito, jogou o porrete no chão e ajoelhou no piso, levando as mãos à cabeça em desespero.

— Eu sinto muito... — murmurou diante do cadáver do colega. — Vai com Deus, meu amigo.

Porém, ele teve pouquíssimo tempo para se lamentar. Canino se sobressaltou com os grotescos sons das criaturas atrás de si.

Ele se pôs em pé rapidamente e avistou vários zumbis invadindo a sala e muitos outros no corredor. Diante de tantos, ele não tinha chances de vencer usando apenas um porrete. Então, correu até o banheiro que havia naquela sala, trancou-se do lado de dentro e sentou-se no vaso, com o coração disparado.

Aqueles demônios começaram a arranhar e socar a porta, mas ela fora feita para resistir. E Canino não tinha muita escolha. Decidiu ficar quieto, alheio aos tiros e às explosões que ocorriam do lado de fora, aos gemidos e urros dos zumbis, capazes de enlouquecer qualquer homem.

E permaneceu escondido naquele banheiro por vários dias, apenas tomando água, sem nada para comer.

* * *

O banheiro era pequeno, sem janela, escuro e quente. Imerso na escuridão, Canino esperava. O calor se tornava cada vez mais insuportável, e a fome, desesperadora. Ele bebia água da pia e tentava se refrescar de tempos em tempos.

Com medo de que conseguissem invadir, Canino passou as primeiras quarenta e oito horas sem dormir, apesar do imenso desgaste físico e mental. No terceiro dia, ele cochilou entre um descanso dos barulhos e outro.

No quarto dia daquela provação, ele começou a considerar a hipótese de se matar, quebrando o vaso sanitário e usando os cacos para cortar os pulsos. E tateou cada centímetro quadrado daquele banheiro tentando achar algo que pudesse usar como arma. Então, decidiu que seria tudo ou nada. Bastava abrir a porta e em segundos os zumbis invadiriam tudo e seria o fim da tortura.

Um minuto? Dois talvez? Não importava. Canino estava em frangalhos, aquela situação precisava acabar.

Os zumbis continuavam gemendo próximo dali; com certeza havia criaturas suficientes para matá-lo.

Ele levou a mão até a trava da porta. Bastava um giro para destrancar a porta e acionar a maçaneta, estaria livre — do calor, da fome, do medo, do cansaço, da saudade de Isabel, da...

Foi quando compreendeu algo tão simples. Óbvio!

"São José dos Campos... procure o Condomínio Colinas." As palavras exatas de Rodrigo.

Isabel. Só podia ser isso, era lá que estava Isabel.

Canino tirou a mão da trava lentamente, quase com medo de abrir aquela porta por acidente.

E tornou a sentar-se no vaso sanitário, decidido a esperar mais.

Levou mais de uma semana para os grunhidos cessarem por completo. Cada minuto se arrastava dolorosamente. Mas agora Canino dispunha de algo capaz de operar milagres na alma de uma pessoa.

Canino tinha alguém à sua espera, um objetivo. Enfim, havia algo pelo qual lutar. Iria até São José dos Campos e a reencontraria. Esse pensamento o mantinha vivo. A última frase de Rodrigo salvara sua vida.

Quando os sons por fim cessaram, Canino decidiu sair. E ao fazer isso, uma forte luz do sol atingiu seu rosto e o deixou zonzo. Por um breve instante, pensou ter ficado cego. Então, decidiu aguardar mais algumas horas até o anoitecer; não havia como enfrentar o sol depois de tantos dias na escuridão.

E, finalmente, saiu.

Ele sentiu o cheiro nauseante dos restos mortais de Rodrigo no meio da sala, agora em avançado estado de putrefação. Canino correu até a janela entreaberta e respirou profundamente o ar mais fresco da noite de Taubaté. Um ar revigorante. Algo com o que ele vinha sonhando por incontáveis dias.

Com extrema cautela, Canino ganhou o corredor, precisava comer algo urgentemente e seguiu em direção à cozinha. E foi avançando com cuidado. Os corredores e as escadas estavam às escuras, mas para Canino era indiferente, pois ele enxergava muito bem na escuridão.

Ao chegar ao andar de baixo, ele foi visto por um zumbi que perambulava no corredor. A criatura era alta e magra e tinha a pele cheia de escaras pela exposição prolongada ao sol e as intempéries.

O ser grunhiu de forma selvagem ao vê-lo e avançou, trôpego, batendo nas paredes do corredor à medida que se precipitava em direção à sua presa. Canino estava desnutrido, doente e exausto, mas precisava se concentrar ou todo seu esforço teria sido em vão.

Ele posicionou um pé atrás e, quando o ser chegou a cerca de um metro e meio de distância, Canino desferiu com o porrete o golpe fatal.

Vibrou uma porretada tão violenta na têmpora da criatura que quase não foi preciso fazer mais nada, pois o zumbi tombou estatelado no chão.

Por garantia, Canino o golpeou mais duas vezes.

Quando alcançou o segundo andar, a ansiedade para chegar logo ao térreo fez com que Canino fosse surpreendido por um zumbi.

Era uma mulher esquelética, de cabelos longos e desgrenhados que davam a ela um aspecto selvagem. A criatura surgiu do nada e se lançou sobre Canino.

Pego desprevenido, ele tentou se equilibrar, mas foi impossível. Canino girou sobre o corrimão da escada e acabou pendurado no ar, segurando o suporte de metal com uma das mãos, enquanto a outra segurava firmemente a zumbi pelos cabelos. A criatura não caíra junto com ele e permanecia de pé no corredor, logo acima dele, com o rosto espremido contra o corrimão, graças à força com que Canino segurava seus cabelos imundos.

Em pânico, pendurado no ar apenas por uma mão, ele olhou para baixo, tentando avaliar o tamanho da queda, caso se soltasse. Não era muito, cerca de cinco metros de altura, mas o suficiente para feri-lo, e muito.

Antes que pudesse se decidir, entretanto, a criatura acima dele tentou alcançá-lo, ignorando a força com que Canino puxava seus cabelos para baixo. Quando tentou se esticar, a zumbi também se desequilibrou, girando o corpo e caindo sobre ele.

A criatura, ao cair, se agarrou ao tronco dele de forma desajeitada, tentando não despencar.

Canino se desesperou com o ser pendurado no seu tronco, com as pernas balançando no ar, quase arrancando suas roupas enquanto tentava se agarrar com mais firmeza, como um carrapato gigantesco e feroz.

Ele se debatia e a puxava pelos cabelos, tentando se desvencilhar, enquanto a mão direita começava a escorregar, na dificílima tarefa de sustentar seu peso e também o da criatura diabólica que parecia ter se aferrado ao seu corpo.

A fera, aos poucos e de forma atrapalhada, parecia escalar o corpo dele, puxando-se para cima, grunhindo de forma animalesca.

E quando o rosto dela se aproximou do seu, Canino sentiu o hálito fétido do zumbi. Um cheiro de podridão e morte exalava da boca daquele ser.

Naquele momento, vendo que ela quase conseguira subir o suficiente para arrancar um pedaço do seu rosto com os dentes, Canino tomou sua decisão.

Ele abriu a mão e ambos despencaram no vazio.

Ao fazer isso, Canino girou o tronco, numa tentativa desesperada de se salvar. E conseguiu seu intento. Ele gritou de raiva enquanto caía, agarrado à criatura.

Ambos se espatifaram no andar térreo do prédio, a mulher por baixo, ele por cima.

Seu peso e a aceleração somados esmagaram a criatura contra o piso. Ela bateu a cabeça com violência contra o concreto, arrebentando o crânio.

Canino, ainda sobre ela, fechou os olhos com a dor do impacto. O corpo do ser havia aliviado a intensidade do choque, mas mesmo assim ele sentiu o tórax, as costas e as pernas doendo muito.

Ele girou o tronco e caiu de costas no chão, lado a lado com a criatura abatida. Seu peito arfava de dor pelo imenso esforço após sustentar o peso de ambos.

Olhou de lado e observou a criatura morta. Os olhos ainda estavam abertos e saía sangue de dentro dos ouvidos do ser.

— Vá pro inferno, desgraçada... — Canino murmurou, exausto.

Canino se levantou com dificuldade. Seu corpo inteiro reclamava da dor, mas ele precisava se mexer. O barulho da queda poderia atrair outros seres. Ele precisava chegar à cozinha imediatamente. Havia muito mais seres ali, mas Canino manteve a calma, apesar da dor aguda. Quando finalmente chegou à cozinha, ele percebeu aliviado que estava trancada à chave. Aquilo era ótimo; assim, tinha certeza de que não estaria infestada de criaturas.

Canino deu a volta mancando com o máximo de silêncio e forçou a abertura da janela, entrando assim no local.

Era uma cozinha industrial, com imensos panelões, fornos de grande porte e *freezers* com capacidade para estocar comida para centenas de pessoas, além de prateleiras amplas, dezenas de utensílios menores e imensas bancadas de trabalho.

Assim que se certificou de que estava sozinho, foi procurar alimento. A fome era maior que a dor e as escoriações que sofrera.

E por pouco não saiu de mãos vazias. Ivan e seus soldados haviam imposto um cerco implacável de mais de dois meses aos moradores do quartel e durante esse período ninguém saíra para buscar comida na cidade. Com isso, depois de algum tempo, eles só tinham para comer o pouco que conseguiam produzir na horta improvisada dentro do quartel, e mesmo isso já estava no fim. Essa situação fora um dos principais motivos para Emmanuel ter decidido enfrentar Ivan e seus homens. E acabou sendo a causa da sua morte.

Mas, para alívio de Canino, havia alguns ovos, tomates e batatas, além de outros vegetais. Grande parte estava murcho ou mesmo apodrecendo, mas Canino ignorou esses detalhes. Comeu tudo cru e sem nenhum tipo de tempero, tamanha era a fome.

Após se alimentar, Canino se acomodou dentro de um grande armário de aço inox quase vazio e adormeceu imediatamente.

Foram necessários alguns dias para que ele se sentisse apto a deixar aquela cozinha. Quando isso aconteceu, Canino carregou consigo o que sobrou dos alimentos.

Mas ele não estava com pressa. Sabia que cada passo precisava ser muito bem pensado e com muita calma. Naquele mundo dominado pelo mal, qualquer deslize decretaria sua morte.

E Canino tinha um objetivo bastante claro: ir até São José dos Campos, achar o Condomínio Colinas e reencontrar Isabel.

* * *

Quando Isabel voltou do desmaio, abriu os olhos e viu Sandra preocupada a examinando, colocou-se de pé num pulo.

— Relaxa, vai com calma, você acabou de levar um susto e desmaiou — Sandra tentava tranquilizá-la.

— Não posso ficar calma! Para onde foram todos? E Canino, onde está?! — Isabel indagou, agitadíssima.

— Calma, eles já foram para o portão, para ver o que...

Mas Isabel já havia saído correndo.

— ...nós podemos fazer para ajudar. Puta merda! — Sandra soltou um suspiro e saiu correndo atrás dela, levou um bom tempo para alcançá-la.

— Podemos ao menos passar no posto de saúde por um instante? — Sandra ainda corria, esbaforida.

— Não, eu estou com pressa! — Isabel gritou, obstinada.

— Preciso do meu fuzil, droga! E você também precisa de uma arma. Ninguém a deixará ajudar desarmada! Ou pretende ficar só olhando? — Sandra perguntou.

Isabel nem respondeu e virou numa rua à esquerda na direção do posto de saúde.

Ambas entraram em disparada, quase matando de susto as enfermeiras e os enfermeiros que estavam lá dentro. Hilton e Scheyla se sobressaltaram ao ver o estado de quase insanidade de Isabel. Era óbvio que algo estava acontecendo.

— O que houve? — Scheyla quis saber.

— Eu estou ótima, mas com pressa! — Isabel se pôs a subir as escadas de dois em dois degraus.

Hilton e Scheyla se entreolharam, preocupados. Ao verem Sandra entrar e pegar um colete à prova de balas, seu fuzil AR15 e dois municiadores carregados de balas, tornaram a perguntar.

— Meu Deus, o que está acontecendo, Sandra, estamos sendo atacados? — Scheyla arregalou os olhos, aflita.

— Não, nada disso. — Sandra já ouvia Isabel descendo correndo as escadas. — Não posso explicar agora.

* * *

Canino passou pela avenida Cassiano Ricardo em alta velocidade. Ele dirigia um Honda Civic que encontrara em bom estado e tentava não se matar atingindo os inúmeros zumbis que circulavam pela via.

A quantidade de criaturas que cercava o Condomínio Colinas passava de dez mil. As movimentações para o lado externo, que agora eram feitas apenas com os blindados, atraíram um verdadeiro batalhão de zumbis, que nunca se dispersava.

Chegar ao Condomínio Colinas era muito fácil, porque Ivan espalhara faixas e cartazes em pontos estratégicos da cidade, avisando eventuais sobreviventes que ali havia um local seguro. O problema era conseguir entrar.

Canino fez o contorno na avenida e retornou, descendo a via, veloz. A cada volta, mais criaturas o seguiam e outras tantas se aproximavam do percurso do carro pela frente. Ele freou bruscamente no meio da avenida quando percebeu que as coisas estavam se complicando. O número de criaturas no meio da avenida havia dobrado em pouco mais de um minuto. Eles brotavam de todos os lados. Aquela era a região da cidade com a maior concentração de mortos-vivos.

Diante da verdadeira muralha de criaturas que marchavam na sua direção, Canino não viu outra opção: engrenou a marcha à ré e voltou em alta velocidade. Assim que ganhasse um pouco mais de terreno, viraria o carro, sairia dali e repensaria sua estratégia.

Começou a atropelar na marcha à ré os seres que desciam em sua direção. Uma, duas, três, quatro, cinco criaturas foram atingidas e cada vez vinham mais.

Então, ele desistiu de ganhar espaço. Numa manobra arriscada, fez a volta passando sobre o canteiro central, numa tentativa desesperada para voltar a conduzir o veículo em terceira marcha.

Perdeu o seu retrovisor ao atingir um zumbi, mas conseguiu virar o carro e disparou para adiante. O condomínio ficou para trás. Foi quando Canino percebeu que seus problemas poderiam se agravar.

Outra horda de seres descia a avenida em sua direção, vinda do Jardim Aquárius e outros bairros daquela região da cidade. Um pequeno exército que somava alguns milhares de criaturas.

Ele freou bruscamente. Estava encurralado no meio de duas multidões de zumbis. Canino não sabia mais o que fazer. Milhares de seres à frente, outros milhares atrás. À esquerda e à direita, muros e prédios difíceis de entrar ou igualmente infestados. Ele esmurrou o painel e encostou a testa no volante, derrotado. Não podia acreditar que chegara tão perto. A apenas algumas centenas de metros para trás estava a entrada do Condomínio Colinas. E lá dentro, Isabel.

Planejou o momento em que ele mesmo se mataria. De posse de um revólver, lutaria até as últimas consequências, mas deixaria uma bala para o momento anterior a um ataque fulminante como aquele. Talvez aquela fosse a melhor opção: um tiro na cabeça e nunca mais precisaria sentir medo em sua vida.

Quando a primeira criatura se aproximou a menos de três metros do carro, Canino tomou sua decisão.

E o estampido de um tiro solitário ecoou na noite.

* * *

Ao chegarem à entrada do condomínio, Sandra e Isabel viram uma enorme movimentação acontecendo. Oito blindados enfileirados na entrada e vários homens e mulheres embarcando às pressas.

Ivan já estava na torre de tiro do primeiro veículo, assumindo a posição de atirador da metralhadora de .50 milímetros. No carro de trás, Silas assumia a mesma posição. No terceiro, Zac.

Quando avistou Sandra chegando, Ivan gritou para ela, apressado:

— Seu marido está aqui, ele estava procurando você! — Ivan berrava, tentando fazer sua voz sobressair ao som dos motores dos Urutus.

— Desculpe! Já vou embarcar! — Sandra gritou, enquanto Isabel se preparava para subir no veículo.

Quando Ivan a viu, ele desceu imediatamente e foi falar com ela:

— Pode parar, Isabel, você não vai.

— Como assim? É o meu namorado lá fora, é claro que vou! — Isabel contrapôs, furiosa, enfrentando Ivan.

— Isabel, me escuta: acabo de desafiar várias pessoas influentes deste condomínio para mantê-la em segurança. A única forma que tenho para deixá-los calmos é garantindo que você nunca será contaminada, está me entendendo?

— Mas, Ivan... — Isabel tentou argumentar, mas ele a interrompeu.

— Agora é a sua vez de confiar em mim. Fique calma, nós estamos indo salvá-lo. Porém, você tem que ficar aqui, entendeu?

Isabel engoliu em seco e baixou as duas armas, derrotada. Ela não disse nada; estava claro que havia aceitado as condições de Ivan.

— Faz um favor para mim? Assim que vir Canino, diga que estou esperando por ele, está bem? — Isabel pediu com um sorriso no rosto.

— Claro que sim! — Ivan falou, animado, pois finalmente teria a oportunidade de devolver para ela alguém que amava.

Foi quando ouviram o som agourento de uma pistola. Um único tiro, disparado a algumas centenas de metros dali.

— Meu Deus, o que foi isso? — Isabel perguntou, assustada.

— Significa que está na hora de sairmos. — Ivan sacou o rádio. — Prepare-se para abrir, estamos indo — ele falou para o motorista do ônibus que servia de barreira móvel para o condomínio.

Estela estava empoleirada numa das guaritas, com seu poderoso rifle L115A3, que ela havia apelidado de O Doutrinador. Ela ignorara os apelos do marido e estava disposta a ajudar, mesmo que a distância.

Ivan reassumiu seu posto na torre de tiro, junto à metralhadora de grosso calibre.

Lentamente, o ônibus deu marcha à ré, liberando a passagem. O blindado onde estavam Ivan e Sandra saiu, seguido pelos demais.

* * *

Cercado por todos os lados, sem ter para onde fugir e apenas com uma pistola em mãos, Canino não tinha muito tempo.

Quando o primeiro zumbi se aproximou de seu carro, ele baixou o vidro e deu um tiro na testa da criatura, que desabou, fulminada.

138

— Não sem briga, seus filhos da puta! — E Canino arrancou com o carro direto contra a massa de zumbis, chocando-se com diversas criaturas.

Alguns seres rolaram sobre o para-brisa, outros caíram para a frente, e pelo menos três foram arrastados para baixo do carro, para serem esmagados pelas rodas.

Outros zumbis começaram a cercar o veículo, mas Canino engatou a ré e saiu do meio daquela turba de seres enlouquecidos. Ele se viu fora daquele vespeiro, mas percebeu desesperado que tinha cada vez menos espaço: a outra multidão de seres que vinha atrás se aproximava perigosamente e logo ele estaria cercado por todos os lados.

Canino procurou acelerar ao máximo de marcha à ré e entrou como uma flecha no meio do grupo que subia a avenida, esmagando uma dúzia deles.

Ele queria lutar, não estava mais pensando no tamanho das suas chances. Naquele momento, tudo que importava era matar o maior número possível de seres, ainda que isso fosse totalmente inútil.

"Mais alguns", Canino repetia para si mesmo enquanto acelerava.

Quando saiu de novo do meio da multidão de criaturas, se deu conta de que não tinha mais do que uns trinta metros de rua livre entre uma horda e outra. Seu tempo se esgotava.

Foi quando ouviu os tiros. Sua ajuda estava a caminho.

* * *

Não havia muitos zumbis na frente do Condomínio Colinas naquele momento. A circulação de Canino com o carro buzinando atraíra muitas criaturas para ele, deixando a saída dos carros quase livre.

Os Urutus atravessaram a passagem e ganharam a rua quando os primeiros tiros foram disparados.

Ivan acionou a metralhadora, abrindo passagem para os demais.

De dentro dos tanques, mais de cem homens e mulheres começaram a atirar ao mesmo tempo. Uma trilha imensa de cadáveres se formava à medida que os blindados avançavam. Rapidamente, os tanques viraram à direita na avenida Cassiano Ricardo. Muitos zumbis que subiam na direção de Canino passaram a descer a avenida, atraídos pelos blindados.

Quando Ivan mirou num ser à frente do tanque, a cabeça da criatura explodiu e o corpo caiu adiante, sem nada do pescoço para cima. E ele viu isso se repetir numa sequência de mortos-vivos tombando com os crânios reduzidos a pedaços e massa encefálica se espalhando pelo chão.

Ivan largou a metralhadora e olhou para trás, usando o binóculo para enxergar melhor. Era Estela com seu rifle na guarita, disparando tiros certeiros a centenas de metros de distância.

— Agora ela está se exibindo. — Ivan sorriu consigo mesmo. Mas voltou ao seu objetivo: precisava encontrar Canino logo e trazê-lo em segurança.

Canino se encontrava numa situação crítica agora. Em breve, estaria cercado por todos os lados e sem condições de movimentar o carro. Ele olhava para a frente e para trás, e em todas as direções a multidão de criaturas era tão densa que era impossível enxergar alguma coisa.

Um zumbi apareceu do seu lado, encostou o rosto no vidro e começou a arranhar, tentando descobrir alguma forma de alcançar sua vítima. Outras dezenas de criaturas foram cercando o veículo. E em alguns segundos seriam centenas.

Canino decidiu tomar uma ação desesperada. Ele ouvia centenas de tiros, mas dava para notar que ainda estavam um pouco longe, provavelmente há algumas centenas de metros de distância. Por isso, resolveu encurtar o caminho.

Ele acelerou o carro ao máximo, fazendo os pneus cantarem enquanto um cheiro forte de borracha queimada se espalhava e arrancou com o veículo, derrubando os zumbis que já o cercavam.

Canino atropelou algumas criaturas antes de mergulhar de vez na multidão de seres. Zumbis rolavam pelo capô, se espatifavam contra o para-brisa e alguns chegaram a passar sobre o teto do carro e cair atrás do veículo.

Canino continuou a acelerar, buscando achar frestas no meio daquela horda. E avançou cerca de duzentos metros, até que o carro atingiu um homem obeso que devia pesar mais de cento e cinquenta quilos. Ele estava sem camisa e havia lacerações variadas no seu abdome e tórax.

O zumbi caiu e entrou sob o veículo, ficando preso entre as rodas. O carro avançou mais uns quinze metros, moendo o corpo da criatura contra o asfalto, fazendo os órgãos internos romperem a pele e explodirem, se esparramando no chão. Mas o automóvel engasgou e finalmente parou, com as rodas girando em falso. Centenas de seres o cercaram.

Canino olhava em volta e tudo o que via eram seres se acotovelando nas janelas, arranhando os vidros e a lataria, tentando achar alguma fresta. Zumbis subiram no capô e socavam o para-brisa. Outros subiram no teto e esmurravam o aço, furiosos.

Canino pegou a pistola, olhando em volta. Ele sabia que era mera questão de tempo até alguma daquelas criaturas conseguir entrar. Suava, desesperado, os olhos dançando nas órbitas, enquanto a camisa colava no corpo encharcado de suor.

— Vocês querem meu sangue?! Venham buscar, filhos da puta! — Canino gritou, mostrando a arma para os seres irracionais.

O carro balançava de um lado para o outro. Os pneus deslizavam no asfalto em virtude da imensa pressão que o veículo recebia.

Canino sentiu o coração disparar quando o veículo oscilou, inclinando-se para a esquerda. Os seres empurravam tanto que as rodas do lado direito se ergueram do chão.

Um novo deslocamento abrupto ocorreu e o carro por fim se ergueu, capotando para o lado esquerdo. Quando ele caiu de lado, Canino rolou sobre a janela.

Quando isso aconteceu ele ficou rosto a rosto com um zumbi, que foi esmagado contra o asfalto pelo peso do veículo, tendo apenas o vidro separando-os. A gritaria, os urros e gemidos dos mortos-vivos se elevou quando o carro tombou.

Antes que Canino conseguisse se colocar numa posição melhor, o veículo tombou de novo, ficando enfim com as rodas para o ar. O teto se deformou, e uma das janelas caiu, despedaçada.

Canino ficou de quatro no estofamento do teto do veículo, contemplando o carro ao contrário. Então, viu um dos zumbis, uma mulher de cabelos imundos e rosto deformado pela fúria, entrando pela janela destruída na direção dele, se esgueirando pela passagem.

Canino sacudiu a cabeça, procurando fazer as coisas voltarem para o foco e se esticou na direção da arma, que havia caído.

Quando a criatura esticou a mão tentando alcançá-lo, Canino ergueu a pistola bem entre os olhos do ser, e puxou o gatilho.

A bala entrou pela testa e atravessou o crânio do zumbi, fazendo a cabeça explodir na parte de trás, espalhando sangue e miolos na porta pela parte de dentro. O ser tombou, inerte.

A criatura caiu atravessada no meio da passagem, dificultando o acesso dos demais seres.

Então, um homem começou a se esgueirar para dentro também, se arrastando sobre o cadáver fulminado, Canino não hesitou. Aplicou outro tiro certeiro na cabeça do atacante, que também desabou sobre o cadáver da primeira criatura.

Quando Canino achou que conseguiria tomar fôlego, o carro inteiro girou. Por estar apoiado sobre o teto, o veículo rodopiou, fazendo com que algumas criaturas que empurravam caíssem desengonçadas no asfalto.

Os zumbis mortos na janela escorregaram para fora com aquele movimento e agora ela estava mais uma vez livre. E mais seres começaram a entrar.

Canino puxou o gatilho e se arrepiou. Não aconteceu nada — a arma estava vazia. Ele havia acabado com toda a munição.

Um zumbi agarrou o braço de Canino, mas ele agarrou a cabeça do ser, esmagando-a ao batê-la contra o teto. E começou a dar coronhadas com a arma descarregada.

Canino estava disposto a resistir o tempo que fosse necessário e, quando um terceiro zumbi começou a entrar, ele viu a noite clarear imensamente. Mais parecia que o sol havia despontado.

Os poderosos faróis de um veículo imenso surgiram diante dele, penetrando entre os seres que destruíam o carro na tentativa de entrar.

Outras fontes de luz surgiam. Eram tanques de guerra e ele não sabia precisar quantos.

— Graças a Deus... — Canino balbuciou.

Ele se arrastou e se jogou para a parte de trás do veículo, tentando se proteger.

Diversas armas abriram fogo contra a multidão de seres que cercava o automóvel, despedaçando as criaturas.

Canino se abaixou e colocou as mãos sobre a cabeça, rezando para que uma daquelas balas não o encontrasse.

Os zumbis caíam aos montes, se amontoando do lado de fora de um modo que em poucos instantes já não era mais possível enxergar nada que acontecia no exterior do carro.

Passados vários minutos de explosões e disparos ininterruptos, os sons começaram a diminuir e o barulho dos blindados do lado de fora ficaram cada vez mais nítidos.

Canino ouviu passos e vozes ao redor do carro. O veículo estava soterrado sob uma montanha de cadáveres. Ele viu uma fresta surgir, e alguém arrastando os corpos, liberando a passagem. Canino levou à mão ao ombro e percebeu um ferimento. Estava tão nervoso, com a adrenalina ao extremo, que nem notara ter sido baleado. Mas agora seu corpo começava a registrar a dor.

Foi quando um homem maduro de pele clara surgiu na janela quebrada, com uma lanterna que, por um instante, ofuscou sua visão.

Ele olhou para Canino com um sorriso e esticou a mão em sua direção.

— Venha comigo — Ivan falou, feliz com o resgate.

* * *

Ao chegar ao Condomínio Colinas, Canino saiu do tanque com dificuldade e precisou ser amparado. Ele sentia uma fraqueza imensa tomando seu corpo. Mas assim que pôs os pés para fora do Urutu, Isabel se lançou sobre ele, abraçando-o com desespero.

Os cabelos longos e encaracolados eram familiares, o cheiro da pele era inconfundível. Era a pessoa com a qual Canino sonhava fazia meses, a luz que o guiara, o motivo de permanecer vivo.

— Eu rezei para este dia chegar. Pedi inúmeras vezes para Deus me devolver você — Isabel sussurrou no ouvido dele, enquanto as lágrimas caíam dos seus olhos e pingavam sobre o ombro do homem que tanto amava.

— Não sei se estou sonhando, mas se estiver, não quero acordar nunca mais. — Canino a abraçou apertado, sentindo as lágrimas caírem também.

Quando enfim conseguiram aliviar aquele abraço tão adiado, tão esperado, ambos se olharam nos olhos. Ela estava linda. Ele, desgastado, exaurido, porém, ainda vivo.

E assim Isabel e Canino se beijaram, sob o olhar de Ivan, que se sentiu feliz como se fosse um reencontro dele mesmo com Estela.

CAPÍTULO 5
A PROPOSTA

CANINO LOGO SE RECUPEROU do longo período de privações em Taubaté, dos ferimentos e do tiro que levara durante o seu resgate. Em dois dias, recebeu alta do posto de saúde e se instalou no apartamento com Isabel, Hilton e Scheyla.

O casal de idosos o recebeu calorosamente. Eles tinham ouvido tantas histórias a respeito daquele homem que era quase como se o conhecessem.

— Seja bem-vindo. — Scheyla o abraçou como a um filho. — Isabel nos contou tudo sobre você.

— Espero que tenham sido coisas boas — Canino comentou, rindo, enquanto Isabel lhe dava um leve empurrão no ombro.

Eles conversaram e jantaram juntos. Canino sentia estar no paraíso, num lugar seguro, num apartamento confortável, cercado por um casal de velhinhos gentis e da mulher que tanto amava.

Quando Scheila e Hilton se recolheram, Isabel levou Canino pela mão até a cama, sentou-se ao lado dele e pegou algo no criado-mudo. Então, mostrou a carta que ele havia escrito meses antes e da qual nunca se separava.

Canino achou graça de um trecho no qual ele dizia que esperava sinceramente estar ao lado de Isabel quando ela lesse aquelas palavras.

— Bom, antes tarde do que nunca, não é mesmo? — Canino falou, sorrindo, apontando aquela parte.

Isabel olhou para a mão de Canino e viu que faltava um dedo; uma das atrocidades realizadas por Emmanuel para se vingar dela.

Ela segurou sua mão e a beijou com ternura, querendo afastar as duras lembranças do passado.

— Eu rezei muito para ter a oportunidade de ler isso junto com você. — Isabel esboçou um sorriso. — Agora estou em paz.

— Eu também, meu amor. Eu também. — Canino passou a mão pelo rosto de Isabel e finalmente a beijou.

E assim os dois fizeram amor com paixão, prometendo nunca mais se separar, custasse o que custasse.

* * *

Passaram-se quatro semanas desde a chegada de Canino ao Condomínio Colinas. Ele e Isabel pareciam viver em plena lua de mel, apesar da preocupação crescente que rondava aquele lugar. Ninguém perdia de vista a maior sombra que pairava sobre aquela comunidade: Onde estaria Jezebel?

Desde o ataque a Porto Alegre, ela desaparecera. Nenhum avistamento ou informação. O helicóptero havia partido outras vezes para tentar localizar a horda, mas parecia que o bando evaporara.

Ivan e Estela conversavam a respeito daquilo em casa, acompanhados de Isabel, Canino e Mariana, que estava hospedada na casa deles e vinha trabalhando com Estela para assumir suas atividades no final da gestação.

— Como pode um grupo de milhares de seres desaparecer? Não faz sentido — Ivan ponderou, sentado no sofá, com Estela ao seu lado.

— Não sei, mas a região é enorme. Talvez ela tenha encontrado um esconderijo — Estela argumentou.

— Francamente, eu duvido. Se ela é tão poderosa assim, o bando deve estar se movendo. — Canino balançou a cabeça.

— Mas onde eles estão? Eu queria tanto falar com Jezebel... Acho que se conversarmos talvez consigamos resolver as coisas. — Isabel desejava tentar uma solução pacífica, mesmo tendo a percepção de que a irmã não era mais a mesma.

— Se ela entrar em contato via rádio, pode ter certeza, eu colocarei você para falar. Posso garantir que não quero enfrentar a sua irmã. — Ivan suspirou.

— Meu pai também prometeu a mesma coisa, disse que se Jezebel der algum sinal de vida pedirá que ela entre em contato conosco aqui no condomínio — Mariana falava sem desviar o olhar da tela do notebook.

— Ivan, eu acho que eles estão se deslocando pela mata. As rodovias que ligam o Rio Grande do Sul a Santa Catarina são cercadas por vegetação densa, em extensões de diversos quilômetros. É uma forma mais lenta de viajar, porém o helicóptero nunca enxergaria o bando numa situação dessas. Ainda mais que eles estão sobrevoando tudo a grandes altitudes para se manterem longe dos poderes de Jezebel — Canino argumentou.

— Sim, pensei nisso também. E, na prática, a horda pode estar seguindo por qualquer rota. Temos a BR101, a BR116 ou beirando o litoral. Só Deus sabe o que eles estão fazendo. Deve ser uma massa de seres de um quilômetro de extensão se deslocando por uma região de centenas de milhares de quilômetros quadrados. É como caçar uma agulha num palheiro. — Ivan fez uma careta de desgosto.

Continuaram a conversa, mas não chegaram a nenhuma conclusão. As buscas continuariam, agora pelas florestas; talvez tivessem mais sorte que esperar o próximo ataque de Jezebel.

— Tudo que eu sei é que não aguento mais ficar em casa por ordens médicas — Estela mudou de assunto.

— Suas outras gestações foram problemáticas também? — Isabel perguntou, curiosa.

— Não. As outras foram tranquilas. O que houve foi que uma vez eu tive uma crise de estresse por excesso de trabalho, tive de ficar vinte dias em casa.

— Estela é parecida comigo. Eu também era viciada em trabalho. Aliás, estava me matando de tanto trabalhar na época em que os zumbis surgiram — Mariana comentou, ainda sem desviar o olhar da tela do computador. — Onde você trabalhava, Estela?

— Estela era analista de sistemas especializada em armas de destruição em massa. Por isso ela teve um piripaque. Foi o sentimento de culpa por colaborar com a arte da guerra — Ivan comentou, zombando.

— Ai, não, essa brincadeira de novo? — Estela levou as mãos ao rosto. — Já se passaram anos e você ainda fala disso?

— Armas de destruição em massa? Como assim? — Canino indagou, perplexo.

— Ah, eu quero muito ouvir essa explicação! — Mariana fechou o notebook e tirou os óculos.

— Não liguem para ele, Ivan adora me sacanear com essa história. — Estela empurrou o marido para o lado.

Ivan ria da expressão de ódio da esposa.

— Bom, agora conte a história — Mariana pediu.

— Não é nada de mais. Eu era analista de sistemas na Avibrás, uma empresa que produzia equipamentos bélicos — Estela explicou.

— Uau, que barato! — Como bom ex-ladrão que era, os olhos de Canino brilhavam quando o assunto eram armas. — E o que vocês fabricavam?

— Bom, havia lança-mísseis, explosivos, foguetes diversos, tanques de guerra e vários outros tipos de produtos. — Estela enumerava as opções nos dedos da mão.

— Nossa, adorei esse lugar! Quando faremos uma visita a ele? — Canino perguntou, animado.

— Já fizemos! Ele já está sob nosso controle há alguns meses. Nós invadimos a fábrica pouco antes de encontrarmos Isabel — Estela respondeu. — Foi de lá que retiramos alguns dos nossos tanques; infelizmente, não havia muitos.

— Entendi, é uma pena. — Canino ficou decepcionado, pois já estava se imaginando pilotando seu próprio tanque de guerra. — E por que você teve a crise de estresse? Excesso de trabalho?

— Sim, estávamos todos mobilizados pelo projeto de um míssil chamado Matador e ficamos várias noites sem dormir, além de incontáveis finais de semana trabalhando sem parar. Eu estava enlouquecendo de tanto trabalhar, mas o desenvolvimento do projeto e o salário valiam o esforço.

— Matador é um belo nome para um míssil — Canino afirmou, animado.

— Sem dúvida. E o estrago que ele era capaz de provocar fazia jus. Bom, ao menos era o que nos diziam. Eu nunca atuei diretamente nessa parte, meu trabalho era com os sistemas — Estela informou.

Os cinco conversaram mais alguns instantes sobre bombas, mísseis, armas e explosões, um assunto capaz de despertar o interesse de qualquer um naquele novo mundo.

Em dado momento, Ivan se despediu do grupo e decidiu retornar para a sede do condomínio. Ele tinha assuntos pendentes para aquele dia, e não queria chegar muito tarde em casa.

Estela estava no sétimo mês de gestação e tudo começava a ficar muito difícil para ela. Agora, Mariana lhe fazia companhia e a ajudava em várias tarefas.

Isabel e Canino também se despediram. Ela precisava voltar ao posto de saúde e ele agora integrava as forças de segurança do condomínio.

Gisele e Zac faziam os soldados suarem todos os dias, sob a supervisão de Ivan, Oliveira e Silas. Aquela disciplina era a chave do sucesso da comunidade.

Ivan rumou até a sede do condomínio e foi direto para sua sala. Ele analisava o programa que Estela havia feito e Mariana tentava aprimorar quando ouviu batidas na porta, cheias de urgência.

Em seguida, Ariadne, a operadora do rádio do condomínio, entrou na sala. A senhora gordinha, que viera correndo até ali, precisou recobrar o fôlego para conseguir falar.

— Ivan, desculpe entrar assim, mas é uma emergência — Ariadne falou, esbaforida.

— Fique calma, respire fundo! — Ivan pediu. — O que aconteceu?

— Tem alguém no rádio querendo falar com você — ela respondeu de tal jeito que Ivan já concluíra de quem se tratava.

— É ela, não é mesmo?

— S-sim, Ivan. Ela está furiosa e quer falar com você. — Ariadne tremia.

Ivan abandonou o que estava fazendo e seguiu Ariadne até a sala do rádio. Ia pedir para alguém chamar Isabel, mas decidiu conversar antes com Jezebel sozinho.

— Ela deu alguma dica de onde estava? Falou algo que pudéssemos usar para encontrá-la? — Ivan indagou, esperançoso.

— Sim, ela falou exatamente onde se encontrava. — Ariadne, embora com um olhar assustado, afirmou, sem rodeios: — No 63º Batalhão de Infantaria de Florianópolis.

Ivan sentou-se diante do rádio, pensativo. Não sabia se estava preparado para aquela conversa, mas não havia como evitá-la.

Baseado nos relatos do ocorrido em Porto Alegre, ele tinha uma certeza: todos do batalhão catarinense estavam mortos.

— Jezebel? — Ivan chamou, com firmeza na voz.

— Olá, Ivan, eu estava com saudade de conversar com você — Jezebel disse, numa entonação sinistra.

148

— Onde estão os responsáveis pelo batalhão? — Ivan quis saber, sem nenhuma esperança de receber uma resposta positiva.

— Mortos.

— Era só isso que você tinha a dizer? Posso desligar? — Ivan não disfarçava seu ódio.

— Eu vou destruir tudo, Ivan. Vou derrubar seu pequeno castelo... prometo que não sobrará nada do seu amado Condomínio Colinas — Jezebel ameaçou.

— Nós estaremos prontos, sua vadia! — Ivan respondeu, sarcástico.

— Você é muito fingido ou muito burro. Acha mesmo que é capaz de sobreviver?

— Você não sabe do que nós somos capazes. Se nos atacar, eu garanto que responderemos à altura — Ivan disse, convicto.

— Eu demolirei este lugar. E você assistirá minha vitória, pois será o último a morrer — Jezebel praticamente cuspiu as palavras.

— Para mim, essa conversa acabou. Se você acha que vai nos assustar, está desperdiçando o meu tempo.

— Mas eu posso mudar de ideia. Tenho uma proposta para fazer — Jezebel falou, com aquela voz distorcida e metalizada.

Ivan ficou desconfiado daquela atitude. Apesar de saber que não poderia confiar em Jezebel, não custava escutar o que tinha a dizer.

— Muito bem, qual é a sua proposta?

— Traga minha irmã aqui.

Ivan ficou perplexo. Não esperava aquilo.

— A sua irmã está segura conosco. Ela está bem e feliz — Ivan argumentou.

Para surpresa dele, Jezebel começou a gargalhar. Parecia ter ouvido a maior e mais engraçada piada de todos os tempos.

— Por que você está rindo? — Ivan questionou, irritado.

— Muito engraçado você dizer que Isabel está segura... — Jezebel respondeu, destilando sarcasmo e crueldade. — Ela nunca estará segura, Ivan. Isabel não sabe, mas já está morta.

— O que você quer dizer com isso? — Ivan sentiu o sangue ferver nas veias.

— Estou dizendo que estou me lixando para o bem-estar da minha querida irmãzinha. O que quero é bem simples: traga-me Isabel ou a cabeça dela, tanto faz.

— É alguma piada de mau gosto? — Ivan estava muito tenso.

— Não. Eu vou repetir: traga-me Isabel viva ou morta e eu esquecerei você, Estela e o seu maldito condomínio! Estou disposta a esquecer a minha vingança se você trouxer a cabeça de Isabel para mim.

— E o que a sua irmã fez contra você? — Ivan quis saber.

— Nada. Ela simplesmente existe e isso já é motivo suficiente.

— Esse é um péssimo motivo para matar a única pessoa que sobrou da sua família — Ivan argumentou.

— Que tipo de burro é você? Parece incapaz de enxergar o óbvio! Isabel é um empecilho, algo que precisa ser removido.

— Por quê? — Ivan questionou.

— Porque ela é a única pessoa da face da Terra que pode me enfrentar, caso um dia seja contaminada. Isabel pode se tornar tão poderosa quanto eu. E isso não vou permitir.

— Não acredito no que estou ouvindo... — Ivan murmurou.

— É o que dizem das pessoas poderosas, Ivan: tudo o que quero é mais poder! — Jezebel deu risada. — Não vou dividir com ninguém, quero Isabel morta!

— Jezebel... — Ivan iniciou a frase, mas foi interrompido.

— Faça isso e eu não irei até São José dos Campos. Sua mulher, seus filhos, todos que você ama estarão seguros! Mate Isabel e mande o helicóptero jogar o cadáver aqui onde estou e nunca mais ouvirá falar de mim.

— Jezebel, você enlouqueceu...

— Eu não sou louca, Ivan! Sou o ser mais poderoso da Terra, capaz de reduzir cidades inteiras a escombros! Eu sou tudo, menos louca — Jezebel respondeu às gargalhadas.

— Eu não vou fazer isso.

— Nesse caso, prepare-se para se despedir de sua querida esposa, de seus filhos e amigos, porque todos vocês vão morrer — Jezebel sentenciou, feroz. — Você tem seis horas para me dar uma resposta.

Em seguida, ela desligou o rádio, deixando Ivan sozinho com seus demônios.

CAPÍTULO 6
TERAPIA

IVAN DEIXOU A SALA DO RÁDIO, atordoado. Nunca se imaginara envolvido numa situação como aquela. Ariadne falou algo, mas ele nem sequer respondeu.

Ele dispensou seus guarda-costas e caminhou pelo condomínio, sem rumo. Ivan se sentia perdido.

Jezebel fora capaz de chegar a Florianópolis com milhares de zumbis em um mês. Isso significava que em cerca de dois meses estaria em São José dos Campos. E, para ele, soava pior: exatamente na época de Estela dar à luz.

Ivan congelou diante daquele pensamento. Imaginou o condomínio reduzido a frangalhos e Estela, fraca e convalescente, tendo de lutar pela própria vida com um bebê recém-nascido no colo. Arrepiou-se diante daquela possibilidade. Isso se tivessem sorte e Jezebel não conseguisse cumprir a ameaça de fazer Ivan assistir enquanto ela matava a sua família inteira.

Imediatamente, Ivan se lembrou do sonho que tivera. Centenas, talvez milhares de pessoas mortas diante de si.

Agora ele estava com muito medo. Um sentimento que levava às decisões mais desastrosas e questionáveis. E Ivan tomou a sua decisão.

* * *

— Preparem-se! Nós partiremos em dois dias — Ivan sentenciou para um grupo de pessoas completamente perplexas.

Estela e os demais se entreolharam, chocados.

— Como assim, Ivan? Para onde nós vamos? — Silas ainda se recuperava do impacto daquele comunicado.

— Nós iremos nos juntar à Quinta Companhia de Polícia do Exército de Curitiba. — Ivan foi direto.

— E por que isso justamente agora? — Souza questionou, preocupado. — O que houve?

— Jezebel esmagou a unidade de Florianópolis e continua sua marcha na direção de São Paulo — Ivan respondeu. — Precisamos detê-la.

Um silêncio pesado se abateu sobre a sala na qual estavam reunidos todos os líderes e membros mais importantes da comunidade.

— E por que Curitiba? Por que temos que ir tão longe? — Oliveira perguntou, mesmo já sabendo a resposta.

— Curitiba deve ser a próxima parada dela antes de rumar para São Paulo. Além do mais, a horda está aumentando à medida que avança, portanto, não faz sentido deixar para enfrentá-la quando o bando estiver muito maior — Ivan argumentou.

— E você quer fazer isso bem longe daqui, para que eu e as crianças tenhamos tempo de fugir caso vocês fracassem, certo? — Estela concluiu, encarando-o.

Ivan olhou para a esposa por alguns instantes. Às vezes a perspicácia de Estela chegava a ser irritante.

— A minha decisão já está tomada — Ivan afirmou, seco. — Eu quero que vocês reúnam oito unidades blindadas, caminhões e ao menos quatrocentos combatentes bem armados. Quero também metralhadoras de grosso calibre, lança-chamas, morteiros e lança-mísseis. Seguiremos para o Paraná com a maior parte do nosso poderio bélico.

Enquanto falava, ele mal olhava para Estela, que o encarava com ar de reprovação.

Várias pessoas falavam ao mesmo tempo, discutindo se aquela era uma boa ideia. A viagem em si já seria perigosíssima e tudo indicava que Jezebel era praticamente invencível.

— Ivan, por que você não me deixa falar com ela? Eu já lhe pedi isso antes! — Isabel argumentou, apreensiva.

Canino, sentado ao lado dela, engoliu em seco.

— Não há nada para ser dito, Isabel, sua irmã está irredutível, e eu também. Você não vai falar com ela e, definitivamente, não vai sair daqui. Assunto encerrado — Ivan disse, ríspido.

— Então, eu não vou com vocês? — Isabel se mostrou aturdida. Esperava poder ir e ver ou mesmo falar com sua irmã.

— Você não irá sob hipótese alguma. Aliás, está proibida de deixar este condomínio — Ivan foi taxativo.

— E eu? — Canino perguntou, preocupado.

— Você pode ficar também. Sandra e Oliveira ficarão, para ajudar a supervisionar o condomínio. Estou torcendo para conseguirmos voltar antes de o bebê nascer, mas não vou contar com essa possibilidade.

Estela soltou um suspiro pesado ao ouvir aquilo.

— Isso *se* vocês voltarem — Estela falou, séria.

Muitos se viraram na direção dela, assustados com o alcance daquelas palavras. De fato, aquela era uma excursão da qual muitos poderiam não retornar.

— Estela, se você queria me assustar, garanto que conseguiu. — Gisele balançou a cabeça, apreensiva.

— E a mim também — Zac complementou, engolindo com dificuldade.

— Você quer que eu vá também? — Mariana perguntou. — Posso ser bastante útil.

— Eu agradeço sua oferta, mas prometi para o seu pai que iria mantê-la aqui dentro, em segurança, Mariana. — E Ivan prosseguiu: — Silas, Souza, Dias, Silva, Zac e Gisele vão comigo e cada um de nós selecionará cerca de sessenta soldados, entre homens e mulheres, para partir nessa viagem. Mariana, Isabel, Canino, Oliveira, Sandra e Jairo ficam aqui com Estela tomando conta do condomínio.

— Você pretende levar Fábio Zonatto também, Ivan? — Gisele se lembrou de seu soldado de mira prodigiosa e temperamento imprevisível.

— Não, Fábio é muito inconsequente, não confio nele. Além do mais, ele ainda precisa ficar mais vinte dias preso por ter ameaçado a segurança do condomínio.

Todos tentavam se resignar com aquilo, mas Ivan já havia deixado bem claro que suas decisões não podiam ser questionadas. No entanto, muitos ali provavelmente teriam optado por qualquer solução que não envolvesse uma viagem de centenas de quilômetros e quatrocentas pessoas correndo risco de vida.

— Ivan, tem certeza de que não há outro jeito? — Estela questionou, claramente preocupada.

— Não, não tem — Ivan afirmou, seco.

— E se nós fugirmos? Deixamos tudo para trás e vamos embora, sumimos daqui — Estela sugeriu. — Ela não vai conseguir nos encontrar.

— Não, nós não vamos fugir. Lutamos muito para transformar este condomínio num lugar seguro e com tudo que precisamos. Eu me recuso a fugir e deixar tudo isso para Jezebel.

— Deixar tudo isso para trás é o de menos. Nós podemos refazer tudo de novo em um lugar ainda mais seguro. Só teremos mais trabalho.

— Não, Estela, nós não fugiremos. Não sabemos o que há pelo mundo e tentar estabelecer outra base pode ser impossível, tendo em vista todos os relatos de sobreviventes que já ouvimos. Eu não vou correr esse risco. — Ivan se remexeu na cadeira, incomodado.

— Por que não? É o mesmo grupo, são as mesmas pessoas. Não vejo motivo para não conseguirmos refazer tudo. — Estela olhava para Ivan de uma forma cada vez mais penetrante.

— Estela, não! — Ivan falou grosso e todos se sobressaltaram.

Fazia algum tempo que ele vinha mostrando sinais de impaciência, mas nunca com a esposa, aquilo era inédito.

Estela, entretanto, não se abalou. Cruzou as mãos na mesa, de frente para ele, o observou por alguns instantes e depois falou:

— O que há de errado com você? Por que está sendo autoritário? — Ela se mostrava firme, ignorando o fato de ter várias outras pessoas na sala naquele mesmo instante.

— Acho que não fui suficientemente claro e por isso vou repetir: EU tomo as decisões táticas e EU digo que não vamos fugir. Aquela mulher não vai ME vencer! — Ivan foi taxativo.

— "Aquela mulher não vai ME vencer" — Estela repetiu a frase, enfatizando o pronome e encarando o marido com olhar de aço. — Ivan, não me diga que você vai arriscar as vidas de centenas de pessoas por orgulho ferido, só porque uma mulher sozinha está acabando com a sua utopia.

— Estela, cala a boca! — Ivan esmurrou a mesa. — Isso é uma ordem, caralho!

Todos ficaram em silêncio, praticamente em estado de choque. Ivan se arrependeu na hora, mas agora era tarde demais. Sustentaria aquela posição, mesmo parecendo estúpida.

Estela o encarou por alguns instantes que pareceram muito longos. Sentiu os olhos queimarem com as lágrimas que queriam cair, mas conseguiu se conter. Ela respirou fundo e contou até dez.

— Eu não estou reconhecendo você... — Estela afirmou, com suavidade e uma nota amarga e dolorosa de mágoa. — Espero que não se arrependa dessa decisão, pois eu acho que pode estar condenando milhares de pessoas à morte.

O tempo parecia ter parado naquela sala. Todos estavam congelados, com medo até de se mexer.

— Você já acabou? Podemos mudar de assunto? — Ivan se mostrava implacável, mas, no fundo, uma parte dele, grande e furiosa, queria mesmo era pedir desculpas à esposa.

— Pra mim, isso aqui tudo já acabou. — Estela se levantou e saiu da sala, deixando todos para trás.

O modo como aquela reunião terminou pareceu um péssimo presságio.

* * *

Ivan deu mais uma série de ordens, definiu diversos pontos críticos, como combustível e alimentação para a viagem e, depois de várias deliberações, dispensou a todos. Os próximos dois dias seriam de preparação intensa; tinham muito o que organizar antes de viajarem.

Ele saiu da reunião com o coração apertado. Sentia uma carga imensa nos ombros e sua respiração estava pesada. Sentia como se tivesse envelhecido vinte anos naquela sala.

Ele queria ver Estela e ao mesmo tempo não queria, com receio de aquela discussão voltar ainda mais forte. Ivan se sentia perdido, confuso e completamente despreparado para lidar com aquela situação. Eles jamais tiveram uma discussão daquele tipo.

Rumou até a sala do rádio, e quando fitou o aparelho, seu sangue ferveu nas veias. A tristeza, o arrependimento e a mágoa evaporaram e o que sobrou foi um ódio colossal e incontrolável. A culpa era toda de Jezebel, aquele demônio de Canela.

155

Ivan ligou o rádio e chamou sua pior inimiga:

— Jezebel?

Passaram-se alguns instantes, o que o fez pensar que talvez ela não estivesse próxima ao rádio. Então, a voz distorcida de Jezebel se fez ouvir:

— Estou aqui. O que você decidiu, humano? — perguntou, com desprezo.

— Eu decidi que quero mais é que você se foda! — Ivan gritou, disposto a pôr para fora ao menos parte de sua frustração.

Jezebel piscou no outro lado da linha, se perguntando se realmente tinha ouvido direito.

— Ivan... — ela falou num tom cortante e ameaçador.

— O que foi, vadia? Você por acaso é surda? Enfie suas ameaças no meio do rabo! — Ivan berrou tão alto que quem estivesse naquele andar do prédio poderia ouvi-lo com nitidez.

— Você vai se arrepender, Ivan. Você vai engolir todas as suas afrontas, guarde bem as minhas palavras — Jezebel ameaçou de um jeito que fez Ivan sentir um calafrio correr pela espinha, apesar de toda a sua irritação.

— Veremos, piranha. Veremos. — E desligou o rádio.

Jezebel olhou, perplexa, para o aparelho de rádio em Florianópolis, sem conseguir acreditar na falta de respeito do seu adversário.

— Filho da puta! — ela gritou, e o prédio inteiro no qual Jezebel estava explodiu pelos ares, reduzindo a puro entulho tudo o que havia num raio de cinquenta metros.

* * *

Ivan praticamente se arrastou até a sua casa. Sentia-se exausto, tanto pelo imenso perigo quanto pela gigantesca crise que se instaurara no seu casamento. O mais perturbador era que estava muito mais preocupado com Estela do que com Jezebel, naquele momento.

Quando chegou em casa, viu algo na porta. Havia duas malas. Eram pretas e elegantes e estavam perfeitamente alinhadas, uma ao lado de outra. Num dos bolsos laterais, uma folha de papel dobrada.

Ivan engoliu em seco e se sentiu sem chão. Sabia muito bem o que aquilo significava. Levou um tempo até que tomasse coragem para pegar o bilhete. E quando conseguiu ler, seu coração parou: "Vá embora. Eu não sei mais quem você é. Não o quero mais nesta casa". Havia algumas manchinhas na folha, marcas inconfundíveis das lágrimas que ela derramou ao escrever aquelas palavras.

Ivan mordeu o lábio inferior. Lágrimas grossas rolaram dos seus olhos enquanto se dava conta de que seu casamento desabara.

Cabisbaixo, pegou as malas e as arrastou pelas ruas desertas do condomínio, sentindo sua alma sangrar.

De uma janela da casa, protegida pela escuridão, Estela observava o grande amor de sua vida desaparecer na noite. Ela encostou a cabeça no batente e recomeçou a chorar.

* * *

Na manhã seguinte, bem cedo, Gisele seguia em direção à casa de Hilton e Isabel. Estava assustada como os demais; aquele dia começara com uma nuvem negra pairando sobre todos.

Ela trazia em mãos a lista de pessoas que selecionara. Mas Gisele sentia um gosto amargo na boca. Não era apenas uma convocação. Tinha a sensação de que estaria condenando seus escolhidos à morte.

Mas o motivo da conversa era outro. Gisele vinha realizando sessões de terapia com os dois para tratar dos seus profundos traumas desde a violência que sofrera como refém de Heraldo. Ela fora violentada vinte e cinco vezes, pelas suas contas. Aquele número se tornara maldito em sua mente. E desde então sua vida se tornara um inferno.

Aquelas conversas vinham lhe fazendo bem, por isso Gisele queria ter ao menos mais uma sessão antes de viajar. Parte de seu trauma se relacionava a ambientes fechados com outras pessoas.

Gisele tinha fobia de ser tocada por homens, independentemente da idade ou aparência. Era algo incontrolável. Mas as conversas com Hilton e Isabel haviam-na feito enxergar as coisas com mais clareza.

— Afefobia? — Gisele perguntara, tentando acertar a pronúncia da palavra estranha que ouvira logo na primeira sessão.

— Exatamente. — Hilton balançara a cabeça. — Trata-se do medo mórbido que uma pessoa sente de ser acariciada ou simplesmente tocada. É muito comum em vítimas de abusos sexuais.

— Respondendo à pergunta na sua cabeça: não, definitivamente você não está ficando louca — Isabel afirmara, dando uma piscadinha para a moça, que suspirara, aliviada.

As sessões deles não eram convencionais por sempre serem conduzidas de uma forma curiosa: Gisele ficava de mão dada com Isabel o tempo todo.

Assim, Hilton perguntava, Gisele respondia, Isabel tomava notas com a mão livre e, eventualmente, fazia alguma colocação.

Aquela técnica aparentemente absurda era descrita por Hilton e Isabel como "a forma mais revolucionária da história de se fazer terapia psicológica". Eles costumavam brincar que, se não fosse o apocalipse zumbi, ficariam milionários com aquela invenção.

O motivo de tanto entusiasmo era justificável. O maior desafio de um psicoterapeuta era conseguir atingir a raiz de um trauma e desvendar o que se passava no subconsciente de um paciente.

Hilton e Isabel simplesmente pulavam essa parte, pois Isabel desvendava cada mínimo detalhe da psiquê dos pacientes à medida que Hilton os interpelava. Era uma forma tão precisa quanto uma cirurgia a *laser*, pois descobriam exatamente qual era o cerne de cada problema.

Daquele modo, eles vinham ajudando sobreviventes às dezenas, ajudando-os a lidar com os males de suas almas muito mais rápido do que qualquer terapia convencional.

E, naquela manhã, começaram da mesma forma. Isabel se acomodou no sofá confortável onde as sessões eram conduzidas e Gisele sentou-se ao seu lado.

Em seguida, a moça lhe ofereceu a mão, que Gisele aceitou, e elas permaneceram assim, de mãos dadas. E quando isso acontecia, todos os seus segredos passavam a pertencer à Isabel; disso Gisele tinha total consciência. As mentiras, as confusões, as alegrias, as tristezas, os erros e os acertos, os homens com os quais fizera sexo, tudo se escancarava como um livro aberto. Era um momento de profunda vulnerabilidade, e essa era a parte assustadora.

Mas Isabel nunca emitia um único julgamento. Era tão séria com aquele assunto que não transparecia nenhuma emoção. Apenas tomava notas que depois eram divididas com Hilton que usava essas informações nas sessões seguintes.

E era o entendimento profundo da extensão do problema que os impedira de propor para Gisele o passo que arriscariam naquele momento. Isso caso ela aceitasse, o que parecia bastante improvável.

— Gisele, já conversamos diversas vezes e a causa de sua fobia é bem clara. Eu, você e Isabel sabemos. O que causou essa cicatriz tem nome e tem rosto — Hilton falou.

— Heraldo. — Gisele fez uma pequena careta; até aquele nome lhe causava repulsa.

— Exatamente. E a grande vantagem aqui é que você está sempre repetindo mentalmente, tentando se convencer: Heraldo está morto. Ele não passa de um cadáver crivado de balas e em adiantado estado de putrefação, enfiado num caixão enquanto sua alma arde no inferno, de preferência, por toda a eternidade. — Hilton a olhava com serenidade.

— Sim, eu repito isso para mim mesma todos os dias, o tempo todo — Gisele admitiu, fitando Isabel, que nada dizia e apenas deu uma piscadinha para ela.

— O problema é que você está associando o que lhe aconteceu a todas as formas de toque possíveis e imagináveis. Em cada homem que cruza seu caminho e tenta se aproximar, seu subconsciente enxerga Heraldo e o imenso sofrimento que ele lhe causou. Provavelmente, está enxergando Heraldo em mim, neste exato momento em que nós conversamos. E é esse bloqueio que você tem que começar a se esforçar de verdade para romper. — Hilton deu uma discreta olhada para Isabel, que fez um leve aceno com a cabeça confirmando o que o amigo dizia.

— Eu estou me esforçando — Gisele disse.

— Infelizmente, sou obrigado a discordar de você — Hilton afirmou, com gentileza.

— Mas eu tenho vindo aqui sempre. Tenho colaborado — Gisele argumentou.

— Mas sempre implora, como se fosse um mantra, para que nós não a obriguemos a fazer a única coisa que pode realmente curar você. E é isso o que queremos propor agora — Hilton falava com calma, mas havia um sutil tom de desafio na sua entonação.

— E o que vocês querem que eu faça? — perguntou Gisele engolindo com dificuldade e franzindo a testa.

Hilton não respondeu. Ele simplesmente estendeu a mão enrugada para Gisele.

Ele queria que ela tocasse sua mão, apenas isso.

Para qualquer pessoa, um pedido simples, corriqueiro. Para Gisele, um desafio descomunal, de dimensões incalculáveis.

Gisele olhava para a mão de Hilton, parada calmamente no ar, aguardando que ela realizasse um dos gestos mais básicos de um ser humano. Um mero aperto de mão era tudo o que ele pedia.

O coração dela começou a acelerar, as palmas das mãos ficaram suadas, a respiração se tornou curta. Gisele estava sofrendo mais um ataque de pânico.

Sua mão começou a esmagar a de Isabel, tamanha era a pressão aplicada em função do nervosismo. Isabel permaneceu firme; conseguia ver todo o sofrimento da pobre moça como se estivesse lá com ela, nos dias de cativeiro.

As lembranças de Gisele eram aterrorizantes. A escuridão, o cheiro de pó, o calor insuportável dentro de um buraco no assoalho de uma casa, as longas sessões de espancamento, a fome, a sede, os diversos estupros. Era tudo muito realista e vivo nas lembranças dela, com uma riqueza de detalhes que causava calafrios em Isabel.

E mesmo que ela não conseguisse ler a mente daquela pobre jovem, Isabel saberia perfeitamente como Gisele se sentia.

Isabel já havia sido estuprada também. Uma cicatriz incurável, marcada a fogo na alma. Uma lembrança dolorosa, que somente o amor e o zelo de Canino foram capazes de aliviar.

— Eu não consigo... me perdoe... — Gisele balbuciou, sentindo as lágrimas queimarem os olhos e caírem sobre seu colo.

— Fique calma, está tudo bem. — Hilton recolheu a mão. — Nós já sabíamos que isso seria difícil, não se preocupe.

— Não sei nem explicar como me sinto... — Gisele enxugou as lágrimas com as mãos.

— Nem precisa explicar, de verdade. — Isabel também falou, secando discretamente uma lágrima do canto do olho.

— Gisele, lembre-se disso: agora, você está segura e precisa matar Heraldo novamente. Na sua cabeça, é como se ele ainda estivesse aqui. Aquele homem é passado, enquanto você tem todo um futuro pela frente — Hilton falou.

Gisele ficou alguns instantes pesando as palavras dele. Isabel, que soltara a sua mão momentaneamente, já retomara o contato. Foi quando Isabel viu um pensamento, uma ideia simplesmente perturbadora.

Mas ela usou todo seu autocontrole para não deixar nada transparecer; não queria que Hilton notasse que havia algo de errado.

Isabel ficou imaginando o que aconteceria se Gisele levasse aquela ideia adiante, mas decidiu não interferir. Se aquilo amenizasse o sofrimento da moça, para ela, já seria justificativa mais do que suficiente.

Gisele olhou para Isabel, se perguntando se ela teria percebido algo com seu dom. Isabel foi perfeitamente convincente no seu papel de uma pessoa que não sabia de nada. Gisele concluiu que estava protegida.

Gisele agradeceu a ambos, deu um beijo de despedida em Isabel e saiu, deixando seus terapeutas a sós.

Isabel reuniu suas anotações para guardá-las junto com o arquivo de Gisele. Foi quando percebeu o olhar de Hilton na sua direção. Aquilo a deixou desconfortável.

Scheyla entrou na sala naquele momento, o que para Isabel foi um alívio, pois achou que assim Hilton pararia de analisá-la. Mas o idoso não se incomodou com a presença de sua companheira e continuou avaliando a colega, que para ele era como uma filha.

— O que houve? Vocês dois estão tão estranhos! — Scheyla sorriu.

— O que Gisele vai aprontar, Isabel? — Hilton perguntou com um olhar sagaz.

— Não sei do que você está falando — Isabel afirmou, distraída, de uma forma nada convincente.

— Refiro-me ao pensamento que você leu no final da sessão, que fez com que ficasse tão desconfortável. Ela vai fazer algo, não é mesmo?

— Sim, vai, Hilton — Isabel foi direta.

— Trata-se de alguma coisa ilegal? — Hilton se mostrou um tanto preocupado.

— Não creio que alguém enxergue assim. Antes de essa loucura começar, seria considerado ilegal. Hoje em dia, não — Isabel respondeu, com toda sinceridade. — Mas algumas pessoas considerarão heresia.

— Heresia? Como assim? — Hilton a encarou, perplexo.

— Esperem, por favor! — Isabel pedia a confiança dos amigos, que se entreolharam, curiosos.

* * *

Ao fim do dia, Gisele se dirigiu à casa em que morava. No dia seguinte viajariam, portanto, só tinha aquela noite para arrumar suas coisas. Estava nervosa com aquela jornada, apesar de confiar cegamente na capacidade de Ivan de encontrar soluções para os maiores desafios. Se bem que aquela era uma empreitada diferente de todas as que já haviam enfrentado.

Ao longo do dia, não se falou de outra coisa além da viagem e da aparente separação de Ivan e Estela. Muitos diziam que ele dormira na sede da administração e que a situação era grave.

Isso significava que Gisele precisaria arrumar um tempo para fazer uma visita para Estela antes da viagem no dia seguinte; ela devia estar precisando desabafar.

Mas Gisele tinha um outro plano para aquela noite, e só de pensar nele se sentia estranhamente bem. Ainda bem que Hilton e Isabel garantiram que ela não era louca, pois, do contrário, Gisele duvidaria da própria sanidade.

Ao chegar, Gisele ficou algum tempo com Adriana e sua filha, Ingrid, o bebê mais paparicado do condomínio. Mas ela estava mesmo ansiosa pela chegada de seu amigo-quase-amor-platônico, Zac.

Zac chegou e foi direto tomar banho. Estava cansado, o dia fora intenso. E não fazia ideia de que ainda haveria algumas surpresas naquela noite.

Quando ele saiu do chuveiro com a toalha enrolada na cintura, tomou um susto ao ver Gisele no seu quarto, sentada na sua cama e com as pernas cruzadas, em posição de buda.

O coração do rapaz disparou. Gisele era a mulher mais linda que já conhecera e Zac era apaixonado por ela. Só de vê-la ali, numa situação tão íntima e com ele praticamente nu, já era algo alucinante, mesmo sabendo que qualquer tipo de contato físico estava fora de cogitação.

— O que você está fazendo aqui? — Zac perguntou, visivelmente animado. Ele era fortíssimo e musculoso, mas ainda ficou se ajeitando para tentar impressionar Gisele.

— Pode tirar esse sorriso da cara, não é nada disso que está pensando. — Gisele se sentiu um tanto incomodada; a mera possibilidade de alguém se interessar por ela já a deixava desconfortável.

Zac suspirou, desanimado. Era idiotice ter esperança.

— Bom, e a que devo a sua visita? — ele perguntou com seu jeito pouco afeito a delicadezas.

— Preciso de sua ajuda.

— Posso me vestir primeiro?

— Claro. Você vai precisar de suas roupas. O que eu quero fazer é lá fora. — Gisele fechou os olhos.

— Calma aí, é impressão minha ou se trata de algo que não devíamos fazer? — Zac jogou a toalha úmida na cama, ao lado de Gisele.

Ela percebeu a provocação, mas continuou de olhos fechados.

— Pode-se dizer que sim — Gisele assentiu.

— E corrija-me se eu estiver errado, mas estou achando que, se formos pegos, vamos arrumar confusão, certo?

— Você acertou quanto à confusão. Mas errou quanto ao "se formos pegos". Não existe dúvida, eu tenho certeza absoluta de que seremos pegos.

— Melhor ainda! Então eu topo.

* * *

Ivan, na sua sala na sede da administração do condomínio, tentava organizar suas últimas coisas. Sentia-se infeliz. No dia seguinte viajaria numa empreitada perigosa e longa, deixando para trás uma esposa grávida e um casamento praticamente desfeito. Era um dos piores dias de sua vida.

Quando começou a ouvir um grande falatório nos corredores e até mesmo o som de gente correndo, Ivan logo pensou em alguma catástrofe. Estariam sendo invadidos? Era só o que faltava para deixar o que já estava ruim ainda pior.

Ele se apressou até a porta e, ao sair, viu pessoas apressadas passando nos corredores. Precisava averiguar.

— Ei, o que houve? — Ivan indagou a um dos soldados que fazia a segurança do prédio.

O soldado ficou sério imediatamente ao ver que era o líder que o questionava.

— Senhor, estão todos falando que alguém fez uma fogueira gigantesca aqui dentro do condomínio! Chegaram a pensar que era um incêndio, mas é mesmo uma fogueira! — o soldado mal continha a própria surpresa.

— Uma fogueira? Isso é tão surpreendente assim? — Ivan franziu a testa.

— É uma fogueira no cemitério!

* * *

Ivan chegou ao cemitério, onde uma pequena multidão se aglomerava. Algumas pessoas se mostravam espantadas, outras, meio revoltadas. E não era para menos.

O cemitério do condomínio era um grande terreno gramado cercado por um muro, cujo acesso era feito através de um portão que nunca ficava trancado. Lá, várias covas guardavam, com alguma dignidade, os restos mortais de pessoas que haviam sucumbido aos zumbis.

Ali, também, estava sepultado Heraldo, o grande traidor que fora fuzilado no ano anterior.

Ivan foi pedindo licença, passando pela aglomeração de curiosos. Ele via as labaredas que clareavam a noite, tão altas que ultrapassavam o muro.

Quando enfim alcançou o cemitério improvisado, avistou uma grande fogueira ardendo no canto do terreno, rente ao muro, feita de pedaços de madeira amontoados. E no meio do fogo, um caixão ainda sujo de terra, que Gisele e Zac contemplavam bem de perto.

Gisele olhou para Ivan, séria, e não falou nada. Apenas se aproximou do fogo e sacou a pistola de sua cintura.

— Queima, desgraçado, queima! — Gisele gritou para o caixão e, em seguida, descarregou o pente inteiro de balas, crivando a madeira de tiros.

* * *

Parecia que todos estavam perdendo o controle, pensou Ivan, que chamou os dois para uma conversa em sua sala.

— Vocês são uma enorme decepção! — bradou, agressivo.

Gisele e Zac, com as mãos e as roupas sujas de terra, permaneceram sentados lado a lado, calados. Eles sabiam que tinham feito algo grave e mereciam a descompostura.

— Vocês profanaram um lugar sagrado para muita gente! Temos muitos amigos enterrados aqui. Onde estavam com a cabeça?! — Ivan perguntou, furioso.

— Ivan, desculpe, foi burrice nossa — Zac disse, com Gisele concordando.

— Quem é o responsável por essa pequena empreitada? — Ivan encarou significativamente Gisele.

— Ivan, já pedi desculpas, o que mais você quer? — Gisele se sentia um tanto impaciente.

— Para começo de conversa, acho que você poderia demonstrar algum sinal de arrependimento! — Ivan esbravejou.

— Não posso — Gisele respondeu com toda a simplicidade.

Zac se encolheu na cadeira ao ouvir aquilo.

— Porque não seria sincero. Estou sendo honesta. Não me arrependo do que fiz. Só me arrependo de ter arrastado Zac comigo. — Gisele olhava fixo para Ivan.

Ivan olhou bem para Gisele. Depois, para Zac, que baixou a cabeça.

— Eu devia prender os dois, de preferência por meses.

— Se é isso que você quer fazer, Ivan, então faça. Saberei arcar com as consequências — Gisele afirmou.

— Que se dane! — Zac a apoiou. — Pode mandar me prender também.

— Fiquem felizes por termos questões bem mais urgentes para lidar do que dois vândalos adultos. — Ivan balançou a cabeça sério. — Se não fôssemos viajar amanhã, vocês veriam... Vocês têm que dar o exemplo, cacete! São dois líderes, droga! — E bateu na mesa.

Zac e Gisele não disseram mais nada. E depois disso, pairou um silêncio incômodo naquela sala. Aquele sermão não levaria a lugar nenhum. Ivan os encarou uma última vez, soltou um suspiro pesado e, em seguida, os dispensou.

Os dois se levantaram, aliviados. Quando Zac já estava na porta, Ivan quebrou o silêncio:

— Gisele, fique só mais um instante. Eu quero falar com você.

Zac e Gisele se entreolharam e Gisele sentiu uma pontada de pânico. O medo de ficar sozinha com um homem. Ironicamente, um ano antes ela se sentira atraída por Ivan. Naquela altura, ficar trancada numa sala com outro homem era tudo o que Gisele não queria.

165

Mas ela não tinha escolha e voltou a se sentar. Zac fechou a porta, deixando-os a sós.

Ivan a analisou por alguns instantes. Aquilo deixou Gisele ainda mais desconfortável.

— O que você quer comigo, Ivan? — Gisele perguntou, tensa.

— A culpa é minha, não é, Gi? Eu fiz tudo errado. — Ivan exalou mais um suspiro.

— Do que você está falando? — Gisele perguntou, confusa.

— Eu não devia ter matado o sujeito. Pelo menos não antes de ter dado a você a chance de confrontá-lo.

— Você está falando de Heraldo? — Gisele perguntou, sentindo um nó se formar na garganta só de pronunciar aquele nome.

— Exatamente. Eu teria feito melhor para você se tivesse lhe dado a chance de enfrentá-lo.

— Eu não sei se conseguiria, Ivan. Estava morrendo de medo dele. Tenho pavor até hoje.

— Talvez você não sentisse tanto medo até hoje se o tivesse enfrentado — Ivan falou, arrependido. — Heraldo morreu e levou consigo a sua paz. Eu me precipitei...

— Não se culpe. — Gisele também suspirou, esquecendo todo o pavor de ficar a sós com um homem. — Não tenho certeza de que teria feito tanta diferença assim.

— Posso fazer uma pergunta? — Ivan cruzou os braços sobre o tampo.

— Claro, fique à vontade — Gisele respondeu, curiosa.

— Depois de queimar esse caixão, você ao menos está se sentindo melhor?

— Sim. Acho que meus pesadelos com ele vão acabar. Me sinto mais segura, agora! — Gisele respondeu, confiante.

— Que bom! Pelo menos essa cena absurda serviu para alguma coisa.

Ambos começaram a rir só de lembrar daquela situação.

CAPÍTULO 7
A BATALHA DE CURITIBA

TODOS ESTAVAM EMPENHADOS nos últimos preparativos para a partida. Nos semblantes, uma imensa combinação de sentimentos: ansiedade, insegurança e, na maioria, medo.

Em diferentes níveis de detalhes, todos já haviam ouvido falar da criatura que enfrentariam. Algumas pessoas tratavam aquele ser como uma encarnação do Satã e viam aquela partida como uma cruzada contra o mal.

Então, chegaram pelo rádio notícias do coronel Fernandes, que enviou uma aeronave para descobrir o que realmente havia acontecido em Florianópolis.

As notícias eram as piores. Não só o 63º Batalhão de Infantaria estava reduzido a escombros como uma parte significativa de Florianópolis fora devastada pela passagem de Jezebel e sua horda de zumbis.

— Senhor, ao longo da orla, todos os prédios estão destruídos — o piloto do helicóptero informara.

Avançaram com cuidado para não serem surpreendidos por Jezebel. E tiveram um choque ao chegar ao lugar onde ficava um dos maiores cartões-postais de Florianópolis, a ponte Hercílio Luz. A maior ponte pênsil do Brasil, uma das maiores do mundo, agora, não passava de um monte de sucata. Toda a estrutura de metal estava tombada no oceano Atlântico, no estreito que servia de ligação com o continente. E as imensas pontas retorcidas que ficavam fora da água serviam agora de poleiro para aves marinhas.

Ivan ouviu a narrativa sobre aquela catástrofe e tentou não deixar os detalhes vazarem. Mas seus soldados precisavam saber com o que lidavam e em pouco tempo a notícia correu, enchendo o condomínio de terror.

O templo religioso improvisado por João, um ex-pastor evangélico que se transformara no guia espiritual daquela comunidade, passou a lotar todos os dias. Várias pessoas procuravam-no em busca de conforto e conselhos. Alguns tinham parentes que partiriam na perigosa empreitada. Outros faziam parte do grupo de soldados escolhidos para a viagem. E muitos simplesmente temiam o que poderia acontecer caso a missão fracassasse e Jezebel chegasse a São José dos Campos.

Ivan, que tentara incansavelmente se reaproximar de Estela, sem sucesso, ao se ver em cima da hora para partir achou que algumas palavras do pastor poderiam ajudar a todos. Ele se sentia destruído, mas talvez seus comandados pudessem se sentir mais confiantes.

Assim, na noite anterior à partida, eles se reuniram no espaço ecumênico, acompanhados de parentes, filhos, amigos e demais pessoas queridas. Ivan estava sozinho.

O grupo passaria por São Paulo, uniria-se ao grupo do coronel Fernandes e seguiriam para Curitiba. Calculavam que somados às forças paranaenses, seriam mais de setecentos homens, doze blindados, vários veículos de apoio e o helicóptero Sabre, que estaria armado com todo seu aparato de combate, de metralhadoras a mísseis.

Ivan e seus aliados fizeram uso do maior efetivo possível. A missão era tudo ou nada, não haveria oportunidade melhor que aquela: precisavam cortar a cabeça da serpente. Matar Jezebel era a premissa básica. A horda gigantesca deixaria de ser uma ameaça tão grande sem seu comando.

Ivan anunciou pelo megafone que sairiam em quinze minutos e que o pastor João falaria algumas palavras antes de irem. Crianças choravam e agarravam seus pais, namorados se beijavam e se abraçavam, famílias se despediam. Todos sabiam do risco. Não era como ir a uma guerra comum: era uma guerra contra o sobrenatural que nenhum humano vencera até aquele momento.

E, de novo, Ivan estava só.

O pastor João se aproximou e subiu num jipe, ficando num ponto elevado o suficiente para que todos o vissem. As pessoas interromperam brevemente suas despedidas e se aproximaram.

— Meus irmãos, que Deus esteja com todos nós! — a voz do pastor soou nítida para todos. — Desde que a praga se alastrou pelo mundo, destruindo famílias e vidas, nunca nos deparamos com tamanho desafio como este que estamos enfrentando. As forças de Satanás se levantaram contra os homens, tentando destruir o que sobrou dos filhos de Deus. Os tempos nunca foram tão incertos; nem a noite, tão escura!

E ele bradou, de punho fechado:

— O inimigo é formidável, porém, também formidável será a sua queda! Dos escombros do velho mundo, homens e mulheres de coração valente se erguem para marchar contra o Mal que assola a terra criada para abrigar os homens. Daqui, vejo católicos, espíritas, evangélicos e ateus. Pessoas das mais diferentes raças e credos. Porém, acima de tudo, vejo uma grande família que se une para fazer frente ao inimigo que se atreve a erguer a mão contra aqueles que nós amamos! Por isso, eu digo, meus amigos: Que venham!

O pastor fazia um gesto que parecia desafiar todos os zumbis do mundo.

— Que venham todos! Que venham aos milhares e todos encontrarão a ruína! Pois aqui não existem vítimas e não existem fracos. Aqui é a terra dos bravos, que não se dobram diante do perigo e não recuam diante do desconhecido.

O pastor falava e verdadeiros gritos de guerra agora ecoavam na multidão.

— Que o Senhor proteja nossos guerreiros na empreitada de expurgar o mal. Que o aço e o fogo libertem nosso país, empunhados pelos filhos de Deus, que por Ele serão guiados. Creiam na cruz, confiem no seu próximo e a vitória vos pertencerá!

O pastor falava com uma voz poderosa e os que assistiam à pregação explodiam em aplausos e vivas.

— Quero agora ler um trecho da bíblia para vocês, o Salmo 91. — O pastor João abriu o livro sagrado numa página já marcada.

Ele olhou para a multidão e começou a leitura, para a emoção de todos:

Tu que habitas sob a proteção do Altíssimo, que moras à sombra do Onipotente, dize ao Senhor: Sois meu refúgio e minha cidadela, meu Deus, em que eu confio. É ele que te livrará do laço do caçador, e da peste perniciosa. Ele te cobrirá com suas plumas, sob suas asas encontrarás refúgio. Sua fidelidade te será um escudo de proteção. Tu não temerás os terrores noturnos, nem a flecha que voa à luz do dia, nem a peste que se propaga nas trevas, nem o mal que grassa ao meio-dia Caiam mil homens à tua esquerda e dez mil à tua direita, tu não serás atingido. Porém, verás com teus próprios olhos, contemplarás o castigo dos pecadores, porque o Senhor é teu refúgio. Escolheste, por asilo, o Altíssimo. Nenhum mal te atingirá, nenhum flagelo chegará à tua tenda, porque aos seus anjos ele mandou que te guardem em todos os teus caminhos. Eles te sustentarão em suas mãos, para que não tropeces em alguma pedra. Sobre serpente e víbora andarás, calcarás aos pés o leão e o dragão. Pois que se uniu a mim, eu o livrarei; e o protegerei, pois conhece o meu nome. Quando me invocar, eu o atenderei; na tribulação estarei com ele. Hei de livrá-lo e o cobrirei de glória. Será favorecido de longos dias, e mostrar-lhe-ei a minha salvação.

Após a leitura cuidadosamente escolhida, gritos e aplausos estrondaram por todos os lados. Alguns, mais exaltados, sacaram suas armas e dispararam para o alto. Os combatentes do Condomínio Colinas estavam prontos para partir.

* * *

Ivan cumprimentou pessoalmente o pastor. Era daquilo que o grupo precisava.

— Vá com Deus, meu amigo. Tenho fé que tudo acabará bem. — O pastor tomou a mão de Ivan.

— Espero que você tenha razão, meu caro. Eu realmente espero. — Ivan mostrava um sorriso fraco no rosto.

— Ânimo, meu amigo. As coisas vão se acertar. Tenha fé. — O pastor segurou firmemente a mão de Ivan com as duas mãos.

— Eu tenho fé, mas, ao que tudo indica, Jezebel será um adversário duríssimo.

— Não me refiro à Jezebel, Ivan. Você sabe muito bem de quem eu estou falando. — O pastor João fitava Ivan nos olhos, solidário.

— Deus lhe ouça. — Ivan deu de ombros, sorrindo.

— Tenho certeza de que ele já ouviu.

Dessa forma, despediram-se. Por todos os lados, os últimos desejos de boa viagem, enquanto centenas de homens e mulheres embarcavam em veículos diversos.

Ivan observava toda aquela movimentação com o semblante pesado. Queria acabar logo com aquilo. E deu uma última olhada para o Condomínio Colinas como se se despedisse daquele lugar que lhe servira de lar por mais de um ano. Dessa vez, não tinha certeza de que voltaria.

Então, virou-se para entrar no Urutu.

De repente, dois braços o envolveram na altura do peito. Foi um movimento rápido e dramático, de alguém que havia chegado às pressas, em cima da hora. Quando Ivan percebeu a barriga volumosa nas suas costas, sentiu um peso enorme desabar de seus ombros. Foi como se a nuvem negra que o envolvia começasse a se dissipar. Ele se virou e abraçou Estela com desespero. Marido e mulher choraram nos braços um do outro. Um abraço apertado, doloroso, cheio de saudade, tristeza, arrependimento e amor.

— Eu rezei muito para que você viesse... — Ivan falou, com o rosto enfiado nos cabelos de Estela.

— Eu precisava vir. Eu amo você demais — Estela afirmou, com a voz entrecortada de soluços.

— Amor, me perdoa. Pelo amor de Deus, me perdoa! — Ivan implorou.

— Eu perdoo você. Eu perdoei no segundo seguinte após a nossa briga. Fiz o que fiz por egoísmo. Quero você comigo! — Estela falava entre lágrimas.

Finalmente, eles se beijaram com paixão, apagando a tristeza, o medo e a dor dos últimos dias.

— Temos uma trupe de crianças loucas para se despedir, também. — Estela, sorrindo, limpou o pranto com as costas das mãos.

De um instante para o outro, Ivan se viu cercado de crianças por todos os lados. Seus dois filhos biológicos e os oito filhos adotivos se penduravam no pai, abraçando-o e cobrindo-o de beijos.

Ivan beijou um por um, enxugando as lágrimas das crianças menores e explicando que em breve estaria de volta.

Chegava a ser injusto; fazia pouco mais de dois meses que eles voltaram depois de várias semanas em Taubaté e agora Ivan já precisava viajar de novo.

— Seja forte, querido. Estarei rezando por vocês — Estela disse, de rosto colado com Ivan.

— Espere por mim. — Ivan segurou o rosto da esposa com ambas as mãos.

— O tempo que for necessário. Você vai ficar no meu coração para sempre. E agora, prometa que voltará para nós.

— Eu prometo, por Deus. — Ivan deu mais um beijo nos lábios de Estela.

Por fim, Ivan se despediu de sua família e entrou no Urutu. Agora, ele se sentia confiante, energizado, forte, praticamente invencível. E havia chegado o momento.

Estava na hora de cortar a cabeça da serpente.

* * *

Em São Paulo, Ivan e seus homens se uniram à tropa do coronel Fernandes e partiram para Curitiba. Ao mesmo tempo, o Terceiro Regimento de Carros de Combate de Ponta Grossa rumava para se unir à Quinta Companhia de Polícia do Exército. Era uma marcha de cento e quinze quilômetros, portanto, também precisavam se apressar.

Ninguém tinha esperança de que Jezebel pouparia quem quer que fosse. Assim, todos se uniriam ao grupamento da capital paranaense, que, pela promessa, seria a próxima parada daquele exército de demônios.

Aquela foi uma viagem acidentada e cheia de percalços. A viagem para São Paulo foi rápida, pois Ivan e seus homens já haviam criado um corredor livre na rodovia Dutra.

Por outro lado, a rodovia Régis Bittencourt estava apinhada de carros abandonados. Veículos outrora ocupados por homens, mulheres e crianças e que foram largados no meio do caminho quando seus ocupantes se transformaram em mortos-vivos. Em alguns pontos, a fila de automóveis enferrujados tinha quilômetros de extensão. E sempre havia zumbis caminhando pela rodovia, errantes. Por isso, havia um esforço contínuo de liberação da passagem e abate das criaturas.

E assim o grupo avançava. Os dias se passaram e após pouco mais de uma semana aquele pequeno exército se aproximou da divisa entre São Paulo e o Paraná, uma viagem que no passado não levaria mais do que três horas.

Ao longo do caminho, ainda encontravam alguns sobreviventes, que eram acolhidos e incorporados ao grupo. Próximo à cidade de Registro, se depararam com mais um engavetamento de veículos. Era comum encontrar formações assim, mas, daquela vez, o desafio seria enorme.

Os tanques e carros pararam um a um e os soldados começaram a descer. Estavam no mês de setembro e aquela era uma manhã fria, nublada e com uma garoa forte. O ar estava carregado de uma umidade gelada, que parecia penetrar nos ossos.

Ivan, Zac e Gisele se aproximaram da montanha de aço retorcido. Eles nunca encontraram nada tão grave.

No dia do apocalipse zumbi, aqueles carros circulavam pela rodovia quando os primeiros motoristas desmaiaram ao volante, causando várias colisões. Os carros que vinham atrás, muitos também desgovernados, foram batendo uns atrás dos outros. Alguns veículos praticamente subiram nos demais. Em seguida, um caminhão cegonha que vinha em alta velocidade com um zumbi ao volante atingiu aquele grupo, esmagando vários carros e destruindo quase tudo. Alguns veículos pegaram fogo e explodiram. Um grande incêndio tomou tudo. O caminhão cegonha, que vinha carregado de automóveis novos, despejou toda sua carga no meio daquele inferno.

Ivan avaliava aquilo com cuidado. O monte de carros empilhados aleatoriamente, distorcidos e incinerados, media mais de dois metros de altura e estava atravessado na rodovia. Mais de trinta carros ao todo e, no meio de tudo, um caminhão destruído.

Era uma barreira sólida e dificílima de transpor. Levariam dias para passar por aquilo.

Coronel Fernandes se aproximou para avaliar aquela bagunça. Era, sem dúvida alguma, o obstáculo físico mais problemático com o qual já haviam deparado.

— É, isso vai nos atrasar muito. — O coronel arqueou as sobrancelhas.

— Não, necessariamente. A pista do outro lado está livre. Vamos entrar na contramão — Ivan respondeu, sorrindo.

— Concordo, mas teremos que arrancar a mureta divisória e aposto que tem aço no meio dela.

— Sim, coronel, mas serão poucas horas — Ivan argumentou.

Decidiram-se por aquela estratégia. Ivan deu as ordens e alguns homens começaram a avaliar o melhor lugar e a melhor forma para destruir parte da mureta.

Ivan falou com Zac e Gisele sobre o que fariam e propôs que eles voltassem para os veículos. Ali, na chuva, não haveria nada que pudessem fazer para ajudar.

Foi quando Gisele viu algo. Ela enxergou uma pessoa andando alguns metros à frente daquela muralha.

Era uma menina que caminhava na estrada. Tinha cerca de dez anos, estava imunda e esquelética. Suas roupas se achavam em frangalhos. Por muito pouco não a mataram. De longe, todos pensaram que se tratava de mais um zumbi. Ela caminhava de braços cruzados, tentando se manter aquecida.

Ivan decidiu tentar uma aproximação acompanhado de Gisele. Uma mulher daria mais segurança à menina.

Quando os avistou, a garotinha disparou a correr, apavorada. Ela saiu da estrada e correu para dentro da mata que cercava aquele ponto da rodovia.

Ivan e Gisele pularam a mureta e correram pela pista oposta, driblando a barreira de veículos destruídos e tentando alcançá-la, mas a garota desapareceu no matagal e eles pararam.

Aquele ponto estava todo cercado de vegetação fechada e a ideia de adentrar a mata úmida, escura e cheia de barro era perigosa.

— O que vamos fazer? Não podemos deixá-la sozinha, essa mata deve estar infestada de zumbis. — Gisele olhava o capim encharcado de garoa.

— Eu concordo. E a culpa foi nossa. Se não a tivéssemos assustado ela ainda estaria andando na rodovia e menos vulnerável. Precisamos procurá-la. — Ivan, resoluto, tirou o fuzil do ombro.

Zac se aproximou junto com Souza. Ambos já traziam seus fuzis empunhados e prontos para lutar.

— Pessoal, precisamos encontrá-la. Se houver zumbis aqui, ela está perdida — Ivan falou.

Então um zumbi saiu do meio do mato para o asfalto, apenas alguns metros à frente de Ivan. Logo em seguida, mais duas criaturas também surgiram, caminhando de forma vacilante.

— Atenção! Devem haver muitos. Essas coisas devem estar caçando. Vamos atrás dela — Ivan ordenou.

Os demais assentiram. Ninguém daquele grupo, em sã consciência, deixaria uma criança sozinha na mata. Os três zumbis estavam na direção da mata, mas quando viram aquele grupo de pessoas, arreganharam os dentes, rosnando como animais, e partiram na direção de Ivan e seus soldados.

— Muito bem, vamos, estamos perdendo tempo. — Zac avançou sozinho contra os três zumbis.

O primeiro ser que se aproximou foi derrubado com um murro certeiro na cara. O zumbi mal atingiu o chão e Zac pisou no seu rosto com o coturno com tanta violência que esmagou o crânio da criatura contra o asfalto. Ato contínuo, sacou a faca.

Zac agarrou o segundo ser pelo colarinho e enfiou a faca na base da orelha, trespassando seu cérebro. Quando o terceiro zumbi o alcançou, ele o atingiu com um golpe de perna no meio do peito, derrubando a fera no chão. Quando a criatura fez menção de se levantar, Zac pisou no seu pescoço, separando a cabeça do corpo. O zumbi sofreu alguns espasmos e ficou inerte. Em seguida, Zac caminhou na direção do mato, como se nada tivesse acontecido. Só se deteve quando viu os outros parados mais para trás.

— Vamos, pessoal, estão esperando o quê? — Zac chamou, um tanto impaciente.

Ivan chamou um soldado e mandou transmitir o recado para o coronel Fernandes de que eles estavam saindo atrás da garota e manteriam contato pelo rádio.

Ivan, Gisele, Souza e mais dois homens seguiram Zac, entrando na mata também.

— Souza, você na frente — Ivan instruiu, com o fuzil em punho.

Souza, o melhor rastreador do grupo, pendurou o fuzil no ombro, tirando a pistola do coldre e pegando o facão com a outra mão. Ele abria caminho no mato enquanto procurava algum sinal que indicasse a passagem da menina.

Avançaram cerca de duzentos metros daquele jeito. Eventualmente, Souza parava e avaliava algum ramo partido ou folha de capim pisada. O grupo o seguia de perto, pronto para atirar, caso algum zumbi surgisse.

Passaram mais dez minutos caminhando e Souza se mostrava cada vez mais agitado.

— Ela está perto, muito perto. Uma criança passou por aqui poucos segundos atrás — Souza afirmou, convicto.

— Então vamos nos apressar, antes que ela se distancie — Ivan falou.

À direita, acima de suas cabeças eles enxergavam o viaduto da rodovia Régis Bittencourt. Os rastros os levavam até a margem do rio da Ribeira de Iguape, que passava sob a rodovia. O comboio estava uns quinhentos metros à frente na rodovia, liberando a passagem.

Aquela região do Vale do Ribeira era, antes da infestação dos zumbis, uma zona de preservação ambiental permanente, com uma gigantesca faixa de mata atlântica, manguezais, dunas, restingas e uma das maiores biodiversidades do globo. E agora, sem intervenção humana, ganhava contornos de uma imensa floresta tropical. Em mais alguns anos, transformaria-se numa versão paulista da Amazônia.

Por tudo isso, Ivan e seu pequeno grupo de resgate avançavam com cuidado. Eles estavam se embrenhando em mata selvagem, onde até onças circulavam. Saíram da mata fechada e chegaram à margem do rio. A chuva ficava cada vez mais forte, todos agora se encontravam totalmente encharcados. Pararam alguns instantes na margem, com os coturnos enfiados na lama. A água do rio, barrenta, passava veloz, arrastando galhos e folhas.

Souza achou o que queria: novas pegadas de uma criança caminhando descalça.

— A garota seguiu por aqui, margeando o rio. — Souza apontou à frente.

— Então, vamos lá, antes que ela ou nós congelemos. — Ivan bateu o pé no chão enlameado, tentando se aquecer.

De repente, a chuva aumentou imensamente e relâmpagos começaram a cortar o céu. O vento fustigava o grupo de resgate e toda a mata. Até as águas do rio corriam mais rápido.

— Pessoal, isso está se complicando. Está chovendo demais! — Souza se encolheu todo.

— Vamos tentar mais um pouco! — Ivan falou alto, tentando fazer a voz se sobressair aos trovões.

— Ivan, vocês estão na escuta? — coronel Fernandes chamou pelo rádio.

— Sim, coronel, prossiga — Ivan respondeu.

— Estamos interrompendo o trabalho, é impossível trabalhar nessa tempestade. Onde diabos vocês estão? — Pela voz abafada, o coronel já devia estar dentro de um dos veículos, protegido da intempérie.

176

— Estamos rastreando. Assim que acharmos a garota, voltaremos. Preparem um café quente, vamos precisar.

— Pode deixar, Ivan, boa sorte.

O grupo avançava com cuidado. A faixa de terra da margem era estreita e em alguns pontos eles precisavam passar por dentro da água, afundando até os tornozelos na lama.

— Essa menina não pode estar muito longe. Se nós estamos com dificuldade para caminhar... — Ivan não terminou a frase.

Souza olhou para trás e se preocupou com o que viu.

— Pessoal, a água do rio está subindo... — Souza comentou.

Os demais seguiram seu olhar e confirmaram o que ele dizia. Alguns pontos pelos quais haviam passado, agora, se encontravam submersos. A tempestade estava fazendo o rio da Ribeira de Iguape subir rapidamente.

— Nós precisamos acelerar, daqui a pouco não teremos rastro para seguir. — Ivan apertou o passo.

Eles andavam em ritmo acelerado na margem do rio. Um avanço cansativo, extenuante, com muita lama, água e uma verdadeira parede de mata fechada do lado esquerdo.

Num determinado ponto, Souza parou. Ele olhou em torno, confirmou sua tese e recomeçou a correr.

— O que houve? O que você viu? — Ivan gritou, tentando acompanhar o jovem soldado.

— Zumbis! Ela está sendo caçada! — Souza acelerou ainda mais.

A partir do ponto em que Souza parara, não havia apenas as pegadas da garota, mas várias. Descalças, com sapato, pequenas, grandes, de todos os tipos. Ela estava sendo perseguida por cerca de quatro criaturas.

Depois de correr quase duzentos metros, eles viraram numa das curvas do rio e avistaram uma pequena clareira.

Lá havia uma árvore e, ao redor dela, meia dúzia de mortos-vivos se acotovelavam. A menina conseguira subir e observava as criaturas, que gemiam e resmungavam para ela, tentando descobrir uma forma de alcançá-la.

A parte surpreendente daquilo tudo era a apatia da menina. Ela olhava para os mortos-vivos como se estivesse cercada de baratas ou ratos e apenas se mantinha fora do alcance deles.

— Ei, imbecis, olhem para mim! — Ivan gritou, sem fôlego, tentando encher os pulmões de ar.

As criaturas olharam para ele, confusas. E a menina também, assustada. Ela temia mais outras pessoas do que os zumbis.

As criaturas começaram a rosnar e andar, cambaleantes, na direção de Ivan e seu grupo de soldados.

— Venham, cretinos! E agora vou pegar uma gripe por sua causa, seus filhos da puta! — Ivan vociferava para as criaturas, que continuavam avançando na direção dele.

— Hã... Ivan, você está mesmo falando com os zumbis? — Zac franziu a testa.

— Falando, não, eu estou reclamando com eles! Quem esses caras pensam que são?! — Ele empunhou a faca. A ideia da covardia contra uma criança o fez tomar a frente como se quisesse derrubar todos sozinho.

Uma das criaturas era enorme, um homem com cerca de um metro e noventa de altura e pesando seguramente mais de cento e cinquenta quilos, que vinha à frente das demais.

Quando o ser se aproximou mais um pouco, levou um tiro certeiro na testa e caiu no chão como um saco de cimento.

A criatura seguinte, Ivan agarrou pelo ombro e enfiou a faca de baixo para cima, atravessando a boca e rasgando o cérebro. A outra que vinha logo atrás ele golpeou na têmpora. Em alguns instantes, todas as criaturas estavam mortas.

— Ivan, às vezes eu acho que você não bate muito bem, sabia? — Gisele recolocou a pistola no coldre.

— Estela também. — Ivan sorriu. Ele sempre fazia piadas em situações de tensão. — Venha comigo, Gi, vamos buscar a menina.

Ivan e Gisele caminharam até a árvore, na qual a menina continuava empoleirada. Quando viu a aproximação dos dois, ela subiu mais alguns galhos, tentando se manter mais distante.

— Fique calma. Qual o seu nome? — Ivan perguntou, com doçura.

A garota, entretanto, não respondeu. Estava assustada como um pássaro que caiu do ninho.

— Não se preocupe, nós não vamos machucar você — Gisele garantiu. — Cadê seus pais?

A menina continuava em silêncio. E olhava desconfiada para o grupo, sobretudo para Ivan.

— Não se preocupe com meu amigo. Ele é bonzinho, só gosta de fazer piadas com os zumbis — Gisele falou ao perceber a preocupação da

178

menina, enquanto lançava um olhar de reprovação para Ivan. Ele coçou a cabeça um tanto sem graça.

A garota permanecia calada. De vez em quando, entretanto, olhava para um ponto específico no chão e aquilo chamou a atenção de Ivan. Foi quando ele viu algo.

Havia um ursinho de pelúcia caído na clareira, em meio à lama. O brinquedo não tinha um dos olhos e, outrora branco, agora estava encardido. Ele se abaixou e pegou o boneco. Passou sua mão nos pelos do brinquedo, tirando parte da lama e deixando-o com um aspecto um pouco melhor.

— Isso aqui é seu? — Ivan perguntou para a menina, que agora o observava quase com desespero no olhar.

Depois de alguns segundos de suspense, ela balançou a cabeça, assentindo.

— Se eu devolver seu ursinho você desce daí? — Ivan sorria.

Após ainda alguma hesitação, a menina começou a descer da árvore. Lentamente e desconfiada.

Na última parte, mais alta, Ivan esticou os braços e ela se jogou para ele, que a segurou no colo, entregando-lhe o ursinho. A menina era absurdamente leve e magra, parecia estar enfrentando a vida sozinha havia mais de um ano.

— Você está segura. Nós cuidaremos de você — Ivan falou, olhando-a nos olhos enquanto passava a mão no rostinho imundo.

Sem pronunciar uma única palavra, ela abraçou o pescoço de Ivan e se aconchegou no colo dele. E assim, finalmente, puderam retornar ao comboio.

* * *

Após cinquenta dias de cárcere, Fábio Zonatto finalmente saiu da cadeia. Ele ficara confinado numa casa convertida numa espécie de mini presídio, com grades nas portas e janelas. Felizmente, era um recurso pouco utilizado e infinitamente mais digno e confortável do que qualquer penitenciária brasileira.

Mas Fábio deixou aquele lugar furioso. Durante todo o tempo amaldiçoara Ivan por tê-lo trancafiado. Seu orgulho estava ferido e pedia uma retratação por parte do líder do condomínio.

Após receber de volta seus pertences, ele deixou a casa e ganhou as ruas do condomínio. E teve uma surpresa ao encontrar Mariana parada no meio-fio, com as mãos cruzadas para trás.

Ele avaliou cuidadosamente aquela moça nova diante de si e soltou uma frase:

— Ora, vejam só, alguém caiu do céu.

— Fábio Zonatto? — Mariana perguntou, sem se abalar.

— Seu servo, ao seu dispor — ele respondeu, fazendo um floreio com a mão.

— Venha comigo. Estela quer falar com você — Mariana comunicou e saiu caminhando à frente, sem maiores explicações.

Fábio permaneceu alguns instantes parado, se perguntando se aquilo era algum tipo de piada. Quando percebeu que Mariana nem sequer olharia para trás, decidiu segui-la, embora desconfiado.

Depois de cinco minutos caminhando atrás dela, Fábio finalmente rompeu o silêncio:

— Você sabia que eu sou capaz de acertar um alvo a quatrocentos metros de distância usando um rifle? Basta mirar, apertar o gatilho e pronto, já era!

Mariana estacou ao ouvir o comentário e Fábio ficou parado alguns passos atrás dela. Ela estava de tênis, calça jeans, camiseta e um casaco leve, com o zíper fechado até a altura do peito.

Mariana se virou e os cabelos esvoaçaram com o vento, o que fez com que Fábio a achasse ainda mais linda. A moça levou a mão ao zíper da blusa e o desceu com delicadeza, até o casaco ficar completamente aberto, o que deixou Fábio empolgado. Ao fazer isso, a pistola automática que ela trazia à cintura ficou à mostra. Fábio fez uma careta. Depois disso, ela caminhou tranquilamente na direção dele, contando os passos em voz alta:

— Um... dois... três... quatro... cinco... — Mariana chegou perto dele. — Cerca de cinco metros. Sabia que eu nunca errei um tiro com a minha pistola a essa distância?

— Fico feliz em saber. — Fábio esboçou um sorriso torto, desconfortável. Sentiu um balde de água fria na cara.

Em seguida, Mariana tornou a dar as costas para Fábio e recomeçou a andar, dessa vez, em ritmo bem acelerado. Fábio continuou seguindo-a, sem fazer mais nenhum comentário.

Chegaram à casa de Ivan e Estela, e Mariana abriu a porta, convidando-o a entrar. Fábio estava curioso para saber o que Estela poderia querer falar com ele. Por que estava sendo convocado por ela, não por Ivan?

Fábio entrou na casa e viu Estela confortavelmente acomodada no sofá da sala, com uma leve manta sobre as pernas.

— Bom dia, Fábio, sente-se, por favor. — Estela apontou com um gesto a poltrona próxima a ela.

— Bom dia, patroa. — Fábio se acomodou. — A que devo a honra desse convite?

— Quero saber se posso contar com você ou se estou diante de um problema. — Estela avaliava Fábio com o olhar.

Mariana permaneceu de pé, ao lado da líder do condomínio, fitando o visitante de cabelos longos e barba por fazer.

— Pode contar, sim, estou aqui para ajudar — Fábio respondeu, exagerando um pouco no tom de colaboração, o que não passou despercebido a Estela e Mariana.

— Estou falando sério, Fábio. Estamos vivendo o momento mais delicado desta comunidade. De todas as situações que já enfrentamos, esta é a mais grave. — Estela o fitava de forma penetrante.

— E o que é que está acontecendo de tão grave? Fiquei quase dois meses preso, ninguém comentou nada comigo. O que houve? — Fábio franziu a testa.

Estela narrou rapidamente os acontecimentos. Fábio ouviu tudo, custando a acreditar nas palavras dela. De tempos em tempos, ele fazia alguma pergunta e Estela, ou mesmo Mariana, respondia pacientemente.

— É por isso que você me chamou, Ivan não está aqui. — Fábio mordeu o lábio inferior, fazendo uma pequena careta.

— Exatamente. Por esse motivo vou perguntar de novo: podemos contar com a sua ajuda e, sobretudo, com a sua pontaria? — Estela perguntou.

— Claro, patroa, pode contar comigo. Neste momento, precisamos todos nos unir — Fábio afirmou, e dessa vez no tom correto.

— Perfeito. Fico feliz em ouvir isso. Muito obrigada por vir. Pode ir, acredito que você esteja louco para voltar para casa. — Estela sorriu-lhe.

Fábio se levantou e deu um beijo nas costas da mão de Estela. Em seguida, se despediu e deixou a casa, não sem antes fazer um leve meneio de cabeça para Mariana.

— Mariana? — Estela chamou, assim que Fábio Zonatto se foi.

— Pois não? — Mariana respondeu.

— Fique de olho em Fábio por mim, sim?

* * *

O resto da viagem até Curitiba transcorreu sem maiores incidentes. Ao todo, levaram quase vinte dias para percorrer cerca de quatrocentos quilômetros. Mas haviam conseguido realizar um intento: o de deixar um caminho liberado para tráfego. Tanto a volta como viagens futuras poderiam ser realizadas sem tantos esforços.

A Quinta Companhia de Polícia do Exército estava no bairro do Pinheirinho, na periferia de Curitiba, a menos de um quilômetro da rodovia Régis Bittencourt. Era um bairro residencial, com algum comércio e várias casas.

Ivan e o coronel Fernandes se apresentaram ao tenente Hugo, o atual líder daquele grupamento, que já havia recebido os reforços do grupo de Ponta Grossa.

— Sejam bem-vindos, espero que tenham feito uma boa viagem. — O tenente bateu continência para os dois.

— É um prazer conhecê-lo, tenente. — Ivan apertou a mão do oficial.

— É uma pena que esse encontro esteja acontecendo sob condições tão adversas.

— Sim, é verdade. As notícias são preocupantes. Falei algumas vezes com a equipe do helicóptero, que observou a anomalia e confirmou que teremos um enorme desafio pela frente. — O tenente balançou a cabeça. — Mas confesso que agora me sinto bem mais tranquilo ao ver a quantidade de soldados e armamento que trouxeram.

— Sim. Trouxemos tudo o que tínhamos para lidar com esse desafio. Vamos organizar uma recepção para Jezebel — o coronel Fernandes falou, em tom de brincadeira, sem perder a seriedade.

Ivan, coronel Fernandes e seus soldados se acomodaram da forma que foi possível, dividindo-se nos alojamentos e barracas de campanha.

À noite, Ivan e Estela se falaram pelo rádio:

— Como está a nossa princesa, chutando muito? — Ivan quis saber, sorrindo, ao imaginar se a barriga de Estela havia crescido mais.

— Ela está ótima, cada vez mais agitada. Acho que sente saudade do pai — Estela respondeu. — Acabei de completar oito meses de gestação, segundo as contas de Sandra.

— É uma pena, não sei se eu consigo voltar antes dela nascer — Ivan comentou, pesaroso.

— Calma, vamos aguardar. Talvez Jezebel não demore tanto. — Logo em seguida, Estela mudou de assunto: — E por falar em Jezebel, qual vai ser o plano?

— Amanhã cedo já começaremos a nos preparar. O helicóptero vai sair em missão de reconhecimento para tentar encontrar algum sinal dela. Aí, vamos pôr em ação a nossa estratégia. O tenente Hugo conhece bem a região e já nos decidimos sobre a melhor forma de enfrentá-la — Ivan afirmou, confiante.

— Espero que dê tudo certo, meu amor. — Estela tentava mostrar-se animada, embora enxugasse lágrimas em seus olhos.

— Vai dar. — Ivan, de repente, sentiu um estranho calafrio na espinha.

Quando terminava de falar com Estela, recebeu um bilhete com uma comunicação do helicóptero: a marcha dos zumbis chegaria a Curitiba em uma semana.

* * *

Dois dias após a chegada de Ivan e seus comandados, o helicóptero sobrevoava os arredores de Curitiba quando finalmente encontrou o que tanto procurava. Eles já tinham dado inúmeras voltas naquela região, tentando encontrar algum sinal de Jezebel e seu exército, mas sem encontrar nada. Viam os rastros de destruição deixados, mas nada à frente. Ivan, coronel Fernandes e tenente Hugo recebiam os relatos com perplexidade.

— Já devíamos ter avistado algo, é um grupo muito grande de seres — tenente Hugo observou.

— Ela pode estar brincando conosco. Talvez nossos observadores já tenham sobrevoado a trilha deles várias vezes, mas Jezebel encontrou alguma forma de não denunciar sua posição. — Ivan estava muito irritado.

Seguindo a indicação de buscar pelas matas, o helicóptero os avistou. Jezebel e sua horda caminhavam pelas vastas faixas de mata atlântica existentes entre Santa Catarina e o Paraná. Era um avanço mais lento, porém, mais seguro. Jezebel tinha sua estratégia. Ela já sabia quais eram os batalhões que se comunicavam e imaginava que poderiam tentar preparar alguma surpresa para ela em Curitiba. Apesar de se sentir muito poderosa, não queria arriscar sua chance de destruir seus inimigos.

Ao avistar diversas vezes o helicóptero sobrevoando a rodovia Régis Bittencourt ela acreditou que seu palpite estava certo.

— Você está por perto, não é, Ivan? Eu sinto seu cheiro, humano desgraçado — Jezebel falava para si mesma entredentes, cercada por milhares de criaturas que a seguiam, dóceis e no mais absoluto silêncio.

Agora faltava pouco e sua ansiedade crescia. Da margem da floresta, ela avistou uma placa indicando o bairro do Pinheirinho. Estava na hora de mostrar toda a sua força.

Foi quando milhares de zumbis começaram a sair da mata e ganhar a rodovia. Eles avançavam como uma infestação de gafanhotos. Surgiam entre as árvores, dos arbustos, atravessando o matagal, pulavam sobre a mureta de proteção na rodovia e seguiam em frente.

Antes quietas, as criaturas espalhavam agora seus gemidos pela noite. Todo ser humano que ainda persistisse em viver por aquelas bandas, escondido das feras, sentiria seu coração se encher de terror ao ouvir aquilo: milhares de criaturas gemendo e urrando ao mesmo tempo, enquanto avançavam pela rodovia. Passavam no meio dos veículos abandonados, driblando os obstáculos. Às vezes, quando o avanço ficava muito difícil, Jezebel desobstruía a passagem movendo carros, caminhões e ônibus.

Ela também carregava um instrumento surpresa, por cuja oportunidade de usar muito ansiava.

Agora, o helicóptero avistava claramente aquele exército caminhando na rodovia. Estavam muito próximos, há cerca de 12 horas de caminhada. No relato, não sabiam precisar a quantidade de mortos-vivos, mas calculavam mais de seiscentos mil seres.

— Meu Deus do céu, estamos todos mortos! — O piloto se benzeu quando viu aquele verdadeiro mar de zumbis.

— Temos que avisar nosso comando — o soldado Antunes falou, petrificado.

Ivan e os demais ouviram pelo rádio o relato do piloto. Zac emudeceu quando escutou a descrição da horda que marchava a menos de quinze quilômetros de distância.

— Senhor, tem algo que vocês precisam saber. — O piloto estava perplexo.

— Claro, siga em frente. — Ivan se afligiu pelo que poderia estar prestes a ouvir.

— Pode parecer incrível, mas eles têm um tanque de guerra.

— Você pode repetir, piloto? Acho que não entendi direito. Você disse que os zumbis têm um tanque? — Ivan perguntou, surpreso.

— Sim, um blindado de um modelo mais antigo. Estamos voando muito alto, mas estou convencido de que se trata de um M113BR. — O piloto tentava apurar a visão.

De fato, um tanque de guerra rodava lentamente no meio da massa de zumbis. Era um avanço arrastado e precavido, como se o condutor estivesse tomando cuidado para não atropelar alguma das criaturas que o acompanhavam.

Ivan se lembrava desse modelo; um de seus *hobbies* quando jovem eram livros, miniaturas e tudo sobre armamento de guerra. Tratava-se de um tanque de fabricação americana, muito usado na guerra do Vietnã para transporte de tropas.

Aquele veículo tinha quase cinco metros de comprimento e mais de doze toneladas. Não era o mais versátil do exército brasileiro, por isso seu uso era limitado a situações bastante específicas.

Foi quando Ivan teve uma ideia. Ele sabia como acabar com aquela guerra logo de início.

— Piloto, você tem como destruir o tanque agora mesmo? — Ivan perguntou, ansioso.

Coronel Fernandes e tenente Hugo acompanhavam tudo atentamente, pois já tinham percebido a intenção do aliado.

— Não, senhor, não trazemos mísseis nas missões de reconhecimento, pois o excesso de peso aumenta o consumo de combustível — o piloto respondeu.

— Então, volte imediatamente! Vamos carregar o helicóptero com mísseis! Reduziremos esse tanque à sucata! — Ivan bradou.

O piloto assentiu e fez meia-volta, retornando ao quartel em poucos minutos.

O helicóptero Sabre era comumente chamado pelos especialistas de Tanque Voador pela imensa variedade de equipamentos de combate, e seu armamento variava de acordo com a configuração da aeronave.

Todos os modelos tinham em comum uma metralhadora Yakushev Borzov YAK-B de 12,7 mm e quatro canos rotativos.

Aquele também possuía um sistema de lança-mísseis com capacidade de dezesseis projéteis antitanque AT-6 Spiral, com alcance estimado de seis quilômetros e guiado por rádio.

Destruir aquele tanque seria incrivelmente simples. Um tiro, no máximo dois, e o blindado estaria reduzido a pedaços.

E toda a sua carga estaria reduzida a pedaços também, e torrada a uma temperatura de mais de dois mil graus centígrados.

Ivan e seus colegas oficiais observavam com vivo interesse o helicóptero ser carregado com os mísseis. Agora ele estava mais confiante do que nunca quanto às suas chances de vencer aquele desafio.

— Você acha que Jezebel está dentro do tanque, certo? — coronel Fernandes perguntou.

— Com certeza! Ela sabe que é nosso principal alvo e buscou uma forma de se proteger. Lutar contra os zumbis será possível se não precisarmos nos preocupar com os poderes dela. Se a destruirmos, poderemos até mesmo ir embora e abandonar a horda para trás; os zumbis voltarão a vagar sem coordenação e nunca vão nos seguir até São Paulo. — Ivan consultou, ansiosamente, o relógio. Estava escurecendo rápido e ele temia que não desse tempo para desferir o ataque fatal.

— Piloto, é possível realizar o ataque à noite? — Ivan quis saber.

— Claro, nós temos um sistema infravermelho. E como o exército de zumbis está em terreno aberto e nossos mísseis têm alcance suficiente para tiros de uma distância segura, o senhor pode considerar o blindado destruído — o piloto afirmou, diligente.

Ivan assentiu e mandou que eles partissem sem demora; tudo dependia daquele ataque. O plano deixou todos bastante eufóricos.

O helicóptero partiu novamente, agora, pronto para atacar com todas as suas armas. As ordens eram claras: destruir o M113BR e depois abater o maior número possível de criaturas usando o restante de seu poderoso armamento.

Os minutos agora pareciam horas. Ivan, coronel Fernandes, tenente Hugo, Gisele, Zac, Souza e vários outros homens e mulheres aguardavam ansiosos por alguma notícia do helicóptero.

— Acha que conseguiremos encerrar a batalha antes de eles chegarem aqui? — Silas perguntou para Souza, que estava ao seu lado com os braços cruzados.

— Não sei, não. Essa tal Jezebel me parece bem mais esperta do que nós gostaríamos que fosse — Souza respondeu.

— Estamos bem preparados. Sem ela no caminho teremos uma chance real de vencer. — Silas, um mulato alto e muito forte, que já abatera mais de cem zumbis em combate, consultou o relógio de pulso, impaciente.

— Sem ela no caminho será possível aniquilar essa horda inteira. Essa vadia vai ter feito um favor para nós trazendo tantos desgraçados para o mesmo lugar e de uma só vez — Souza respondeu, convicto.

Depois de muita espera, o piloto do helicóptero finalmente entrou em contato pelo rádio:

— Senhor, tenho más notícias. — Ele parecia constrangido.

— O que houve? — Ivan indagou, preocupado.

— Os zumbis sumiram! — o piloto afirmou, para surpresa de todos.

* * *

A aeronave retornou depois das nove da noite. Todos se sentiam frustrados e um tanto perplexos, sem conseguir imaginar como Jezebel teria feito aquilo. E agora, começavam a se sentir mais vulneráveis... como a presa a ser encontrada a qualquer momento.

Ivan assumiu o comando e começou a falar. Poderia parecer estranho um civil com farda de sargento dando ordens para oficiais, mas todos reconheciam sua autoridade diante daquele pequeno exército de sobreviventes.

— Muito bem, senhores, nossa investida falhou.

— Não vamos desanimar, Ivan. Hoje conseguimos a informação mais valiosa de todas — coronel Fernandes falou. — Agora sabemos uma forma de atingir Jezebel.

— Exatamente! — Ivan franziu a testa. — Amanhã posicionaremos nossos franco-atiradores para vigiar o blindado. E também teremos homens com lança-mísseis antitanque sobre os prédios que margeiam a estrada, além de contarmos com o helicóptero, cujo objetivo primário será destruir o tanque. Todos os atiradores também estarão com fotos de Isabel; assim, terão como identificar sua irmã gêmea assassina. Amanhã, teremos a chance de acabar com essa guerra; por isso, preparem-se.

Quero todos em formação de combate. As criaturas chegarão aqui nas próximas horas, no mais tardar, amanhã cedo.

Homens e mulheres ouviram as instruções e logo saíram para repassar aos seus comandados, para que todos tomassem suas posições. Haviam preparado proteções com sacos de areia, fechado a rodovia com arame farpado e posicionado metralhadoras de grosso calibre em pontos estratégicos, entre mais algumas surpresas. Chegara o momento de descobrir se tudo isso seria o suficiente para fazer frente ao que estava por vir.

Ivan foi até o rádio para conversar com Estela e encontrou coronel Fernandes conversando com sua filha.

— Pai, prometa que tomará cuidado — Mariana pedia, apreensiva.

— Não precisa se preocupar, temos um ótimo plano. Aquela infeliz não perde por esperar — o coronel respondeu, com um tom severo, sua marca registrada.

— Eu entendi isso, mas se as coisas ficarem muito feias, recuem — Mariana insistiu, ignorando o modo de falar do pai.

— Já entendi, filha, não se preocupe. Sei o que tenho que fazer, está bem? — o coronel afirmou, impaciente. Ele ficava irritado quando Mariana se comportava de forma protetora.

Eles conversaram mais alguns instantes e depois se despediram.

Quando o coronel saiu da sala e se deparou com Ivan, não pretendia fazer nenhum comentário, apenas um erguer de ombros. Mas então, voltou-se para ele:

— Ivan, você não contou para ninguém mais a respeito da oferta dessa Jezebel, certo?

— Não, coronel. Aliás, eu queria fazer um acordo com o senhor: não revelar isso para mais ninguém sem falar antes comigo, pode ser? Por enquanto, acho melhor manter em segredo. Só Deus sabe o que pode acontecer se essa proposta vier à tona.

— Sem problemas, você tem a minha palavra.

— Coronel, o senhor acha que agi errado? Na sua opinião, eu deveria ter aceitado a proposta de Jezebel? — Ivan perguntou.

— Negociar com aquela vadia? Nunca! Não se pode confiar numa criatura igual a ela! Você está coberto de razão.

Ambos conversaram mais um pouco e, em seguida, o coronel foi embora, deixando Ivan à vontade para falar com a esposa.

Ivan se acomodou e pegou o comunicador. Naquele momento, Estela já devia saber das notícias frustrantes.

— Boa noite, meu amor. Enfim, chegou o dia.

Ao ouvir a voz doce de Estela, Ivan fechou os olhos.

— Sim, Jezebel está chegando. — Ivan suspirou. — É uma sensação ambígua. Eu queria muito que você estivesse aqui comigo, mas, no fundo, fico feliz que você e as crianças estejam bem longe deste lugar.

— Eu imagino. Mas fique calmo, finalmente essa situação vai ser resolvida. — Estela se esforçava ao máximo para passar serenidade e confiança. Mas ela conseguia apenas manter a tensão sob controle.

— Sim, se Deus quiser, amanhã, a esta hora, estaremos celebrando nossa vitória. Talvez até voltando para casa. — Ivan sorriu.

— Apenas me prometa que você tomará cuidado, está bem? Eu, Jéssica e nossos outros dez filhos estamos esperando — Estela falou de forma significativa.

— Jéssica? Ah... que nome lindo! Finalmente se decidiu sobre o nome da nossa filhinha? — Ivan se mostrou empolgado.

— Sim. Como você me deu carta branca para escolher... Achei que tinha tudo a ver — Estela respondeu, um tanto misteriosa e emocionada. — Jéssica é um nome de origem hebraica e significa "abraçada pelo Senhor".

* * *

Ivan e Estela se despediram. Havia mais pessoas querendo falar com seus parentes, amigos ou cônjuges no Condomínio Colinas. E pairava uma aura imensa de nervosismo no ar. Em todos os semblantes, a tensão e o medo.

Ele sentiu um nó na garganta ao imaginar que aquele momento poderia ser uma despedida. Inclusive a dele.

Caminhou de volta para o pequeno quarto que ocupava. No passado, montaria guarda na rodovia, mas Ivan tinha outro compromisso aquela noite.

Em seu quarto, havia uma menina sozinha aguardando.

* * *

Estela voltou para casa, cabisbaixa. Estava morta de cansaço e, agora, de preocupação também. Havia assumido a liderança do condomínio apesar dos protestos de Ivan e Sandra.

Isabel e Mariana estavam sempre à sua volta. E naqueles dias aceitou a sugestão de Canino e Isabel. Eles propuseram mudarem-se temporariamente para a casa dela. Assim, poderiam auxiliar com as crianças e tudo o mais. Quase todas as tarefas eram muito complicadas para uma mãe de dez filhos, grávida e no oitavo mês de gestação.

Quando Estela encontrou Isabel e Canino na sala, um clima pesado pairou no ar. Isabel vinha se mostrando uma verdadeira pilha de nervos nos últimos dias e agora esse sentimento atingia o ápice.

Estela sentou-se na poltrona de frente para os dois. Ela trocou um olhar rápido com Canino, que fez uma cara significativa. Isabel estava vivendo a crise de sempre.

Depois de alguns instantes de silêncio, Estela decidiu entrar logo no assunto que incomodava a amiga:

— Você ficou a par do que está acontecendo no nosso *front* de batalha em Curitiba, certo?

— Sim, fiquei. Amanhã eles matarão minha irmã. — Isabel levou as mãos à cabeça. Estava com dores insuportáveis e já havia tomado quatro analgésicos.

— Isabel, ela não é mais a sua irmã — Estela falou com delicadeza. — Jezebel se transformou em algo completamente diferente, você sabe disso.

— Ah, Estela, como eu queria que fosse simples! Sinto muita falta dela e não ajuda nada saber que Jezebel está andando por aí. Se fosse apenas mais um zumbi irracional, eu conseguiria aceitar que a minha irmã não existe mais. Mas, desse jeito, não consigo...

— Meu amor, tente o seguinte: essa... criatura, matou mais de duzentas pessoas até agora, somente nos dois batalhões, considerando o que nós sabemos. A Jezebel que você conheceu seria capaz de fazer isso? — Canino pôs a mão no joelho da companheira.

Isabel fitou a mão de Canino na qual faltava um dedo e, em seguida, ela a beijou, encostando-a no próprio rosto.

— Não, Jezebel seria incapaz de ferir alguém. Que dirá matar outra pessoa. — Isabel mordeu o lábio inferior, tentando conter as lágrimas.

— Então, lembre-se disso. Sua irmã partiu deste mundo. É só isso o que importa. O que os nossos amigos vão enfrentar lá no Sul é outra coisa — Canino argumentou.

— Ele tem razão, Isabel, você precisa esquecer isso e seguir em frente. — Estela tentava disfarçar a própria angústia.

Mariana chegou e se juntou a eles.

— Acho que esta vai ser uma longa noite. — Mariana abraçou uma almofada enquanto cruzava as pernas no sofá.

— Nem me diga. Ainda bem que as crianças já dormiram. Espero que amanhã isso tudo tenha acabado e eles nem se deem conta do que aconteceu. — Isabel soltou um pesado suspiro.

Estela ponderou um pouco e tomou uma decisão. Ela se levantou com certa dificuldade e caminhou até a cozinha. Os três ficaram imaginando o que ela pretendia fazer. Mas, em seguida, Estela retornou com uma bandeja nas mãos, trazendo uma garrafa de vinho branco e quatro taças, além de um saca-rolhas.

— Nossa, finalmente uma boa notícia! — Mariana comentou, animada.

— Mas, você pode beber, Estela? — Canino arqueou as sobrancelhas.

— Posso, sim, desde que não exagere. Só vou acompanhar vocês. — Estela, sorrindo, colocou a bandeja sobre a mesa de centro. — Canino, você é o homem da casa agora. Quer fazer as honras, por favor?

Canino sorriu e abriu a garrafa, despejando seu conteúdo nas taças e depois distribuindo entre os presentes.

— Um brinde aos nossos amigos, que estão lutando para proteger todos nós. — Canino ergueu sua taça.

— E um brinde para as nossas famílias. Que Deus faça o que for melhor para aqueles que nós amamos — Estela falou.

Depois, todos bateram as taças, naquela noite longa na qual todos torciam à distância pela vitória. Uma derrota deles significaria o fim de toda a comunidade.

* * *

Ivan finalmente chegou ao seu aposento. E ela estava lá, entretida com um brinquedo, mas esperando por ele.

A menina que eles resgataram vinha dormindo no quarto de Ivan. A tentativa de dividir a tarefa de cuidar dela com outra pessoa falhara. Talvez por ter sido o primeiro a ganhar sua confiança ela se sentisse mais segura com ele. Para Ivan, não era um problema; pelo contrário. Conseguia ter outro foco além de lidar com o ataque contra os zumbis e era também uma forma de suprir a saudade dos filhos.

Agora, a menina não lembrava em nada a criança maltrapilha que encontraram. Só havia uma coisa que ele ainda não havia conseguido...

— Oi, minha princesa, tudo bem? — Ivan perguntou sorridente, assim que entrou no quarto.

A menina, sentada na cama, brincava com o mesmo ursinho caolho com o qual Ivan a encontrara. Era o único brinquedo do qual ela dispunha, uma realidade muito diferente da vivida por seus filhos no Condomínio Colinas.

Ela olhou para ele com um semblante triste, sempre fechado. Depois, limitou-se a fazer que sim com a cabeça.

Era sempre assim. Nenhuma palavra. Ela nunca falava absolutamente nada.

— Trouxe uma flor nova para você. Quer ver?

Ela olhou para a flor e depois para Ivan. Por fim, acenou com a cabeça positivamente e pegou-a da mão dele.

A garotinha pulou da cama e foi até uma pequena mesa no canto do quarto. Ali, havia um copo de vidro com um pouco de água e outras três flores que Ivan trouxera nas noites anteriores.

Ele tentava criar uma forma de se comunicar com ela, fazê-la falar. Desde o início do apocalipse zumbi, Ivan aprendera ainda mais a lidar com crianças. Sua paternidade lhe conferira muita experiência, lógico, mas nada comparado ao conhecimento adquirido das situações traumáticas. Aquela menina, tão sofrida, precisava dele, e ele precisava daquela parte de sua vida.

— Não quer me dizer seu nome? Eu vou ficar triste... — Ivan fez uma cara melancólica.

A menina olhou para ele sem expressar emoção. Era quase como se ela não entendesse o que Ivan falava, apesar de já ter demonstrado que entendia tudo perfeitamente.

— Muito bem, então, vou continuar tentando. Sou uma pessoa muito perseverante, sabia? — Ivan foi até a gaveta da mesa e pegou de lá um caderno velho e uma caneta. — E tem outra coisa: posso falar por nós dois. Eu gosto muito de conversar, sou capaz de fazer isso por horas.

Ivan descalçou o coturno e calçou os chinelos. Em seguida, sentou na beira da cama, mantendo distância da menina, que continuava muito arredia.

Ele não sabia quais horrores aquela pobre garota havia enfrentado. Talvez tivesse visto os pais morrerem. Talvez tivesse sofrido abusos de algum tarado quando a anarquia passou a dominar o mundo. Talvez fosse tudo isso junto. Mas, Ivan pensava, tinha que haver uma forma de ele conseguir ultrapassar aquele bloqueio.

Ivan ficou olhando para a menina com uma expressão teatral de quem está analisando profundamente alguma coisa. Fez caras engraçadas, mas que não causavam nenhuma reação nela.

— Eu acho que você tem cara de Rita, acertei? — Ivan falou por fim, girando a caneta no ar.

A menina olhou para ele com aquele mesmo semblante que combinava tristeza e indiferença e fez que não. Ele entortou a cabeça e a olhou levemente de lado, expressando perplexidade.

— Muito bem, então você não se chama Rita. Espero que seja verdade. Neste jogo, a confiança é uma coisa importante. Mas tenho certeza de que você é uma menina sincera, portanto, eu acredito — Ivan falava com ar de professor, enquanto anotava o nome "Rita" no caderno.

A lista de nomes que ele anotara como sugestões passava de cinquenta. Ivan decidira começar a anotar para não esquecer.

— Tudo bem, então, vamos ver... Laura, Maria, Carolina, Samanta, Roberta?

Algo aconteceu. A menina, que o observava sem reação, de repente, olhou para algum ponto vazio, como se uma parte da memória fosse ativada. Um pequeno vinco se formou em sua testa. Parecia algo incômodo, ruim.

— Acertei, não foi? Seu nome é Roberta, certo? — Ivan se sentiu esperançoso.

A menina balançou a cabeça em negativa com veemência, como se estivesse atormentada.

Ivan respirou fundo e pensou a respeito daquela reação. Ele atingira algum ponto, só não sabia como usar aquilo. Mas era hora de arriscar.

— Quem era Roberta? Sua irmãzinha? — Ivan perguntou, com suavidade.

Ela tornou a fazer que não com a cabeça. Ele estava perto.

— Talvez ela fosse uma amiguinha sua da escola...? — Ivan perguntou, num sussurro, recebendo nova negativa.

No entanto, dessa vez, os olhos dela começaram a brilhar, carregados de tristeza e dor.

— Roberta era o nome da sua mamãe? — Ivan achava que matara a charada. — Sua mamãe foi para o céu?

A menina balançou a cabeça confirmando, enquanto as lágrimas começaram a cair.

Ivan sentia a tristeza crescer no peito por aquela pobre criatura abandonada à própria sorte. Então, ela se pôs a chorar de forma dolorosa, convulsiva.

Mesmo tão acostumado a presenciar cenas terríveis, aquilo partiu o coração dele. Mas Ivan sabia que precisava saber mais para poder ajudá-la.

— Você viu quando sua mamãe morreu? — Ivan indagou, com os olhos rasos de lágrimas.

A menina fez um sim, com os olhos intensamente molhados e voltando a chorar de forma descontrolada.

— Quem matou sua mãe, meu amor? — Ivan tinha a voz embargada pela emoção.

— Meu papai. Ele e meu irmão mataram minha mamãe e depois tentaram me matar — a menina finalmente falou, de um modo desesperado, como se tivesse de lutar de novo por sua vida.

— Meu Deus do céu, eu sinto muito, meu anjo! Eu lamento tanto! Mas prometo que agora você está segura. Nós cuidaremos de você, está bem?

Em seguida, ele se abaixou e a abraçou, deixando a menina soluçar e chorar em seu ombro enquanto ele mesmo não conseguia parar de derramar lágrimas por ela.

* * *

O dia amanheceu com o sol raiando em Curitiba. Quase não havia nuvens no céu e a temperatura estava bastante agradável, todo um prelúdio de um dia belíssimo.

E setecentos homens e mulheres estavam prontos, entrincheirados num ponto da rodovia desde as primeiras horas da madrugada, vestidos com fardas do exército e fortemente armados.

O helicóptero partiu mais uma vez em missão de reconhecimento, mas voltou em minutos, antecipando pelo rádio a notícia implacável.

— Preparem-se, eles estão chegando! E a fila se perde no horizonte! — o piloto praticamente gritou.

— Acalme-se, soldado! Você consegue destruir o blindado? — Ivan indagou.

— Não, senhor, impossível! Nós já estamos sob ataque!

— Como assim "sob ataque"? — tenente Hugo interveio, sério. — O que está acontecendo?

Mas não foi preciso explicar. Quando olharam na direção do barulho, viram o helicóptero surgindo na direção deles. E logo atrás, vários troncos de árvore como que arremessados no ar em sua direção e caindo depois na rodovia.

Verdadeiros colossos de madeira voavam de um lado para o outro, arremessando folhagens e terra para o alto. Apesar da distância, dava para ouvir o som das árvores sendo arrancadas do solo.

Jezebel tentava derrubar a aeronave arremessando imensas árvores contra ela.

— Piloto, recue! Volte a sobrevoar nossa posição. Tente acertar um tiro daqui! — Ivan ordenou.

— Sim, senhor! — E o piloto voltou em velocidade máxima.

Quando o helicóptero chegou até onde Ivan e o exército aguardavam, as árvores pararam de ser lançadas no ar.

Ivan, coronel Fernandes e tenente Hugo usaram os binóculos numa tentativa de monitorar a tropa. Na pista da rodovia, a cerca de um quilômetro, só se viam imensos troncos de árvore e grandes folhagens interditando a pista, tapando completamente a visão.

Aos poucos, entretanto, as árvores começaram a se mover rolando para as laterais da rodovia, como gigantescas cortinas verdes que se abriam para revelar para o grande público o mais inesquecível espetáculo de todos.

— Meu Deus! — Ivan balbuciou.

Centenas de milhares de zumbis avançavam na direção deles. Alguns vinham cambaleando, mancando, outros praticamente correndo, enfurecidos e famintos.

Uma sinfonia infernal de gritos e gemidos encheu o ar. O som de uma multidão histérica e completamente irracional ecoou por todos os lados.

Gisele olhou para aquela verdadeira muralha de seres maltrapilhos, ensanguentados, deformados, que avançava implacável e fez o sinal da cruz. Zac, ao lado dela, a imitou.

— Fiquem firmes! Esperem mais um pouco! — Ivan gritou, de punho fechado no ar.

As criaturas avançavam alucinadas, chegando cada vez mais perto.

— Piloto? Consegue atingir o blindado? — Ivan gritou de novo no rádio para o helicóptero, que pairava no ar sobre eles, fazendo um barulho ensurdecedor.

— Podemos tentar, senhor. O blindado está posicionado praticamente no fim da multidão, a quatro mil metros de distância aproximadamente.

— Então, atire! Agora! — Ivan ordenou.

O helicóptero disparou dois mísseis AT-6 Spiral. Cada um media pouco mais de um metro e meio de comprimento e continha cerca de cinco quilos de explosivo em cada ogiva. Cada um deles seria suficiente para destruir um tanque de grande porte e matar todos os seus ocupantes.

Os projéteis, que rasgaram o ar numa velocidade de trezentos e quarenta e cinco metros por segundo, pouco mais rápidos que a velocidade do som, foram deixando para trás um rastro de fumaça.

Entretanto, segundos depois do lançamento, carros, árvores e até mesmo pedaços de casas e pequenos prédios voaram pelos ares — uma verdadeira saraivada de coisas voadoras arremessadas para interceptá-los por Jezebel.

Os mísseis foram tão bombardeados que não conseguiram passar por aquela nuvem de entulho. Um dos projéteis atingiu em cheio um carro suspenso no ar, o outro explodiu contra um pedaço de muro de dez metros quadrados.

O estrondo das duas explosões foi tremendo e fez com que várias criaturas olhassem para o céu.

Pedaços do carro em chamas e fragmentos de alvenaria choveram sobre a multidão de zumbis, enquanto, mais à frente, os vários elementos atirados por Jezebel começaram a cair no solo.

— Protejam-se! — coronel Fernandes gritou e se abaixou atrás de uma muralha de sacos de areia.

Um utilitário prateado caiu na rodovia cerca de cinquenta metros adiante da posição deles, e veio capotando e quicando no asfalto quente. O veículo se estatelou contra uma das barreiras de sacos de areia, voando por cima das cabeças dos soldados que ali se abrigavam.

196

Em segundos, tudo o que Jezebel jogara atingiu a pista. Alguns desses projéteis improvisados caíram no meio da horda de zumbis que avançava mais à frente, esmagando as criaturas.

— Senhor, não consegui atingir o blindado. Ela lançou várias coisas contra nós e estamos longe demais... — O piloto começou a frase tentando se explicar, mas se interrompeu.

A aeronave deu uma violenta guinada à frente, como se tivesse levado um solavanco. Depois outra e mais outra. A sensação de peixe sendo fisgado já era conhecida pelo piloto e se repetia. Ele tinha que se livrar da influência de Jezebel antes que fosse tarde demais.

Ivan e os outros viram o helicóptero dançando no ar como se fosse pilotado por um bêbado tentando entender o que estava acontecendo.

— Senhor, ela nos pegou, vou recuar! Repito: eu vou recuar! — o piloto falava aos gritos, tentando controlar a aeronave que mais parecia um cavalo selvagem.

— Recue rápido! — Ivan berrou.

O helicóptero começou a se afastar de costas, buscando se livrar do comando de Jezebel. O piloto fazia um esforço descomunal para não perder o controle da aeronave.

Passados alguns segundos de apreensão, o helicóptero se estabilizou e o piloto conseguiu controlar a aeronave.

As criaturas estavam a cerca de trezentos metros de distância e eles não contavam que Jezebel protegeria o blindado com todos os seus poderes. Ivan decidiu iniciar o plano de combate que haviam preparado.

— Podem disparar os lança-mísseis! — Ivan ordenou pelo rádio.

Quatro homens distribuídos em pontos específicos da rodovia dispararam, quase simultaneamente, projéteis explosivos contra a massa de zumbis, que avançava direto contra os soldados. Eles estavam mais próximos da horda, a cerca de cem metros das primeiras criaturas.

Quando os projéteis explodiram, vários zumbis foram arremessados aos pedaços pelo ar, espalhando pela pista vísceras, sangue e membros amputados. E tudo isso era a menor das preocupações de Jezebel.

As explosões atearam fogo a uma imensa faixa de óleo que os homens de Ivan espalharam no asfalto. O fogo se espalhou depressa, incendiando uma área de mais de mil metros quadrados.

Os seres em chamas começaram a se debater, enlouquecidos. Eles batiam uns contra os outros, se pisoteavam, se arrastavam no chão. Era uma cena perturbadora, de puro caos.

Centenas de zumbis correram na direção de Ivan e seus homens, transformados em verdadeiras bolas de fogo.

— Atirem à vontade! Atirem apenas nas criaturas na linha de frente, não desperdicem balas contra os seres mais distantes! — Ivan comandou.

Incontáveis fuzis abriram fogo ao mesmo tempo, derrubando as criaturas em chamas. Crânios carbonizados eram reduzidos a pedaços com a potência dos tiros.

Uma espessa nuvem negra subia pelo ar e o cheiro de carne podre queimada se espalhou rapidamente. Então, os tiros cessaram. A confusão com o incêndio era enorme e a horda detivera seu avanço. Nem mesmo Jezebel era capaz de fazer um zumbi avançar contra o fogo. Ao se aproximar do calor, as criaturas recuavam imediatamente; era o único instinto de sobrevivência que possuíam.

Mas o fogo começava a extinguir; o óleo não queimaria para sempre.

Nessa hora, o que todos viram foi o helicóptero voar na direção oposta, de São Paulo, afastando-se da horda de zumbis, deixando a batalha para trás. Em alguns instantes, ele sumiu de vista.

Então, Ivan ordenou pelo rádio:

— Artilharia! Agora é hora do ataque total, mandem tudo o que nós temos!

Morteiros, obuses e canhões despejaram dezenas de bombas e granadas atrás da linha de gasolina atingindo em cheio o coração daquela horda de seres.

Pelos binóculos, Ivan, coronel Fernandes e tenente Hugo viam as explosões acontecendo. A estratégia era aproveitar o momento em que os zumbis não conseguiam avançar para encurralá-los entre uma linha de explosões de um lado e o incêndio do outro.

Os três viram subir ao céu mais carros, pedaços de paredes, árvores e tudo o mais que Jezebel conseguia arremessar contra eles.

— Ela está atacando, protejam-se! — Ivan ordenou.

Muitos se abaixaram atrás das imensas paredes de sacos de areia. Vários soldados chegaram a se enfiar debaixo de alguns dos Urutus, buscando um local mais seguro.

Um carro caiu no meio do grupo. Uma árvore se espatifou logo atrás deles, sem surtir efeito. Pedaços de blocos e paredes caíam nos arredores. Um desses projéteis improvisados quase atingiu um grupo de soldados, mas a única vítima foi uma metralhadora de .50 milímetros que ficou destruída. Jezebel ainda estava distante demais e eles precisavam manter essa vantagem sobre ela.

— Fogo novamente! Despejem tudo neles! — Ivan gritou.

Mais morteiros e canhões disparavam. Alguns faziam disparos frontais que atravessavam as chamas para explodir no meio da horda. Outros disparavam para cima e os projéteis subiam e depois caíam verticalmente, explodindo mais seres, causando enorme estrago naquela marcha.

A grande preocupação de Ivan era Jezebel usar seus poderes diretamente contra ele e seus soldados. Mas ela estava ocupada em lançar objetos para conter os ataques aos seus comandados. A quantidade de explosões sobre os zumbis era tão grande que os seres eram dizimados aos milhares. Cada explosão, no meio da massa compacta de criaturas, derrubava centenas de mortos-vivos apenas com a onda de choque.

Quando viu que o fogo estava se apagando, atingindo um ponto crítico, Ivan mandou os Urutus avançarem. Era hora de conter as criaturas para o mais longe possível para que o ataque da artilharia continuasse eficiente. Se começassem o combate corpo a corpo, o uso dos canhões e morteiros precisaria ser interrompido.

— Blindados, chegou a hora! Mantenham esses monstros fora do alcance de nossas tropas! — Ivan ordenou pelo rádio.

Oito Urutus avançaram contra a horda, formando uma linha defensiva. Os blindados pararam alguns metros antes da linha traçada pelas chamas, que começavam a se apagar.

Quando as criaturas conseguiam atravessar o fogo, eram recebidas pelos lança-chamas, que as torravam vivas. Quando não era o fogo que abatia os zumbis, as metralhadoras de grosso calibre despedaçavam os seres, estraçalhando membros ou arrancando cabeças.

Em instantes, uma verdadeira pilha de seres trucidados e em chamas foi se formando, obstruindo ainda mais a passagem de outras criaturas na direção das forças aliadas.

A artilharia continuava bombardeando a horda de seres, que não conseguia avançar e permanecia presa atrás da linha traçada pelos Urutus. A armadilha mortal arquitetada por Ivan funcionava perfeitamente.

O tanque de Jezebel permanecia parado, encurralado. Estava cercado de zumbis por todos os lados, por isso, também não conseguia avançar para forçar a passagem entre os Urutus.

— É só isso, Jezebel? Você não tem mais nada para oferecer? Esse é seu melhor ataque? — Ivan perguntou em voz baixa para si mesmo. — De hoje você não passa. Juro que a sua história se encerra antes do fim do dia...

Ivan teve suas conjecturas interrompidas por uma chamada no rádio. Era o piloto do helicóptero:

— Senhor, estamos prontos.

— Podem atacar — Ivan falou, imediatamente.

Coronel Fernandes e tenente Hugo assentiram; era agora ou nunca.

O Sabre mergulhou, veloz, na direção do tanque, se aproximando rapidamente e disparou dois mísseis.

O helicóptero tinha dado uma volta de mais de vinte quilômetros em modo silencioso para se aproximar chamando o mínimo de atenção. Diversas criaturas se viraram, atraídas pelo barulho. O tanque de Jezebel iniciou uma problemática manobra para tentar se voltar na direção do som, mas era tarde demais.

Os dois projéteis atingiram em cheio a lateral do tanque. A explosão foi tão forte que o blindado acabou arrancado do chão, girando no ar de lado, caindo de ponta-cabeça e finalmente tombando sobre o lado direito. As lagartas do blindado foram arrancadas e abriu-se um rombo de mais de um metro e meio de largura na lateral. Uma coluna de fumaça subiu dali e as chamas vazavam pelo rombo, deixando claro que o interior do veículo estava tomado pelo fogo.

Centenas de zumbis voaram longe. Alguns em chamas, outros reduzidos a pedaços. Órgãos internos e vísceras se espalharam numa distância de mais de vinte metros.

Os soldados gritaram e vibraram. Coronel Fernandes e tenente Hugo se cumprimentaram, eufóricos. O único que se manteve comedido foi Ivan.

— Atenção, equipe do helicóptero, ataquem de novo! Mandem a segunda carga, rápido! — Ivan ordenou, certo de que a vitória estava mais próxima do que nunca.

O helicóptero fez meia-volta, centralizando o blindado novamente na mira. Em seguida, mais dois mísseis rasgaram o ar soltando um silvo.

Os projéteis atingiram a parte de baixo do veículo tombado. Os dois mísseis praticamente explodiram dentro do tanque e a energia liberada fez a blindagem se rasgar como se fosse de papel, distribuindo estilhaços mortais, tal como uma granada, para tudo o que estivesse ao redor.

Dessa vez, a euforia foi total. Ivan finalmente vibrou. Ainda mais pelo que aconteceu em seguida.

Os zumbis, que tentavam sem descanso atravessar a barreira de chamas e tiros criada pelos Urutus, magicamente começaram a se dispersar. Foi como se os seres tivessem sido libertados do controle de Jezebel.

Relatos empolgados partiam de todos os lados.

— Senhor, Jezebel está morta! Não tem mais ninguém controlando os zumbis! — um dos homens gritou no rádio.

— Eu também acho, os mortos-vivos estão saindo da estrada e se dispersando — outro afirmou, eufórico.

Ivan cumprimentou o piloto pela vitória.

— Parabéns, rapaz, sua estratégia funcionou brilhantemente! — O coronel Fernandes apertou forte as mãos de Ivan.

— Muito obrigado, meus amigos. Vamos aproveitar e destruir essa horda; não podemos perder a chance de matar tantos zumbis de uma só vez. — Ivan se mostrava eufórico.

Os dois oficiais concordaram de pronto.

— Homens! Matem todos! — Ivan bradou no rádio.

Gisele, Zac, Dias, Souza, Silva, Silas e outra dezena de líderes de combate chamaram seus comandados e começaram a avançar. Eles estavam em centenas de soldados, todos em jipes, caminhões e demais veículos.

Cerca de cinquenta soldados ficaram para trás, vigiando os arredores e cuidando para que nenhuma criatura os atacasse pelos flancos. Alguns zumbis desgarrados surgiam, atraídos pelos sons ensurdecedores das explosões e tiros, mas eram rapidamente abatidos, antes de se aproximarem.

Os soldados se juntaram aos Urutus na matança implacável. A carnificina de zumbis era de milhares, todos abatidos por tiros de fuzil, metralhadoras e escopetas. A massa de seres tombava depressa.

O helicóptero dava rasantes sobre a horda, derrubando com tiros da metralhadora giratória inúmeros seres. Seria impossível calcular, àquela altura da batalha, quantos ainda restavam.

Uma moça chamada Janaína, que estava próxima de Ivan e dos dois oficiais do exército, suspirou, aliviada. Enfim, ela sentiu o peso enorme saindo de sobre seus ombros, após semanas de medo e insegurança de como seria lutar contra aquela mulher infernal. Agora, estava tudo terminado e, em breve, todos voltariam para casa.

Janaína olhava para a direção dos zumbis e tudo o que podia divisar confirmava a vitória. A maioria dos seres derrubados, mortos ou pelo menos despedaçados, sem condições de locomoção.

Mas em meio a muita fumaça, alguns que ainda se colocavam em pé com dificuldade, mas atordoados, sem rumo, ela avistou algo que chamou sua atenção. Havia um deles parado no meio da rodovia, sem parecer afetado pelo bombardeio, a uns trinta metros de distância, logo atrás das peças de artilharia — exatamente onde acabava toda a linha defensiva das tropas de Ivan e seus aliados.

Não havia dúvidas de que era um zumbi. Suas roupas estavam imundas e esfarrapadas. E era uma mulher, pois tinha longos cabelos cacheados.

Janaína pegou o binóculo para enxergá-la, tentando entender por que aquela criatura não se mexia. Quando viu o rosto do ser, Janaína soltou um grito e o binóculo caiu de suas mãos. Ivan se voltou para a moça, assustado com o berro de terror. Ela estava lívida, sem conseguir falar.

— O que houve, Janaína? — Ivan perguntou, fitando a moça, que parecia em estado de choque.

Mas ela não respondia, sua voz ficara presa na garganta, tamanho era o pavor. Sua boca tremia tanto que foi quase impossível entender o que ela dizia:

— Anticristo... — ela falou, olhando na direção do zumbi.

Ivan arregalou os olhos e buscou seu binóculo para tentar enxergar. Mas quando levava o instrumento aos olhos, ouviu um grito ao seu lado e viu o exato momento em que a cabeça de Janaína se virou ao contrário, emitindo um som grotesco de vértebras se partindo.

O pescoço de Janaína foi quebrado com tamanha violência que a pele se rompeu e o sangue jorrou sobre Ivan.

Ivan, coronel Fernandes e todo aquele grupo de combatentes estavam agora frente a frente com Jezebel.

* * *

Jezebel fitou aquele grupo de soldados mais próximos com os olhos faiscando de ódio. Mas eles não eram sua prioridade. Seus planos mais imediatos eram outros.

Jezebel olhou para o helicóptero que sobrevoava a massa de zumbis, agora mais próximo dela. Era a chance que precisava.

O piloto imediatamente sentiu que havia algo amarrado ao helicóptero. Tentou recuar, mas não conseguiu. A aeronave começou a ser arrastada, a despeito de toda a força do motor posta na direção contrária e parecia flutuar no ar arrastada na posição inclinada como se não oferecesse a menor resistência.

— Não pode ser!!! O que está...? — Mas o piloto tentava entender o que estava acontecendo.

Então, o helicóptero foi puxado com violência para baixo, virando de lado no ar enquanto caía rapidamente. A equipe rolava dentro da cabine do aparelho e o piloto foi arrancado de seu assento e arremessado contra o vidro de uma das janelas.

Um dos soldados bateu com tanta força contra uma das portas da aeronave que ela se abriu e ele despencou do interior do aparelho, estatelando-se contra o asfalto da rodovia, no meio do campo de batalha.

Soldados e zumbis olharam para cima ao mesmo tempo, vendo a aeronave desgovernada perdendo altitude e vindo em sua direção. O pânico se instalou e os motoristas dos vários veículos tentaram se afastar daquele choque. A primeira parte a atingir o chão foram as hélices do rotor principal, que giravam em altíssima velocidade. Elas arrancaram faíscas do asfalto antes de se despedaçarem e fragmentos de aço voarem para todas as direções.

Um desses fragmentos, com quase dois metros de comprimento, atingiu um dos caminhões de transporte de soldados, dividindo dois homens ao meio. E, por fim, o aparelho atingiu o chão, explodindo em seguida. O piloto, o soldado Antunes e todos os tripulantes morreram na hora.

Quando a aeronave explodiu, os mísseis restantes também foram detonados, liberando tanta energia que fez capotar três carros e matou mais de cinquenta homens e mulheres que estavam próximos do ponto de impacto, além de centenas de zumbis. Um carro a mais de trinta metros de distância teve seus vidros trincados e soldados dentro do veículo tiveram os tímpanos perfurados.

Diante da cena que a cada direção ficava mais assombrosa, Ivan girou o corpo para erguer seu fuzil na direção de Jezebel, mas era tarde demais.

Uma onda de energia partiu de Jezebel e se espalhou num grande raio ao seu redor e se expandiu rápido, alcançando todos em seu caminho.

Era um estranho poder que empurrava pessoas, armas, pó, fragmentos de entulho, galhos de árvore e tudo o mais que houvesse nos arredores, formando verdadeiros anéis de destruição.

Ivan, coronel Fernandes e tenente Hugo, junto com vários soldados, foram os primeiros a serem derrubados. Ivan sentiu como se levasse uma marretada no peito e caiu a mais de cinco metros de distância. O tenente Hugo sentiu o músculo cardíaco se romper com o impacto. A angina moeu seu peito de tanta dor e ele caiu fulminado por um infarto.

As peças de artilharia foram arremessadas longe. Canhões, morteiros e obuses voavam para trás, girando no ar desengonçados e, finalmente, tombando no chão.

Gisele estava mais distante, por isso ela viu aquela onda invisível de devastação se aproximando. Aquilo vinha deslocando tudo a uma velocidade impressionante. Pessoas, zumbis, carros, pedaços de árvores, entulho, tudo era movimentado por aquele poder sobrenatural.

Gisele se jogou no chão e se agarrou à mureta de proteção. Então, percebeu um zumbi se aproximando dela, rosnando como um cão raivoso. Mas, antes que se aproximasse, a onda de choque o atingiu, fazendo seus dentes podres se despedaçarem completamente e arremessando-o para fora da rodovia.

Gisele sentiu o impacto no seu corpo inteiro. Encostou a testa no chão e trincou os dentes, abraçando o *guard rail* com toda a força, com medo de ser arrastada também. A moça conseguiu se segurar entrando numa espécie de vala entre a rodovia e a área de mata, mas os demais não tiveram a mesma sorte.

Ela viu caminhões serem arremessados longe, jogando soldados pelo ar. Urutus tombando, centenas de homens e mulheres, e milhares de zumbis, serem lançados a metros de distância de onde estavam. Até os restos do helicóptero que jaziam em chamas no chão foram jogados longe, espalhando corpos carbonizados pelo asfalto. Casas, prédios, postos de gasolina, comércios de beira de estrada, tudo se desintegrava como se fosse atingido por um terremoto. Paredes ruíram, telhados foram arrancados fora, estruturas iam abaixo.

Os soldados com os lança-mísseis, que foram posicionados em pontos estratégicos nas laterais da rodovia, também foram estrategicamente arrancados dos seus postos, voando nas alturas. Até mesmo as árvores se dobraram, como se tivessem sofrido a passagem de um furacão. Em menos de trinta segundos, aquela tormenta acabou, deixando quase tudo em ruínas. No centro do círculo de destruição permanecia Jezebel, indiferente ao caos que provocara.

Ela olhou em torno e não viu um único ser humano de pé. Vários se encontravam atordoados e feridos, e mais de cem já estavam mortos.

E, mais indiferentes à dor, os zumbis começaram a se levantar. Novamente comandados por Jezebel, as criaturas voltaram a se reagrupar e avançaram contra o grupo de soldados. Homens e mulheres que ainda tentavam se erguer foram atacados por zumbis que pareciam ainda mais enfurecidos, impulsionados pela raiva sem limites de Jezebel.

Souza tentou se levantar quando um zumbi o agarrou pelo ombro e mordeu seu pescoço, rasgando-lhe a pele.

O jovem soldado gritou de dor e esmurrou o ser com violência, fazendo-o cair. Porém, quando sacou a pistola do coldre, mais dois zumbis se jogaram sobre ele, que rolou pelo chão. Um dos seres cravou os dentes no seu peito, o outro agarrou seu antebraço e rasgou a sua carne a dentadas. E ao gritar de agonia o soldado atraiu ainda mais feras. Era atacado e mutilado de todas as direções. Ele fechou os olhos e parou de gritar; aceitou a morte, esperando que, em algum lugar, Deus o recebesse de braços abertos.

Dias e Silva foram cercados e massacrados pelos zumbis, que agora infestavam todos os lugares e atacavam até mesmo os cadáveres dos soldados mortos pelo ataque de Jezebel. A rodovia se tornou palco de uma enorme carnificina. Por todos os lados, soldados gritavam em agonia, para em seguida silenciar para sempre.

Silas foi agarrado por um grupo de seres que o derrubaram no chão. Ele sentiu sua carne sendo lacerada em diversos pontos, causando uma dor que se espalhou em cada centímetro de seu corpo. Ele trincou os dentes e respirou fundo, fazendo um último esforço para se libertar, mas lutava contra mais de meia dúzia de zumbis. Um dos seres avançou contra seu rosto, mas Silas o puxou contra si.

— Você vai comigo, filho da puta... — balbuciou, no limite de suas forças.

Em seguida, sacou a pistola, encostou a arma na própria têmpora e apertou o gatilho. O projétil atravessou seu crânio e explodiu a cabeça do zumbi, ambos tombaram.

Ao se erguer, Zac se viu cercado por seres que avançavam contra ele. Mas, de posse de seu fuzil, abriu fogo contra o grupo que tentava cercá-lo.

A primeira onda de zumbis tombou fulminada pelos disparos, atrapalhando o avanço dos demais.

Em seguida, Zac fugiu saltando sobre o *guard rail*, saindo da rodovia, correndo para dentro do bairro e se afastando daquele cenário de horror.

Gisele rolou sob o *guard rail* e saiu da rodovia também, porém, pelo lado oposto ao de Zac. Ela corria, se afastando ao máximo de Jezebel. Sabia que para aquele demônio, matá-la bastaria um olhar. Era como correr com um alvo nas costas.

Gisele virou na primeira esquina que encontrou e continuou em disparada. Havia zumbis por todos os lados naquela parte do bairro. Alguns eram membros da horda comandada por Jezebel, outros já estavam vagando por ali. Depois de mais de um ano acostumada a matar zumbis, Gisele se via novamente numa situação já esquecida: a de ser a caça.

Entrou numa clínica que tinha um grande portão de ferro. Correu para dentro do imóvel e saiu de lá com uma cadeira que usou para travar o portão no instante em que um grupo de dez criaturas chegou e começou a se debater nas grades. Gisele entrou na clínica, trancou a porta e foi buscar tudo o que poderia barrar a entrada de zumbis por ali.

Jezebel se aproximou de um soldado caído no chão e quando ele fez menção de se levantar, ela soltou um urro animalesco, agarrou seu rosto com ambas as mãos e mordeu o rosto do rapaz. O sangue espirrou na cara dela, que continuou a se alimentar indiferente. O infeliz, já gravemente ferido, caiu para trás, batendo a cabeça no asfalto, mas Jezebel não fazia aquilo apenas por fome. Agarrou a cabeça dele e leu sua mente: queria saber quem eram Ivan e coronel Fernandes e onde eles estavam.

Então, ela lançou um olhar na direção de Ivan, que se encontrava caído a apenas alguns metros de distância. Enfim, ela o encontrara. Olhou com prazer para a presa, que fornecera a informação valiosa. Em seguida, o crânio do soldado explodiu com violência, o corpo teve um longo espasmo e ele exalou o último suspiro. Sem demora, Jezebel se dirigiu na direção de seu maior inimigo.

Ela caminhou tranquila até Ivan, que lutava para se colocar de pé. Ele estava com o ombro deslocado e, provavelmente, algumas costelas quebradas, e não tinha se dado conta de que seria a próxima vítima. Sua cabeça girava e seu corpo inteiro doía.

Ele apoiou um dos joelhos no chão e olhou para o lado. Conseguiu avistar coronel Fernandes andando com dificuldade, arrastando a perna direita e tentando fugir do campo de extermínio. Esperava que ele conseguisse, ao menos, avisar aos sobreviventes do Condomínio Colinas o que havia acontecido. No fundo, esperava sobretudo que o coronel avisasse Estela. Ao menos sua mulher e seus filhos talvez tivessem a oportunidade de fugir.

Outros dos soldados mais próximos dele que haviam sobrevivido ao ataque inicial se ergueram também, mas por pouco tempo.

Numa sequência incrivelmente rápida, os pescoços daqueles homens e daquelas mulheres foram se quebrando, um após o outro, e aquele barulho foi o rastro que fez Ivan olhar em direção à Jezebel.

Um dos homens tentou atirar, mas foi arremessado para trás, batendo as costas contra um dos Urutus tombados. Quando fez menção de se levantar, foi arremessado de cabeça contra o blindado e seu crânio esmagado. Jezebel continuou avançando, matando cada soldado.

Então, Ivan sentiu uma pequena mão — porém, fortíssima e dura como aço — agarrá-lo pela garganta, arrancando-o do chão com facilidade.

* * *

Estela aguardava notícias na saleta ao lado da sala de rádio do Condomínio Colinas. Junto dela estavam Adriana, Isabel, Canino, Mariana, Sandra e Oliveira. No carrinho de bebê, dormia a pequena Ingrid, filha recém-nascida de Adriana.

Estavam todos impacientes, angustiados, e tentavam manter a confiança.

Mariana conversava com Adriana, enquanto Isabel falava com Canino. Aquela demora fazia Estela sentir uma dor, um peso nos ombros, muito além de qualquer preocupação. Pegou um copo d'água para beber, mas, quando o levou à boca, seus olhos saíram de foco. O copo de vidro escorregou de suas mãos e se espatifou no chão.

Todos se sobressaltaram e, ao perceberem o olhar distante de Estela, tentaram ajudá-la, imaginando que ela talvez estivesse passando mal novamente.

— Meu Deus, Ivan... — Estela balbuciou, sentindo os olhos se encherem de lágrimas.

Ela sentia que a vida de seu marido estava no fim.

CAPÍTULO 8
A HORA DE GISELE

JEZEBEL APERTAVA O PESCOÇO DE IVAN com uma única mão. Ivan estava a ponto de perder os sentidos. Ela ria, enlouquecida, alucinada de prazer e excitação pelo desespero crescente dele. Ivan ainda gritou algumas vezes, mas suas forças estavam esgotadas.

Ela sentia uma vontade imensa de matá-lo ali mesmo, arrancar seu coração e devorá-lo naquele instante. Mas queria saborear aquele momento. Foram meses de espera por aquele dia. Quando sentiu que Ivan atingira o limite de suas forças, Jezebel decidiu soltá-lo. Ele não morreria tão facilmente depois de tudo que ela sofrera.

Jezebel queria se divertir como um gato brinca com um rato antes de aplicar o golpe de misericórdia.

Ela o arremessou no chão com tamanha violência que ele pensou que sua espinha havia se partido. Jezebel parecia ter a força de dez homens, apesar de, no íntimo, Ivan saber que aquilo tudo era apenas uma das manifestações do poder sobrenatural daquele demônio.

Ivan apoiou as mãos no chão, tentando se levantar. Ele podia morrer, mas não seria de joelhos. No entanto, antes que Ivan conseguisse se erguer, Jezebel pisou nas suas costas e ele sentiu todo o ar sendo expulso dos pulmões.

— Aonde você pensa que vai? — Jezebel perguntou com uma voz perturbadora.

— Mate-me, desgraçada. É isso que você quer fazer; está esperando o quê? — Ivan rosnou entredentes, com o rosto colado no asfalto e gotas de sangue respingando de sua boca.

Jezebel olhou bem para Ivan caído diante de si, com o pé ainda sobre suas costas. O olhar dela era estranho, como se o analisasse. Na realidade, ela lia a mente dele.

A cabeça de Ivan começou a doer. O poder monstruoso de Jezebel causava-lhe a sensação de que alguém invadia o seu cérebro. Jezebel dissecava as memórias dele com brutalidade.

Ivan se sentia quase sem ar, pronto para desmaiar de novo. Então, Jezebel aliviou a pressão. Ela se abaixou ao lado de Ivan, colocou a mão no ombro dele e falou:

— Ivan, você é patético! Pensou mesmo que eu seria tão estúpida a ponto de andar por aí dentro de um tanque de guerra, quando seria infinitamente mais seguro me misturar ao meu grupo de milhares de irmãos? Sua arrogância não tem limites, seu ego é tão grande que você não consegue imaginar uma atitude inteligente de quem quer que seja, não é mesmo?

Ivan respirou fundo e engoliu em seco. Jezebel tinha razão. Ele fora arrogante e pretensioso, e agora todos estavam pagando pelos seus erros.

— E agora, mais uma vez, você tem as mãos sujas de sangue. Olhe ao redor! Vislumbre a sua obra! — Jezebel puxou Ivan pelos cabelos, forçando-o a olhar em torno.

Tudo estava destruído. Carros, tanques, caminhões, peças de artilharia; absolutamente tudo.

Mas o pior eram os soldados mortos. Centenas de pessoas que seguiram suas ordens e por isso perderam suas vidas. Ou pior ainda: transformavam-se em zumbis, o destino que todos eles mais abominavam.

Ivan fechou os olhos, cheios de lágrimas, e tentou conter o desespero. Não queria se descontrolar, mas estava muito difícil permanecer calmo. Tudo que ele queria era morrer. Mas havia uma pergunta que precisava fazer, por mais absurdo que fosse.

— Você está louca... Como assim "mais uma vez ter as mãos sujas de sangue"? De que diabos está falando? — Ivan perguntou, ofegante, no limite de suas forças.

Jezebel o encarou de uma forma estranha.

— Você não faz ideia mesmo? — Jezebel perguntou, estreitando os olhos.

— Mas do que...? — Ivan tentou perguntar, débil, porém a pergunta morreu na sua garganta.

— Eu estou falando de você e sua esposa Ivan, sua querida Estela. Eu não sei como, mas vocês juntos já mataram mais pessoas do que eu serei capaz de matar nessa vida. Podem me chamar de monstro, mas garanto que os verdadeiros demônios são vocês! — Jezebel praticamente gritou.

— Nós praticamente só matamos zumbis, do que você... — Ivan tentou argumentar, mas Jezebel não deixou ele concluir a frase.

— Mentiroso! Hipócrita! Toda essa sua pose de herói, de protetor dos fracos, mas você não passa de um assassino em série! Eu vi, Ivan! Um número incontável de cadáveres! — Jezebel falou em tom acusatório.

Ivan, naquele momento derradeiro, não sabia o que falar ou o que pensar. Jezebel parecia ter enlouquecido de vez. Ou talvez a explicação fosse outra, impensável e terrível.

— Você é uma grande decepção, Ivan... Eu esperava mais. Algum recado para Estela? Estou indo atrás dela. Talvez tomar um café na sala de sua casa, junto com seus filhos...

— Deixe-os em paz, sua cadela! — Ivan berrou, desesperado, socando o chão, sem conseguir se soltar da pressão de Jezebel.

— Isso, Ivan! Desespere-se! Grite! Grite mais alto! Agora começa a ficar mais interessante! — Jezebel provocava, alucinada de satisfação. Aquele dia estava sendo muito melhor do que sonhara.

Jezebel puxou-o pelo cabelo e falou bem perto de seu ouvido:

— Veja, Ivan, seus amigos estão vindo dizer um "oi". Que tal cumprimentá-los?

Ivan olhou para a frente e viu Souza, Dias e Silva caminhando na sua direção. Eles vinham cambaleantes, com olhos brancos e corpos dilacerados. Era quase impossível reconhecê-los. As fardas estavam em frangalhos. Eles o observavam com voracidade, famintos, babavam sangue misturado a pedaços de pele — e agora foram liberados por Jezebel para matar seu ex-comandante.

— Adeus, Ivan... Prometo que a última coisa que seus filhos e sua esposa verão nesta vida será a minha cara. Irei me divertir com eles mais do que com você agora.

Aquilo fez Ivan berrar ainda mais de desespero e impotência.

— Mas a surpresa é que levarei você comigo. Talvez eu o deixe matar algumas de suas crianças. Vou fazê-los implorar, sofrer! Matheus, Ana, Eduardo, Mônica, todos eles! Todos!

Os três zumbis estavam muito próximos e Ivan tentou uma ação desesperada:

Ele levou a mão ao coldre e sacou sua pistola. Mas, antes que pudesse fazer qualquer coisa, seu corpo inteiro travou, como se algo muito pesado o esmagasse. Ivan tornou a gritar. Parecia que os ossos furavam sua carne.

— De novo me subestimando, Ivan? Achou mesmo que eu não leria seus pensamentos? Você só pode estar brincando! — Jezebel bradou, furiosa, levantando-se e liberando passagem para os zumbis que se adiantavam para o banquete.

Ivan não respondeu. Fechou os olhos e encostou a testa no chão, derrotado. Não fazia mais sentido resistir. Então, despediu-se mentalmente de sua família...

As três criaturas grunhiam, cercando Ivan, quando o som de um tiro de fuzil encheu o ar.

O projétil explodiu o crânio de Souza, que caiu fulminado e atingiu o rosto de Jezebel, que desabou no chão com a força do impacto.

Aquilo libertou de novo daquele estado de imobilidade todos os milhares de zumbis que estavam ao redor, bem como Ivan.

Ele se levantou o mais rápido que pôde, lutando contra todas as dores, e se virou na direção de Jezebel, que tentava se levantar após o impacto do disparo. Meros três centímetros acima e o tiro teria sido fatal.

Ivan ergueu a pistola, mas no momento em que começou a atirar contra Jezebel, vários zumbis cortaram seu caminho, atrapalhando sua pontaria.

Porém, um dos disparos atravessou a garganta dela e mais um atingiu sua boca, rasgando a gengiva, destroçando vários dentes e saindo pela bochecha. Jezebel tornou a cair, sumindo da vista de Ivan atrás do grupo de zumbis que o cercava.

Impossibilitado de tentar um novo ataque, a Ivan só restava fugir.

Ele mancou até o *guard rail*, rumando na direção oposta de onde o tiro partira, abrindo caminho à bala enquanto passava pelos seres que vinham de todos os lados. Ivan ouviu mais disparos de fuzil e mais criaturas à sua frente caíram, facilitando sua fuga.

Quando saltou sobre o *guard rail*, ele arriscou uma olhada rápida por sobre o ombro.

Ivan avistou coronel Fernandes sobre uma casa, a mais de cem metros de distância. Ele estava apoiado sobre um dos joelhos e disparava contra os zumbis como franco-atirador. Sua exímia pontaria falhara em matar Jezebel, mas pelo menos ele pode salvar o líder do condomínio de São José.

Ivan lançou um último olhar de agradecimento para o velho soldado e correu. Em seu encalço, milhares de zumbis. Era uma marcha rápida, mas trôpega pela dor dos vários ferimentos. Quando entrou por uma das ruas, Ivan sentiu o chão tremer sob seus pés e ao olhar para trás viu uma verdadeira explosão jogar pelos ares inúmeros zumbis. Jezebel estava furiosa.

— Ivan! Seu maldito, eu vou pegar você! — Jezebel gritava. Sua voz soava ainda mais estranha por conta da boca destruída e das cordas vocais arrebentadas.

As casas e os prédios da rua foram sendo destruídos em sequência, com o mesmo efeito de ondas de choque. Uma verdadeira tempestade de vidro e entulho varria o bairro ao mesmo tempo em que tudo era desintegrado. Árvores, carros, postes eram arremessados por aquele poder devastador.

Ivan olhou para trás mais uma vez, aterrorizado. Era uma questão de poucos segundos para que aquela onda de destruição o atingisse. Então, avistou uma caçamba de entulho, acelerou e se jogou dentro dela. A tempestade atingiu a caçamba, arremessando-a longe e tombando-a, com Ivan dentro.

* * *

Coronel Fernandes praticamente se arrastou de volta até o quartel. Seu tornozelo estava quebrado e aquele último esforço para salvar Ivan o levara ao limite.

Ao entrar, ele viu, no final do corredor, a menina que Ivan e seus soldados resgataram. Ela estava abraçada ao seu urso de pelúcia caolho, no colo de uma mulher vestida com farda do exército que fora incumbida de tomar conta do quartel.

— Fujam daqui! Agora! — coronel Fernandes ordenou a ambas, acenando freneticamente.

A mulher pegou a menina pela mão e correu para os fundos do quartel, sumindo do campo de visão de Fernandes.

O coronel sabia que Jezebel viria atrás dele. E não sobrara um único veículo inteiro para fugir. Por isso, coronel Fernandes fez a única coisa que estava ao seu alcance.

Ele ligou o rádio e fez uma última chamada para sua filha.

* * *

Estela, cabisbaixa, tentava se acalmar após uma crise de pânico, enquanto Sandra, preocupada, media sua pressão arterial. Todos observavam a cena, apreensivos. E quando Estela ergueu o rosto e viu a expressão e a palidez de Ariadne, que acabara de entrar, vinda da sala de rádio, seu coração disparou.

— Jesus amado, você tem notícias? Aconteceu alguma coisa! — Estela se achava à beira do pânico, agora.

Ariadne respirou fundo e se dirigiu à filha do coronel, com o semblante muito grave e pesaroso:

— Mariana, seu pai quer falar com você. E ele disse que é urgentíssimo.

Mariana correu até o rádio, entrou na sala e fechou a porta. Sabia que todos estavam aflitos, que Estela estava desesperada, e tinha plena consciência de que o que seria dito ali era de interesse de todos. Mas, naquele momento, queria ter privacidade com o seu pai.

— Oi, pai — Mariana o cumprimentou.

— Oi, filhinha — o coronel respondeu e seu tom era inacreditavelmente carinhoso, algo que ela ouvira pouquíssimas vezes na vida, uma delas justamente quando sofrera o aborto.

Aquilo por si só era suficiente para saber que as coisas deram errado.

— Chegou a hora, não é? — Mariana mordeu o lábio inferior, tentava conter as lágrimas.

— Sim, filha, receio que sim. Nós não conseguimos, sinto muito — o coronel afirmou, com doçura e pesar.

— Alguém mais escapou? — Mariana engoliu em seco.

— Eu vi Ivan correndo, mas não sei dizer se ele sobreviveu. Aquela coisa destruiu tudo. Filha, ouça com atenção: Ivan me disse que o objetivo de Jezebel é matar a irmã a qualquer custo, e está óbvio que não vai

213

desistir. Por isso, ela vai para São José dos Campos. Era a vontade de Ivan manter Isabel a salvo. Portanto, só tenho uma coisa a dizer: fujam. Fujam para bem longe e não deixem que ninguém saiba seu paradeiro. Ela é cruel, perigosa e quer vingança.

Ao fundo, Fernandes ouviu o som do portão de metal sendo torcido e por fim quebrado. O demônio chegara.

— Pai, saia daí! Por favor, eu estou implorando, fuja desse lugar, venha para cá! — Mariana suplicou.

— Minha filha, esse momento já se foi. Eu queria ter mais tempo... mas, infelizmente... ela já está aqui. — O coronel escutou a porta principal sendo arrombada.

— Pai, você é meu maior herói... e eu tenho muito orgulho de ser sua filha... — Mariana falou, limpando as lágrimas.

— Eu também tenho muito orgulho da mulher que você se tornou. E eu a amo muito. Desculpe não ter dito isso mais vezes. — O coronel chorava. — Adeus, meu amor, vou encontrar sua mãe...

— Não, pai, não me deixa, por favor... — Mariana soluçava, inconsolável.

O rádio ficou mudo.

Coronel Fernandes levou a mão ao bolso da farda e retirou de lá uma foto. Nela estavam ele, a esposa e Mariana. A esposa, linda, usava um vestido de festa longo. O próprio coronel se mostrava muito elegante, de terno e gravata. E Mariana vestia uma beca de formanda e segurava, orgulhosa, seu diploma da universidade.

Uma noite perfeita e feliz. Apenas alguns poucos anos haviam se passado, mas parecia que aquilo tudo acontecera numa outra vida.

— Eu amo você, querida, mal posso esperar para reencontrá-la. Tenho muitas coisas para lhe dizer. — O coronel beijou a foto.

O coronel ouviu a porta se abrindo atrás dele e uma voz cortante como o aço falou:

— Olá, coronel. É um prazer encontrá-lo pessoalmente. — Jezebel, furiosa, se apoiava nas paredes, exibindo o rosto completamente desfigurado pelos tiros.

— Boa tarde, piranha, estava esperando por você. — O coronel nem sequer se virou. Apenas abriu as mãos, soltando a trava de segurança das granadas que segurava.

A explosão destruiu a sala inteira e jogou Jezebel, em chamas, contra a parede do corredor.

* * *

Dois dias se passaram desde o ataque destruidor de Jezebel em toda a tropa. Ao sentir um clima de maior segurança, Gisele decidiu sair do que sobrou do centro de estética.

Aquele, bem como vários outros imóveis, também fora praticamente destruído. Gisele olhou em volta e observou que num raio de centenas de metros nenhuma construção ficara de pé. Era como se uma bomba atômica tivesse sido detonada em Curitiba.

Ela andava pela rua, olhando em volta, tentando encontrar algum sinal de vida. Mas nada se mexia, com exceção de dois zumbis solitários que observavam algo no final da via.

Gisele estava na dúvida do que fazer. Sentiu vontade de retornar até o local da batalha, mas temia o que poderia encontrar. Estava assustada. Seria possível que ela fosse a única sobrevivente daquele massacre?

Foi quando ouviu um som. Um barulho metálico e distante. Algo como uma batida num pedaço de ferro que chamou sua atenção.

Gisele tentou apurar a audição, procurando localizar a origem do ruído. Estava relativamente perto, talvez algumas dezenas de metros de distância. Foi quando entendeu que o som vinha da direção dos dois zumbis. Ela se aproximou, sorrateira, aproveitando o fato de que os zumbis pareciam absortos com aquele som. Ao chegar mais perto, constatou que ambos olhavam para uma caçamba de entulho virada de cabeça para baixo.

Gisele sacou a pistola e explodiu os dois instantaneamente. Em seguida, aproximou o ouvido da caçamba e falou:

— Oi, quem está aí?

— Gisele... — Ivan murmurou.

* * *

Ivan e Gisele se esconderam num dos quartos no segundo andar de uma casa abandonada.

Ela insistira que ele precisava descansar. Ivan não tinha condições sequer de andar, era um milagre estar vivo.

— O que você está sentindo? — Gisele perguntou, preocupada.

— Quando eu respiro, dói. — Ivan abriu com dificuldade os botões da farda e conferiu a marca roxa na lateral do tórax. — Acho que quebrei algumas costelas, só espero não ter perfurado os pulmões.

Ele também estava cheio de escoriações, o olho direito roxo, fechado de tanto inchaço, e vários ferimentos no rosto.

— Você precisa descansar. Eu não sou capaz de ajudá-lo a andar e desse jeito não conseguirá ir muito longe. — Gisele sentiu vergonha de seus traumas e suas limitações. Mesmo naquelas condições, mal conseguia tocar o amigo.

— Temos que voltar para São José dos Campos. Precisamos alertá-los e minha família precisa de mim. — Ivan levou a mão ao rosto. Sentia-se febril e aquilo era um péssimo sinal.

Gisele decidiu não discutir. Nos últimos tempos, Ivan se tornara uma pessoa muito difícil, quase nunca escutava os outros.

Ela se levantou para ir ao banheiro. Depois descobriria uma forma de convencê-lo. Estava exausta, faminta e precisando dormir um pouco.

Ivan se deitou numa das duas camas de solteiro do quarto, tentando ficar mais confortável. Precisava descansar, embora, só de pensar nas palavras de Jezebel já sentisse calafrios. Agora, não tinha dúvidas de que ela cumpriria até a última ameaça, sobretudo depois de ele ter escapado.

Ivan estava quase pegando no sono, vencido pelo cansaço e pela dor, quando um barulho o sobressaltou. Era o som de alguém que teria tropeçado ao subir a escada ou algo parecido.

Ivan se levantou com dificuldade, apoiando-se no colchão. Precisava averiguar a origem do som. Mas estava sem munição. Quando chegou à porta, deu de cara com três zumbis e viu outros quatro subindo os degraus.

— Gisele! Zumbis! — Ivan gritou, tentando fechar a porta.

As três criaturas, dois homens e uma mulher, forçaram a entrada e chegaram cambaleantes ao quarto, empurrando Ivan para cima da escrivaninha.

Ivan segurou o primeiro pelo colarinho, procurando manter o grupo afastado, sacou a pistola descarregada, reuniu o que restava de suas forças e desferiu uma coronhada na têmpora do ser, que girou e caiu no chão.

Os outros dois zumbis pisotearam o primeiro atacante e avançaram contra ele, que foi recuando até a sacada do quarto, que dava acesso ao telhado.

Ivan repetiu o golpe e também acertou a mulher com uma coronhada no rosto. Mas não teve tempo de repetir o ataque contra o terceiro zumbi.

A criatura passou por cima da mulher e agarrou a roupa de Ivan, tentando morder-lhe o rosto. Desequilibrado e caindo para trás, Ivan girou sobre o parapeito da sacada e rolou pelo telhado junto com o ser.

Ambos batiam nas telhas, ora Ivan sobre o zumbi, ora a criatura sobre ele.

Quando chegaram à beira, Ivan conseguiu se soltar do ser e se agarrou, desajeitado, numa antena parabólica na beirada do telhado. O zumbi girou no ar e caiu na entrada da casa.

Ivan ficou pendurado. A altura não era grande, mas percebeu, desesperado, que havia pelo menos mais quinze zumbis na frente da casa, caminhando vacilantes na direção da porta de entrada. Se ele tivesse caído, estaria morto.

Para piorar, naquele ponto, a beira do telhado era contornada por uma calha que não dava o apoio necessário para subir de volta. Quando Ivan tentou apoiar um dos pés na calha, ela desmontou, quase derrubando-o. Ao tentar se equilibrar, Ivan bateu o tronco contra as telhas, exatamente no ponto que estava ferido.

As forças que reunira haviam acabado. Em outras condições, conseguiria subir. Naquele estado, impossível.

— Gisele... — Ivan murmurou, fechando os olhos e respirando fundo, sentindo as mãos escorregarem pelo suporte da antena, que não suportaria o peso dele por muito mais tempo.

Foi quando ouviu os primeiros tiros dentro da casa.

Gisele apareceu de pistola em punho e atirando. Ela veio pelo corredor e primeiro abateu a tiros as criaturas na escada. Quatro disparos e as cabeças de quatro explodiram.

Ela entrou no quarto e abateu o zumbi que já estava de pé e olhava de mãos erguidas para o alto. Gisele rapidamente fechou a porta do quarto e trancou à chave, impedindo outros seres de entrar. Foi para a sacada e, quando olhou para fora, Gisele entrou em pânico ao se deparar com Ivan quase caindo do telhado e dezenas de zumbis se aproximando pela rua.

Por uma fração de segundo, *flashbacks* espoucaram pela cabeça de Gisele. Um turbilhão de lembranças que sempre voltavam quando havia o menor risco que fosse de ela tocar ou ser tocada por um homem.

Escuridão. Medo. Dor. Sofrimento. O estupro. O cheiro da colônia de um homem maligno, perturbado.

Heraldo espancando-a. Heraldo sussurrando ameaças a cada nova investida. O peso do corpo nojento de Heraldo. Heraldo. Heraldo. Sempre esse nome, sempre esse rosto. Todos os dias, o tempo todo. Uma nuvem negra que a perseguia, envolvia, envenenava sua alma. Algo escuro e tóxico que a matava aos poucos. E se ela não reagisse, acabaria matando Ivan também.

Pensou então que, mesmo depois de morto, Heraldo estava prestes a fazer mais uma vítima.

Gisele pulou o parapeito com lágrimas nos olhos, correu pelo telhado e saltou, esticando a mão e agarrando o antebraço de Ivan.

Ela encostou a testa no telhado, segurando Ivan com uma das mãos e se agarrando à madeira que sustentava as telhas com a outra. Ele era pesado e quase não conseguia ajudá-la a sustentar o próprio peso. Gisele trincou os dentes e arriscou olhar para Ivan. Mas quem viu foi Heraldo. De novo.

Era Heraldo, não Ivan, pendurado no telhado. Ele olhou para ela com aquele rosto meio rechonchudo e pálido, com óculos de fundo de garrafa.

— Oi, vadia! Sentiu saudade de mim? Ajude-me a subir, eu vou recompensar você depois. — Ele sorriu com perversidade.

Gisele, por puro impulso, quase soltou o braço de Ivan. Seus instintos mais básicos lutavam contra seu lado racional.

— Vamos, piranha! Puxe! Ajude-me! Eu vou lhe dar um prêmio depois! Um prêmio enorme, do jeitinho que você gostava — Heraldo falou, cruel.

— Cala a boca! Você morreu! Eu matei você, de novo! Eu queimei sua carcaça, seu filho da puta! — Gisele gritou, com as lágrimas caindo.

Ela fechou os olhos e sacudiu a cabeça vigorosamente, tentando limpar a mente. Precisava jogar aquilo tudo fora. Gisele precisava se libertar.

Em seguida, num movimento brusco, girou o corpo e agarrou o braço de Ivan com a outra mão, segurando-o com mais firmeza. Seus cabelos colaram no pescoço suado dele. E quando abriu os olhos, Gisele viu Ivan olhando para ela.

— Sou eu, Gi. Ele se foi. Heraldo não pode mais machucar você. — Ivan, tremendo, engoliu em seco, fitando-a dentro dos olhos.

— Eu sei disso. Agora, eu sei. — Gisele ensaiava um sorriso por entre as lágrimas.

Em seguida, ela o puxou com toda a força, jogando todo seu peso para trás, assim, arrastando Ivan para cima do telhado novamente.

Ele estava ofegante e dolorido. Mas não podia se manter naquela posição, sobre a moça, mas Gisele o impediu de sair, prendendo-o a si.

— Não. Fica aqui comigo — Gisele murmurou, com lágrimas nos olhos, exausta, prendendo Ivan contra ela. — Está tudo bem, estou apenas me curando.

Finalmente, o fantasma de Heraldo fora embora para sempre.

* * *

Gisele e Ivan permaneceram deitados lado a lado no telhado. Era irônico estarem naquela situação.

— Eu fui a fim de você. Sabe disso, não é? — Gisele perguntou para Ivan, ainda segurando a mão dele com as duas mãos.

Ela era lindíssima e agora, provavelmente, a mulher mais bela daquele mundo em ruínas.

— Sim, eu sei — Ivan falou, sem jeito.

Apesar das circunstâncias, Gisele sorriu. Estava vivendo dois sentimentos bastantes distintos: alívio por estar livre da fobia que a atormentava nos últimos meses, e tristeza pelas mortes e pelo futuro bastante sombrio.

— Mas não se preocupe. Esse sentimento passou. Vejo você e Estela como dois irmãos e meus melhores amigos. — Ela sorriu.

— Fico feliz por isso. Eu e Estela torcemos muito por você, que merece ser feliz. — Ivan a olhava nos olhos.

De repente, ouviram o motor. Era um veículo escuro, talvez um sedã, que se aproximava, passando pelos zumbis que vagavam pela rua. E em poucos segundos, um farol alcançou os dois no telhado.

O veículo ficou parado por alguns instantes, iluminando a casa. Ivan e Gisele sentaram-se no telhado, levando as mãos aos olhos, tentando enxergar algo. Gisele conferiu a pistola; sua munição estava no fim.

— Espero que não seja encrenca! Será que é um dos nossos? — Ivan perguntou, ansioso.

— Não sei! — Gisele respondeu.

As criaturas começaram a se aproximar do veículo, fazendo menção de cercá-lo.

O motorista saiu do carro. Ele era alto, forte e estava vestido com farda militar. Deixou o sedã ligado com os faróis acesos, tornando impossível identificá-lo.

O homem puxou um fuzil e começou a disparar, atingindo com destreza o círculo de zumbis que se formava ao seu redor. Era alguém experiente, impossível de ser enfrentado, o que deixou Ivan e Gisele ainda mais preocupados.

Ele abateu dezenas de criaturas. E com agilidade trocou o municiador vazio por um novo, completamente carregado. Em seguida, crivou de balas mais seres. Em minutos, o visitante misterioso matou todos os zumbis.

Ele olhou ao redor para ter certeza de que todos estavam mortos; então, voltou até o carro jogando o municiador vazio no banco e pegando mais dois. E, finalmente, desligou o farol. Apesar de ser noite, agora foi possível enxergar o seu rosto.

Era Zac.

Gisele se colocou de pé num salto e correu, pulando sobre o peitoral da sacada e voltando para o quarto, enquanto Zac entrava na casa. Foi quando ela pensou que provavelmente havia outros zumbis no corredor.

Quando sacou a pistola, os sons dos tiros de fuzil estrondaram dentro da casa. Zac subia as escadas matando tudo o que encontrava pelo caminho. Em instantes, os tiros cessaram.

Ivan chegou ao quarto também, porém, com imensa dificuldade. O simples ato de pular de volta para a sacada fora um sacrifício.

Gisele se adiantou e abriu a porta para Zac.

O rapaz entrou no quarto com um aspecto estranho. Parecia furioso, de modo que Ivan nem arriscou cumprimentá-lo. Zac o mediu de cima abaixo e depois fez o mesmo com Gisele, que o observava desconfiada, encostada na parede.

— Que pouca vergonha a de vocês! — Zac gritou, colérico. — Eu vi tudo, vocês deitados lado a lado no telhado, de mãos dadas! Como dois namorados!

Gisele e Ivan se entreolharam, surpresos.

— Que palhaçada é essa? Você é casado, Ivan! Estela não merece isso, não! Eu vou... — Zac falava gesticulando, descontrolado.

Gisele atravessou o quarto, decidida, enlaçou-o pelo pescoço, ainda sentindo uma pequena ponta de insegurança, mas encarou Zac bem nos olhos, praticamente na ponta dos pés, por causa da diferença de altura entre eles.

— Zac, cala a boca. — E, em seguida, Gisele o beijou longamente. Foi um beijo desesperado, junto com um abraço apertado.

Naquela noite, apesar de todas as desgraças e todo o sofrimento que eles enfrentaram naqueles terríveis dias, Zac se sentiu o homem mais feliz do mundo.

* * *

— O que foi que eu fiz? — Ivan não conseguia se conformar com o que via quando chegou ao trecho da rodovia onde se desenrolara a batalha contra Jezebel.

Aquele era um cenário de destruição. Milhares de zumbis abatidos, carros destruídos, casas e árvores derrubadas, sangue, tripas e pedaços de gente por todos os lados.

Alguns focos de incêndio. O caos era total.

— A culpa não foi sua, cara, você fez o que achou certo. Todos acreditamos que funcionaria. O problema é que aquela fulana é o capeta — Zac afirmou.

Ivan não respondeu. Ele se sentia responsável. Por sua burrice e principalmente por sua soberba. Era injusto continuar vivo.

Ele continuou caminhando por aquela praça de guerra. Havia tantos cadáveres em alguns pontos que eles foram obrigados a escalar.

Próximo de um tanque destruído, algo chamou a sua atenção. Ele se aproximou para conferir do que se tratava e teve mais uma triste surpresa.

Era um braço humano, selvagemente arrancado fora. No pulso esquerdo, ele reconheceu, um relógio emborrachado em tons de cinza e verde-limão, todo manchado de sangue seco. O relógio que Ivan dera para o jovem soldado Raphael semanas antes.

— Raphael, perdoe-me. Eu devia ter partido, não você. — Ivan balançava a cabeça, pesaroso.

Mais à frente ele viu o cadáver de Souza com o crânio esfacelado pelo tiro certeiro de coronel Fernandes. O soldado estava caído de bruços com os olhos brancos ainda abertos. Um fim deprimente para alguém que arriscara a própria vida inúmeras vezes para socorrer os aflitos.

Zac e Gisele acompanhavam de perto o líder andando atordoado por todos os lados, como se ele não conseguisse sequer decidir por quem deveria chorar primeiro.

Mais à frente, havia um zumbi solitário, ainda ativo, abaixado ao lado de um corpo, comendo um pedaço de carne. Ele já devia ter comido muito, pois fazia aquilo sem pressa. Por isso, a criatura ignorou completamente a aproximação deles.

Quando chegou mais perto, Ivan pôde constatar que o zumbi devorava o que sobrara de Silas.

O melhor amigo de Ivan jazia caído no asfalto quente. Do tórax para baixo, sobrara apenas uma carcaça de ossos expostos, praticamente sem carne. Na mão direita, ainda estava a pistola com a qual se suicidara.

Ivan caiu de joelhos e começou a chorar. Era um choro convulsivo, doloroso. A culpa por tantas mortes o esmagava e doía muito mais do que seus ossos partidos.

— Meu Deus, que desgraça! Não é justo eu estar aqui e todos vocês terem tombado! — Ivan levou as mãos à cabeça tomado pelo mais absoluto desespero.

Zac e Gisele se aproximaram, um de cada lado, e ajudaram Ivan a se levantar. Ele chorava tanto e com tamanho desespero que não conseguia nem se colocar de pé.

— Vamos, Ivan, precisamos chegar ao quartel; temos que usar o rádio para avisar as pessoas do condomínio sobre o que aconteceu. Vamos falar com Estela. Ela deve estar muito preocupada — Gisele argumentou.

Quando chegaram ao quartel, viram que não havia espaço para esperança. Tudo estava destruído. Pelo visto, outra grande explosão ocorrera de dentro para fora, reduzindo tudo a entulho. Onde antes ficava a Quinta Companhia de Polícia do Exército só havia escombros agora e isso se estendia por todo o bairro do Pinheirinho.

Ivan se sentiu desanimado, pesado, sem vontade de continuar. Olhava os restos de paredes procurando algo que pudesse trazer alguma esperança. Mas não tinha nada para ser encontrado ou resgatado.

No meio do pó e de fragmentos de blocos e tijolos, Ivan encontrou um solitário ursinho de pelúcia encardido. O brinquedo estava imundo e parte do tecido, tingida de sangue seco. O único olho remanescente parecia lembrar Ivan de que ele fora um péssimo líder.

Ivan abraçou o brinquedo e levou a mão ao rosto, voltando a soluçar.

Até Gisele, que permanecera firme até aquele momento, desviou o olhar e enfiou o rosto no peito de Zac, que ainda não se acostumara com aquela nova situação. Ele pousou a mão na cabeça dela com muito cuidado, acariciando-lhe os cabelos.

— Qual era o nome da menininha, Ivan? — Zac indagou, quebrando o silêncio.

— Não sei. E nunca vou descobrir.

Os três saíram dali, pois era óbvio que não existia mais nada a fazer. Começaram a cavar algumas covas, para enterrar ao menos os amigos que encontrassem.

Mas diante de tantas partes decepadas era tão difícil encontrar quanto quase impossível reconhecer...

CAPÍTULO 9
REBELIÃO

ESTELA, ISABEL, Canino, Adriana, Sandra e Oliveira ficaram petrificados com a narrativa de Mariana. Aquilo parecia um gigantesco pesadelo.

— Todos mortos? Será possível? — Oliveira quebrou aquele silêncio incômodo e doloroso.

— Foi o que o meu pai disse. E agora eu também sei que não tenho mais ninguém de minha família. — Mariana enxugou uma lágrima que caía.

— Meu Deus, e tudo isso por minha causa? Minha irmã está fazendo isso apenas para me matar? — Isabel, desesperada, cerrou as pálpebras.

Canino a abraçou com força, aconchegando-a junto ao peito. Ele também fechou os olhos e engoliu em seco. O perigo que os rondava era muito maior do que imaginaram.

A única pessoa que parecia manter o controle era Estela. Ela olhava para lugar nenhum, acariciando lentamente a barriga imensa, apática. Depois, por fim, disse aos demais:

— Convoquem uma assembleia. Todos têm o direito de saber o que aconteceu. — Estela reunia o seu autocontrole. — Mas ninguém pode saber a parte que diz respeito à Isabel, está bem? Isso tem que ficar entre nós.

Estela respirou fundo e se levantou. Precisava pensar no próximo passo. No fundo, sabia que coronel Fernandes tinha razão: fugir parecia a única chance.

Apesar do sentimento geral de consternação, todos a observavam com surpresa. No íntimo, ficaram com medo da reação de Estela; afinal, ela perdera o marido.

— Estela, fala com a gente. Não precisa carregar esse fardo sozinha. Nós somos seus amigos. — Adriana olhava, muito séria, para a amiga.

Adriana era muito jovem, usava os cabelos curtos e tinha jeito de menina. Mas, por dentro, não existia mais sinal da quase criança que ela era.

— Estou arrasada pelos nossos amigos que morreram e seus entes queridos, quando souberem das notícias, vão morrer um pouco também. No entanto, não estou assim por causa de Ivan. — Estela soltou um suspiro pesado e doloroso.

— E por que não? — Adriana perguntou, surpresa.

— Porque coronel Fernandes falou que ele desapareceu. Isso para mim já é o suficiente para ter esperanças. Acho que meu marido está vivo. — E ela saiu da sala, deixando todos estupefatos.

* * *

Estela voltou para casa com o peito apertado e um nó na garganta. Sua respiração estava pesada, como se tivesse uma crise de hipertensão. E precisava se manter firme, pois teria que fazer algo importante, sozinha.

Antes da assembleia, ela precisava falar com todos os seus filhos.

A última coisa que queria no mundo era que eles soubessem por outra pessoa sobre o ocorrido em Curitiba. As crianças precisavam ouvir dela.

Elas ficaram atônitas quando ouviram a notícia de que Ivan desaparecera. Foi uma cena dolorosa, cruel. Matheus, Ana, Roberto, Ângela, Eduardo, Giovanni, Aline, Mônica, Gustavo e Guilherme pareciam desnorteados, sem esperança.

— O meu papai morreu? — Eduardo perguntou, à beira do desespero.

— Calma, meu querido, nós ainda não sabemos. Mas eu tenho certeza de que seu pai está bem; ele é muito forte — Estela falou com lágrimas nos olhos.

— Mãe, não é justo! Eu já perdi um pai antes, não posso perder outro! — Aline chorava, inconsolável.

Matheus não dizia nada, apenas soluçava de forma descontrolada. Mônica, que tinha a mesma idade que ele, o abraçou, amorosa.

— Calma, o papai vai voltar... — Mônica sussurrou, abraçando Matheus e acariciando seus cabelos.

— E se ele não voltar? — Matheus esfregou os olhos com as mãos, enfiando o rosto nos cabelos de Mônica.

— O papai prometeu que tomaria conta de todos nós para sempre e ele nunca quebra uma promessa. — Mas Mônica chorava também.

Mônica era a criança mais corajosa daquele grupo. Sozinha, ela tomara conta de seus irmãos menores por mais de um mês, antes de Ivan e Estela os encontrarem.

E, assim, permaneceram todos por um tempo, chorando juntos. Uma família feliz, que, de repente, parecia perder um de seus elos e temia, intimamente, que aquilo fosse apenas o começo de mais dores.

* * *

A assembleia teve início, e Estela foi direta em divulgar o relato do coronel Fernandes. Primeiro, uma reação de choque geral; depois uns primeiros soluços romperam o silêncio, até que o choro e o desespero tomaram conta de todo o ambiente.

— Vocês têm certeza? Não pode ser! — uma mulher exclamou.

— Estão todos mortos?! Tem que haver algum engano, eu não acredito! — um adolescente gritou ao fundo.

— Sim, meus amigos, infelizmente, essas são as notícias que recebemos. Eu sinto muito — Estela afirmou, pesarosa. Doía em seu coração ver tantas pessoas sofrendo.

Mas a tristeza começou logo a se transformar em ódio e desejo de vingança. E Fábio Zonatto era um dos mais exaltados.

— Temos que vingar nossos amigos! Eu voto por partirmos agora mesmo para o Paraná. Chegaremos em algumas horas, porque as estradas já estão liberadas! — Zonatto ergueu o punho cerrado.

— Sim, vamos matar o demônio! — um soldado bradou, levantando uma pistola.

Por todos os lados, palavras de ordem se elevavam. A comunidade inteira se mostrava disposta a marchar contra Jezebel.

Em instantes, uma verdadeira balbúrdia teve início; centenas de pessoas falavam ao mesmo tempo, enquanto inúmeras outras choravam a morte de seus entes queridos.

— Silêncio! Agora! — Estela berrou ao microfone, enérgica, fazendo com que praticamente todos a ouvissem. — Nós não vamos lutar! Esqueçam essa ideia! — bradou, ameaçadora, de dedo em riste.

— Nós precisamos nos vingar! Nós temos que... — Fábio Zonatto começou a gritar novamente, mas Estela o silenciou.

— Não temos, não! Não faremos nada disso! — Estela o encarou, furiosa.

Sandra, próxima dela, morria de medo de Estela se exaltar demais.

— Mas...

— Nada de "mas", Fábio! Chega! — Estela gritou de novo, socando a mesa, furiosa.

Todos ficaram num silêncio pesado. Aquelas pessoas não digeriam muito bem a estratégia que Estela queria adotar mesmo antes de ela falar o que pretendia fazer. E isso não passou despercebido.

— Amigos, entendam uma coisa — Estela iniciou, num tom conciliador. — Nós não dispomos mais de tanques e sacrificamos os nossos melhores combatentes.

— Sim, mas nós podemos... — Zonatto tornou a interferir, porém, mais uma vez, Estela o interrompeu.

— Fábio, agora me deixe falar, está bem? — Estela pediu, bem mais serena. Sabia que já tinha recuperado o controle da assembleia e não queria mais atritos.

Ele silenciou, aborrecido.

— Meus caros, eu sei que vocês estão sofrendo. Todos nós perdemos pessoas queridas e é natural que queiramos acertar as contas, mas a verdade é que estamos lutando contra uma força sobrenatural. — Estela respirou fundo. — As equipes combinadas de três quartéis e da nossa comunidade não foram capazes de detê-la. Estamos falando de mais de setecentas pessoas ao todo, mesmo usando artilharia pesada e até mesmo um helicóptero de guerra!

Ela abriu os braços num sinal claro da desvantagem deles.

— Agora, não temos nem trezentas pessoas que já tenham pego em armas antes. E não há mais tanques, nem helicóptero — Estela prosseguiu.

— Nós podíamos conseguir mais armamentos novamente, fizemos isso várias vezes... — um soldado tentou argumentar.

— Não temos tempo! Jezebel levou um mês para ir de Porto Alegre até Florianópolis; e mais um mês para chegar até Curitiba. Creio que em cerca de trinta dias ela estará batendo à nossa porta também. — Estela balançou a cabeça. — Esse tempo é muito curto para nos prepararmos, pegando armas, treinando e elaborando um plano eficiente.

— E o que nós vamos fazer se não tentarmos matar essa aberração? — Zonatto, contrariado, olhava para Isabel, que o observava sentada à mesa, ao lado de Estela.

— Nós fugiremos. Vamos deixar São José dos Campos para sempre. — E Estela e se preparou para mais uma gritaria. E acertou em cheio.

Mais uma vez, centenas de pessoas começaram a gritar e gesticular ao mesmo tempo. Aquilo era previsível; todos resistiriam até o último instante à ideia de deixar aquele lugar, tão seguro e confortável.

— Este é o nosso lar agora! Não podemos abandoná-lo! — alguém gritou.

— Eu só saio daqui morta! — uma senhora redarguiu.

Estela esperou um pouco o impacto inicial passar para depois silenciar todos e se manifestar:

— Meus caros, desculpem-me a franqueza, mas este lugar em breve não mais existirá. Em algumas semanas, o Condomínio Colinas será riscado do mapa, exatamente como várias partes das capitais do Sul. Botar tudo isso aqui abaixo será simples para Jezebel, como matar um pernilongo. — Estela olhava de um por um com uma firmeza muito serena.

Um silêncio pesado se abateu sobre os que participavam da assembleia. Primeiro, ouvir sobre o massacre de Curitiba, agora isso. Era muito injusto terem sobrevivido a tantas provações e agora precisar fugir e tentar reconstruir um lar seguro novamente.

— E para onde nós vamos? O que faremos? — alguém perguntou, inconformado.

— Tenho uma ideia, mas preciso estudar com mais gente sobre ela. Acho que sei qual seria o lugar ideal para nos abrigarmos, mas antes precisamos pesar os prós e os contras — Estela respondeu, misteriosa.

— E quando nós saberemos para qual lugar vocês pretendem nos levar? — Fábio Zonatto quis saber, muito contrariado.

— Em dois dias voltaremos a conversar. Por enquanto, vou pedir que vocês comecem, com calma, a organizar suas coisas para viajarmos — Estela falou. — Precisaremos de meios de transporte para todos. Depois que tomarmos a decisão sobre o destino, vamos partir daqui o mais rápido possível.

— E se Jezebel for atrás de nós? E se ela nos achar? — uma senhora perguntou, aflita.

— Nós não deixaremos pistas — Estela afirmou, convicta. — Ela pode ser inteligente e poderosa, mas não é capaz de adivinhar o futuro. No entanto, é por esse motivo que pouca gente do nosso grupo poderá saber da verdade. Ela consegue ler mentes. Se todos souberem o nosso destino, bastará que um seja pego e todos estarão condenados.

— Eu entendi, Estela, mas se mesmo assim ela nos encontrar, o que faremos? — a senhora insistiu.

— Se isso acontecer, que Deus esteja pronto para receber nossas almas. — Estela, mais uma vez, foi totalmente franca.

* * *

A assembleia se arrastou por mais alguns minutos. Estela respirou aliviada quando encerraram aquela discussão e, aos poucos, os moradores foram retornando às suas casas.

Ivan falara várias vezes sobre os momentos em que teve de reunir tanta gente para dar notícias difíceis. Era a primeira vez em que Estela passava por uma provação daquelas.

"Pois é, meu amor, creio que você deixou o pior de todos para mim.", Estela pensou. Como queria que Ivan estivesse ali...

Fábio Zonatto foi um dos últimos a sair, e também estava indo embora revoltado. Ele era um soldado, não fora treinado para fugir, mas sim para lutar e, sempre que necessário, matar.

Fábio saiu do centro de convivência do condomínio e atravessou a rua, caminhando na direção da casa que dividia com quatro amigos, todos soldados como ele. Foi quando avistou Ariadne, sentada num banco de pedra em frente a uma praça.

Fez um leve aceno com a cabeça e já ia seguir em frente, quando Ariadne se levantou e foi na direção dele. Ela se mostrava muito nervosa, e isso não passou despercebido a Fábio.

— Boa noite, posso falar com você? — Ariadne demonstrava grande tensão.

— Claro. Você é quem opera o rádio, certo? Pode falar. — Fábio a olhava, meio desconfiado.

— Tenho que lhe contar uma coisa. Não sei se estou fazendo a coisa certa, mas não aguento mais guardar isso, ainda mais com tantas vidas em jogo — Ariadne falou com um semblante pesado.

— O que você quer me dizer? — Fábio a olhava com dureza.

— É que... eu ouvi algo que talvez não devesse, e apesar de saber que se eu revelar o que sei poderei causar muita confusão, não devo guardar este segredo. — Ariadne, nervosa, não conseguia decidir se falava ou não.

— Então, diga, mulher, o que você escutou? — Fábio agora não disfarçava a impaciência. Definitivamente, esperar não era o seu forte.

Ariadne continuava na dúvida, mas a crescente irritação e o tom de Fábio, que começava a se tornar ameaçador, fizeram-na tomar uma decisão. Ela viu que não podia voltar atrás.

— Eu sei exatamente por que Jezebel está vindo para cá — Ariadne disse, num rompante.

— Todo o mundo sabe por que ela está vindo para cá, cacete! — ele retrucou, virando os olhos, irritado. — Essa filha da puta é um zumbi e isto aqui mais parece um banquete para ela.

— Esse não é o motivo. Tem uma razão mais forte. — Ariadne continuava receosa. — Jezebel quer matar a própria irmã.

Fábio piscou diante daquela explicação. Procurou algum sinal de que Ariadne não falava sério, mas viu que ela falava com segurança.

— Calma aí. Você está dizendo que todos nós estamos correndo perigo e teremos que fugir com o rabo entre as pernas porque Estela quer proteger a mediunzinha dela? É isso?! — Fábio perguntou, feroz.

— Não, calma, não é isso! — Ariadne gaguejava. — Ela só está tentando ser decente!

— Decente?! Estela está arriscando a vida de todos nós! É isso o que você chama de decência?! — Fábio, furioso, andava de modo ameaçador na direção de Ariadne.

— Espera, tenho certeza de que a intenção dela é boa! — Ariadne se assustou com o jeito dele, e percebeu, tarde demais, que cometera um grave erro.

— Sei. E por que você está falando isso para mim agora? — Fábio deu mais um passo na direção de Ariadne.

— Porque eu vi que você enfrentou Estela, então, talvez, pudesse fazer algo, não sei... — Ariadne respondeu, mas sua voz vacilou.

— Não, tem algo mais aí. Fala a verdade, por que você está me contando isso? — Fábio exigiu, rude.

— Porque eu estou com medo! Já falei com Jezebel duas vezes, aquela é a voz do demônio! Eu nunca temi tanto alguém, e cada história que chega é pior do que a anterior. Estou apavorada! — Ariadne afirmou, com toda a sinceridade.

Ela sabia que aquilo podia prejudicar Isabel, que sempre fora amável com ela, mas Ariadne não conseguia mais lidar com a situação.

— Entendi. Você não quer mais viver com medo, então? É isso? — Fábio a fitava nos olhos.

— Sim, é isso. Não aguento mais viver com medo. — Ariadne se encolheu diante do olhar de Fábio.

— Claro, eu sei como é... Não se preocupe, vou falar pessoalmente com Estela amanhã. Tenho certeza de que conseguiremos encontrar uma solução para esse problema — Fábio falou, num tom agora bem mais tranquilizador.

Ariadne suspirou, aliviada, dizendo:

— Que bom! Quer dizer, eu não quero prejudicar Isabel, mas quem sabe fosse melhor ela ir embora, não é mesmo? Talvez assim Jezebel nos deixe em paz.

— Sim, claro! Isabel poderia se mudar para outro estado, não é? Afinal, ela tem aquele namorado, ambos podem perfeitamente viver em paz longe daqui! — Fábio demonstrava empolgação.

— Exato! Estela pode arrumar umas armas e um carro para eles, assim, ninguém mais precisa se machucar! — Ariadne se sentia feliz por ter decidido falar com Fábio.

— Sim, é uma ótima ideia! Estela vai me ouvir, sem dúvida. E eu posso até falar com Isabel também e explicar que todos nós queremos que ela seja muito feliz e que é melhor para todos que ela se mude.

— Ah, Fábio, estou me sentindo bem melhor agora! — Ariadne se levantou do banco. — Que bom que você...

E, então, Fábio agarrou Ariadne pelo pescoço. Foi tão repentino que ela nem conseguiu reagir.

— Mas... o que...?! — Ariadne tentava falar, mas a voz não saía mais. Ela sentiu rápido o fôlego desaparecer à medida que a mão de aço de Fábio fechava suas vias aéreas.

Fábio olhou em volta, conferindo se de fato não havia ninguém por perto. Mas estava tudo calmo, todos já haviam ido embora após o término da assembleia.

Ele agarrou Ariadne pela gola do casaco e começou a arrastá-la para a praça, para o meio da escuridão. A mulher queria gritar, mas era impossível. Involuntariamente, sua língua escapou da boca e seus olhos esbugalharam-se de tanto terror.

Ariadne tentava resistir, mas Fábio era quase dois palmos mais alto que ela e duas vezes mais forte. Aquela era uma luta perdida.

Fábio a derrubou no chão com facilidade. A cabeça de Ariadne rodava pela falta de oxigênio, enquanto o coração disparava, impulsionado pela descarga de adrenalina causada pelo pânico.

— Valeu por me contar. E me desculpe, mas ninguém pode saber que você me falou tudo isso. — Fábio agora apertava o pescoço de Ariadne com as duas mãos.

Ariadne o olhava desesperada, com lágrimas caindo pelas beiras dos olhos. Ela agarrou os pulsos de Fábio, tentando de alguma forma aliviar a pressão que esmagava a sua traqueia, mas já estava perdendo as forças. Seu corpo começou a sofrer espasmos musculares e suas roupas se encharcaram de urina. Quando Ariadne fechou os olhos, pontos brilhantes piscavam em meio à escuridão.

— Estou apenas cumprindo seu desejo... você disse... que não queria mais... viver com medo! — Fábio bufava, colocando toda sua força no pescoço de Ariadne.

Em poucos segundos, o rosto de Ariadne ficou roxo e suas mãos enfim relaxaram, soltando os pulsos de Fábio.

* * *

Algumas das pessoas que trabalhavam na administração do condomínio deram pela falta de Ariadne, no dia seguinte, mas concluíram que talvez ela se sentisse indisposta. Assim, colocaram outro colaborador para substituí-la na tarefa de monitorar o rádio, à espera de um sinal de vida de algum sobrevivente do confronto de Curitiba.

Estela passou o dia em reuniões com os vários membros importantes do condomínio. Precisavam se organizar para levar tudo o que pudessem. E isso incluía geradores elétricos, bombas de água, aparelhos médicos, enfim, todo o necessário para reconstruir uma nova comunidade em outro lugar.

Toda aquela atividade era ótima, pois mantinha Estela com a cabeça ocupada. Ela pensava em Ivan o tempo todo. Apesar de acreditar que ele estava vivo, não sabia em que condições de saúde. E rezava para que o marido fizesse algum contato.

Estela se reuniu com técnicos e chefes de segurança e distribuiu instruções. Ela orientou que providenciassem ônibus e caminhões; seriam necessários muitos veículos para mudar tantas pessoas e coisas de lugar.

Eles levariam também todo o estoque de alimentos, bem como a colheita completa da imensa plantação, na qual trabalhavam mais de duzentas pessoas.

— Convoquem voluntários para a colheita — Estela comandou. — Precisaremos de cada verdura e fruta. Levaremos um bom tempo para conseguir produzir novamente.

Ela desejava partir em uma semana, no máximo. Depois disso, Jezebel podia fazer o que bem entendesse com o Condomínio Colinas.

Quando Estela, Isabel, Canino e Mariana voltaram para casa, eram mais de oito horas da noite. Estavam todos muito cansados, mas Estela era a mais abatida, pelo excesso de trabalho e também pela falta de notícias de Ivan.

— Fique calma, minha amiga, ele vai aparecer. — Isabel pôs a mão no joelho de Estela.

— Espero que sim. Até porque, quando partirmos, não poderemos deixar nenhum tipo de pista para Ivan nos encontrar. — Estela pousou a mão na testa.

— Você está bem? — Isabel perguntou, preocupada.

— Estou. Só que o bebê tem chutando muito. Acho que ando me esforçando demais, tenho de descansar.

— Sim, todos precisamos descansar, foi um dia exaustivo. — Mariana se espreguiçou.

E foram todos agora cumprir a segunda jornada — afinal, naquela casa havia dez crianças para cuidar. E o trabalho pesado ficava a cargo de Canino.

— E então, meu amor, desistiu da sua ideia de ter um monte de filhos? — Isabel achou graça quando o viu passando com duas crianças, cada uma enrolada em uma toalha.

— Você sabe que não! — Canino continuou andando, indo para o quarto. — Nem tente escapar!

— Quem disse que eu quero escapar? — Isabel murmurou, sorrindo.

Às onze horas, todos se recolheram.

A casa era gigantesca, havia acomodações para todos. Estela dormia sozinha em seu quarto; Isabel e Canino em outro; Mariana, num terceiro quarto; e as crianças se dividiam nos outros três cômodos restantes. Era tanta gente que mais parecia uma pousada.

Estela, sem sono, olhava para a janela, sozinha com seus temores, pensando que em algum lugar seu marido devia estar se esforçando para se manter vivo.

Era estranho, mas na cabeça dela não havia dúvida. Estela tinha certeza de que Ivan continuava vivo, apesar das probabilidades.

— Meu amor, onde você está? Por favor, eu preciso de um sinal... — Estela sussurrou, sentindo os olhos se encherem de lágrimas.

"Fique calma, em breve eu vou chegar", uma voz falava na sua cabeça.

— Eu acredito, você nunca quebra suas promessas... — Estela já fechava os olhos, exaurida.

Em seguida, ela adormeceu. E depois de alguns instantes, a casa inteira estava silenciosa.

* * *

Dois veículos patrulhavam todas as noites o Condomínio Colinas. Eram carros de passeio comuns, com dois homens em cada um.

Aquele era um trabalho tranquilo. Cada qual trazia consigo apenas uma pistola e um rádio. Em caso de invasão ou perigo, entrariam em contato com os guardas da sede, que por sua vez alertariam todo o condomínio.

Mas fazia quase um ano que não enfrentavam nenhum tipo de emergência naquele lugar. Os seguranças sempre se encontravam na entrada do condomínio a cada ronda, de duas em duas horas, e permaneciam ali com os dois vigilantes de guarda na portaria, protegida pelo ônibus revestido de aço.

Os seis conversavam tranquilamente, tomando café das garrafas térmicas, quando duas pessoas se aproximaram.

Eles estranharam aquela chegada, mas logo constataram se tratar de Heitor e Gabriel, dois membros do grupo de segurança que também faziam a patrulha. Todos os cumprimentaram.

— Boa noite. O que vocês estão fazendo acordados? — Um deles apertou a mão de Heitor.

— Gabriel foi lá em casa para a gente beber umas cervejas e, como não tínhamos nada para fazer, viemos bater um papo. Sabíamos que vocês deviam estar todos aqui reunidos.

— Pois é, mais uma noite tranquila. — O vigilante, relaxado, bebericou seu café.

— Verdade, mas também estamos há mais de um ano sem nenhum problema, né? — Heitor sorriu.

— É, este virou o emprego mais sossegado do mundo. — Outro deu risada.

— Onde estão as armas de vocês? — Gabriel perguntou, curioso.

— Lá em cima, na guarita. — O soldado apontou a casinha sobre o muro, que servia de posto de vigilância. — Nós já vamos voltar para lá. O que foi? Está com medo dos zumbis? — Ele achou graça da própria piada.

— Não, eu sei que vocês costumam descer da guarita sem os fuzis — Gabriel afirmou. — E aposto que as armas dos meus amigos vigilantes aqui estão nos carros. Afinal, nunca acontece nada durante as rondas, não é mesmo?

Os seis homens olharam para Gabriel e Heitor, um tanto desconfortáveis com aqueles comentários.

— Bem, mas nós já estamos voltando para os nossos postos. Afinal, não se pode bobear com os mortos-vivos, certo? — Um deles esboçou um sorriso torto, fazendo menção de retornar para a guarita.

— Acho que é tarde demais para isso, cara, desculpe. — Heitor sacou uma pistola de sob o casaco.

Em seguida, Gabriel também empunhou a sua arma. Ambas estavam com silenciador.

Os seis homens se sobressaltaram diante daquilo. Todos começaram a se perguntar se Gabriel e Heitor teriam enlouquecido.

— Mas que merda é essa?! Vocês ficaram doidos?!

— Não, velho, nós estamos bastante lúcidos. Vocês é que parecem estar loucos. — Heitor apontava a arma bem para a cabeça de um dos seus antigos companheiros.

— Como assim? O que você está... — Mas o segurança não teve oportunidade de acabar a frase, pois Heitor desferiu um tiro em sua cabeça, explodindo seu crânio, diante do olhar de absoluta perplexidade dos demais.

Um deles projetou as mãos à frente, como para tentar impedir Gabriel e Heitor de prosseguir com seu intento. Outro quis avançar contra a dupla de agressores, mas não conseguiu fazer nada, pois Gabriel deu-lhe um tiro no rosto e o vigilante caiu para trás, fulminado.

Heitor alvejou outros dois, no peito e na altura do abdome.

— Cara, não faz isso! — outro implorou.

Gabriel e Heitor dispararam ao mesmo tempo nele e no último vigia, matando ambos. Em segundos, nenhum deles estava mais de pé.

Um dos vigilantes, atingido no peito, se virou de lado no chão, arfando, com uma grande mancha de sangue se espalhando ao seu redor. Ao fazer isso, viu um carro se aproximando lentamente.

O veículo estacionou a poucos metros dele. Apesar da dor terrível que sentia e da crescente falta de ar, ele pôde ver quatro homens descendo do carro e se aproximando, todos fortemente armados.

— Aqui está tudo sob controle? — um deles perguntou a Heitor.

— Sim, já acabamos. Não temos mais vigias, nem ronda — Heitor informou. — Vamos agora entrar e tomar a sede e, aí, poderemos dar início à próxima parte do plano.

— E esse aí? — O homem apontou para o vigilante ferido.

— Sim, vou cuidar disso. — Heitor caminhou até o infeliz caído e desarmado.

— Por favor... — O rapaz tremia e, de olhos esbugalhados, fitando Heitor parando à sua frente, puxou um crucifixo de sob a camisa e beijou a cruz.

A última coisa que viu na vida foi o cano da arma de Heitor apontada para seu rosto. E, depois, tudo se apagou.

* * *

Silenciosamente, um homem todo vestido de preto abriu a porta da frente da casa de Ivan e Estela usando uma chave micha. No Condomínio Colinas não havia casas com muros, pois, antes do apocalipse zumbi, aquele era o condomínio mais seguro de São José dos Campos; portanto, foi fácil se aproximar. Ele entrou na residência acompanhado de quatro indivíduos, enquanto outros quatro permaneceram do lado de fora, vigiando a rua.

Com muito cuidado, os cinco intrusos atravessaram a sala, parando diante da escada.

Mais uma vez, ele consultou uma folha de papel que trouxera dobrada no bolso; lá estavam demarcados os cômodos da casa. O quarto de Estela ficava no terceiro e último andar, de frente para a rua.

Ele, cuidadosamente, tirou o fuzil do ombro e avançou em silêncio, subindo as escadas. Os demais o acompanharam, também sacando suas armas. Todos portavam fuzis com silenciadores.

Chegando ao segundo andar, ele reparou que tudo estava em silêncio. Quatro aposentos, todos com as luzes apagadas e nenhum sinal de movimento.

O segundo quarto à esquerda era o de Canino e Isabel, a grande preocupação deles.

Canino era famoso como ex-assaltante de bancos, portanto, era uma parte importante da missão ter certeza de que ele não seria uma ameaça. Mas, pelo visto, todos estavam dormindo.

O homem subiu o segundo lance de escadas acompanhado de mais dois invasores, chegando ao terceiro andar. Os outros dois permaneceram no andar inferior, de frente para o quarto onde dormiam Isabel e Canino.

No terceiro andar, como no segundo, havia uma excelente iluminação natural e a lua estava cheia naquela noite, o que facilitava para eles enxergar no escuro.

Ali, havia apenas dois quartos, as duas maiores suítes da casa. Numa dormia Mariana; na outra, Estela.

Aquela era a parte crítica e a mais complicada também. No grupo, poucos haviam demonstrado ter sangue-frio suficiente para fazer o que seria preciso. Aquele homem se voluntariara; afinal de contas, havia muitas coisas em jogo, e, naquele mundo infernal, não restava espaço para fraqueza e muito menos escrúpulos.

Ele avançou sem causar ruído algum, não sem antes fazer o sinal da cruz. Não que ainda acreditasse em Deus, mas um pouco de perdão divino poderia ser útil diante do que estava prestes a fazer.

Os outros dois homens se posicionaram diante do quarto de Mariana. Ela não era considerada crítica, mas todos poderiam se tornar um risco naquelas circunstâncias.

O intruso abriu a porta do quarto de Estela com muito cuidado, apontando o fuzil para a frente, pronto para apertar o gatilho. Apesar de a noite estar um pouco fria, sentia o suor escorrendo pela testa e pelas costas.

Com cuidado, ele escancarou a porta e a luz do luar penetrou no aposento. Exatamente como no esquema que ele trazia, a cama se achava em frente à porta em posição perpendicular. Estela dormia de lado e de costas para ele, coberta apenas por um lençol. Tratava-se de uma cama forte, de ferro, de estilo clássico.

A vasta cabeleira negra se esparramava pelo travesseiro. Estela ressonava, tranquila, indiferente à ameaça que rondava sua cama.

O homem engoliu em seco. Chegara o momento de cumprir a missão. Com muito cuidado, ele ergueu o fuzil e apontou para a nuca de Estela. Era um tiro fácil, apesar da penumbra, mas ele decidiu dar mais um passo à frente.

Quando fez isso, sem que percebesse, seu pé esbarrou num frasco de perfume.

Um vidro delicado, posicionado em frente à porta junto com alguns outros similares.

O frasco oscilou lentamente e tombou, produzindo um barulho seco ao bater no chão. O homem tomou um susto e olhou para o piso, procurando a origem do som.

Sem se mover, Estela arregalou os olhos em meio à escuridão. E viu a sombra de uma pessoa atrás de si, projetada na cortina à sua frente, iluminada pela luz do luar.

Ela soltou um urro feroz, girou o corpo num movimento brusco e quase suicida e rolou na cama, caindo no piso do lado oposto do quarto, diante do olhar aparvalhado do invasor cuja missão era matá-la.

Foi tudo tão rápido que ela não conseguiu sequer amortecer a própria queda e bateu a barriga imensa contra o piso de madeira. Ela sentiu uma contração dolorosa, enquanto seu útero inteiro parecia ficar rígido. Estela trincou os dentes, mas não podia perder tempo. Agarrou-se à estrutura de metal da cama e se arrastou para baixo dela.

O homem piscou diante da cama, agora vazia, e fez uma careta de ódio. Jamais permitiria que uma mulher sozinha, grávida e semiadormecida o fizesse de idiota.

Ele disparou seu fuzil com tudo o que podia, crivando a cama de balas. Não importava a espessura do colchão, aquele fuzil era um Heckler & Koch G36, capaz de atravessar até mesmo uma parede.

O lençol, o travesseiro e até mesmo a parede ficaram esburacados com a saraivada de tiros.

Os outros dois homens que estavam no final do corredor se sobressaltaram com aquela confusão. O plano era matar Estela com o máximo de discrição possível; um tiro, no máximo dois disparos.

No andar de baixo, Canino acordou praticamente com o primeiro ruído do perfume tombando. E quando ouviu o som seco de Estela caindo no chão, se colocou de pé de um salto, assustando Isabel, que se levantou, apavorada diante da pistola automática que o namorado já segurava.

— O que houve?! — Isabel perguntou, mas logo obteve sua resposta.

Os dois homens do lado de fora, ao ouvirem os barulhos no andar de cima, se anteciparam e decidiram invadir o quarto. Mas Canino estava preparado.

Quando a porta se abriu, Canino virou o tronco e começou a disparar, às cegas.

O som ensurdecedor da pistola encheu a casa, acordando todos que ainda dormiam.

Do lado de fora, os demais homens, ouvindo os tiros que não estavam sendo disparados com silenciador, decidiram entrar também.

Nos fundos da casa, a cadela Esperança, que pertencia às crianças, latia furiosa diante de tanto barulho.

No terceiro andar, os outros dois invasores, ao ouvirem os disparos, invadiram o quarto de Mariana. Era papel deles mantê-la sob controle, viva ou morta. Nenhum adulto poderia ficar livre para perambular pela casa com uma arma em punho.

Mariana se sobressaltou quando invadiram seu quarto com fuzis apontados para a sua cabeça.

— Mas o que...?

— Cala a boca, vadia! Mãos na cabeça! — um dos homens gritou, furioso.

Aquele que disparara contra Estela arriscou uma olhada por sobre o ombro. Seus dois comparsas dominavam Mariana do outro lado do corredor. Mas, agora, havia um problema adicional: o que estaria acontecendo no andar de baixo? Quem estava disparando uma pistola?

Ele precisava descer, mas antes tinha que checar o cadáver de Estela, uma espiada sob a cama e, depois, iria até o andar inferior.

Quando começou a se abaixar, ouviu um som metálico. O inconfundível barulho de um fuzil sendo destravado debaixo do leito.

— Mas que merda é essa? — ele murmurou.

Um tiro de fuzil estrondou dentro do quarto, vindo de baixo da cama e atravessando o tornozelo do agressor como se fosse de manteiga.

Ele gritou de dor e espanto, o que pegou de surpresa os dois comparsas, do outro lado. O osso do infeliz se quebrou imediatamente, seu corpo inteiro cedeu para adiante e ele tombou no chão, batendo a cabeça contra o piso de madeira.

Antes mesmo que pudesse soltar mais um gemido, um segundo disparo atravessou seu crânio, explodindo seu cérebro e espalhando sangue e miolos pelo quarto.

— Puta que o pariu, o que é isso?! — um dos invasores gritou de dentro do quarto de Mariana.

Um novo disparo partiu do quarto de Estela, atravessou o corredor e atingiu o homem no abdome. Ele se curvou com a dor que queimava seus intestinos. O infeliz se apoiou numa penteadeira, levou a mão à barriga e percebeu, mesmo naquela escuridão, que sangrava muito.

O seu parceiro, ao ver aquilo, esqueceu Mariana e começou a atirar na direção do quarto de Estela. Mas não fazia ideia de onde devia mirar, não a avistava em lugar algum.

No segundo andar, os dois homens que tentavam invadir o quarto de Canino e Isabel tombaram para trás, fulminados. Canino havia despejado sobre ambos pelo menos dez tiros com a pistola, causando ferimentos em lugares variados.

Assustadas com o som dos disparos, as crianças choravam e gritavam nos seus quartos. Mas Ivan e Estela já haviam explicado várias vezes qual deveria ser o procedimento em caso de perigo e todos seguiram à risca, apesar do medo.

Em um dos aposentos, Matheus se encarregou de trancar a porta e se esconder sob a cama com os irmãos menores. Nos outros dois cômodos, Mônica e Eduardo fizeram o mesmo.

Canino correu até a porta do quarto e encontrou os dois homens caídos. Ao mesmo tempo ouviu, logo acima, os disparos de fuzil.

— Meu Deus, o que está acontecendo?! — Isabel gritou ao chegar à porta e ver os dois cadáveres.

— Pegue suas armas, estamos sob ataque! Vai! — Em seguida, Canino largou a pistola no chão, abriu o guarda-roupa e pegou um fuzil AR15.

Canino escutou o som de passos subindo correndo as escadas. Havia mais invasores.

Quando o primeiro homem surgiu na escada, Canino disparou o fuzil mesmo sem mirar, abrindo crateras na parede. Cinco centímetros mais à esquerda e teria acertado a cabeça do invasor.

Pego de surpresa, o homem recuou e os outros três que vinham logo atrás pararam alguns degraus abaixo.

Canino se abaixou, apoiando-se em um joelho, e mirou a escada, esperando que alguém se mexesse.

No terceiro andar, o homem que fora alvejado na barriga caiu de joelhos no chão. A dor queimava-o por dentro, e quando tentou falar, um jato de sangue saiu pela sua boca. Ele passou a mão sobre os lábios, viu o sangue cheio de pelotas negras e, por fim, desabou no piso, em fortes convulsões.

Seu parceiro, vendo-o caído, voltou a disparar em direção ao quarto escuro à sua frente. Uma bala atingiu o batente da porta aberta, outro raspou pela parede até se alojar no guarda-roupa.

Mariana, sentada na cama com as mãos na cabeça, aproveitou a distração do atacante e sacou a pistola que deixava no criado-mudo. Ela ergueu a arma e deu um tiro na cabeça do invasor, explodindo seu crânio e deixando uma marca de sangue na parede.

Mariana saltou da cama e se aproximou dos dois corpos caídos, o que levou o tiro na cabeça, inerte e o que ainda se contorcia no chão, com as duas mãos comprimindo o abdome.

— Estela, sou eu, você está bem? — Mariana gritou para o corredor. Tinha medo de chegar perto da porta e levar um tiro por acidente.

— Sim, estou! — Estela gritou do quarto, por fim se erguendo com dificuldade.

— Vocês estão bem? — Isabel perguntou, do andar de baixo.

— Sim, estamos! — Estela respondeu. — Há mais visitas aí embaixo, certo?

— Sim! — Canino informou.

Os quatro homens na escada se entreolharam, nervosos. Escutaram diversos disparos e sabiam que as coisas tinham se complicado terrivelmente.

— Mariana! Dê as boas-vindas para as visitas! — Estela ordenou da soleira do quarto, exibindo sua barriga enorme e um fuzil nas mãos.

Quando foram morar na casa, Ivan preparara a família para riscos de toda sorte. Aquele não era um mundo como o que conheciam. Em seu quarto, ele colocara placas de aço entre o estrado e o colchão, bem como na lateral de um dos armários. Ivan imaginara que um dia poderiam precisar de um abrigo para se defender.

— Pode deixar! — Mariana fez um esgar e respirou fundo.

Os homens na escada estranharam e começaram a recuar.

Mariana jogou uma granada de mão na escada do andar de baixo, bem no meio dos quatro invasores.

Os homens gritaram e recuaram aos tropeções. Um deles foi mais rápido e pulou por sobre o corrimão, caindo no meio da sala.

A explosão foi ouvida a distância. O invasor que estava mais atrás foi derrubado pela onda de choque, caindo contra a parede da sala.

Os outros dois que estavam no meio da escada tiveram ossos esmigalhados e todo o corpo perfurado com os estilhaços da detonação. E morreram instantaneamente.

Os dois invasores remanescentes, diante da fumaça e dos corpos dos parceiros destruídos, decidiram abandonar aquela missão suicida e correram para fora da casa, ainda atordoados.

Canino e Isabel ouviram o barulho de pessoas fugindo correndo. Ao lado, eles escutavam as crianças chorando nos quartos, apavoradas com os tiros e, agora, com a explosão.

— Eles estão fugindo! Vamos atrás deles! — Canino berrou, ganhando o corredor com o fuzil em mãos.

Isabel o seguia com uma pistola, enquanto Mariana descia as escadas, saltando os degraus de dois em dois, com sua arma em punho.

Estela, por sua vez, teve uma ideia diferente. Ela abriu a cortina do quarto e escancarou a porta balcão. Tentaria acertar os últimos invasores de dentro da casa usando sua pontaria.

Ao chegar à sacada ela viu os homens atravessando a rua e não titubeou. Desferiu dois tiros nos agressores pelas costas, matando-os na hora.

Estela observou os corpos caídos a cerca de cinquenta metros. Mas, antes que pudesse voltar, uma nova contração dolorosa a obrigou a se apoiar no parapeito.

A dor foi tamanha que Estela caiu de joelhos. Quando ela se abaixou, vencida pela dor, uma bala passou zunindo acima de sua cabeça. A contração salvou sua vida.

Estela piscou diante do buraco na parede logo atrás de si e, num salto, voltou para dentro do quarto, espremendo-se numa pequena faixa de parede entre a porta balcão e a parede perpendicular. Um canto apertado, com um metro de largura no máximo.

Estela se espremeu naquele espaço e avaliou suas opções. A porta do quarto e o corredor que levava às escadas estavam bem na sua frente, mas se desse um único passo provavelmente levaria um tiro nas costas.

Ouviu mais disparos, seguidos por um grito de mulher vindo do andar de baixo. Estela sentiu um arrepio percorrer sua espinha; alguém da casa fora atingido.

— O que foi isso? O que aconteceu? — Estela gritou do seu esconderijo precário.

— Está tudo bem, levei um tiro de raspão — Mariana disse. — Tem um franco-atirador na casa em frente.

— Mantenham-se protegidos, ele deve estar apenas esperando que a gente coloque a cara para fora — Estela orientou.

— Estela, já sei quem está atirando, tome cuidado — Isabel falou do andar inferior.

— Como...? — Estela engoliu em seco, apoiando a mão na barriga, que latejava demais.

— É Fábio Zonatto quem está atirando da casa em frente. — Isabel balançou a cabeça.

— Que merda, um dos nossos melhores atiradores... — Estela murmurou. Um filete de suor escorreu pela sua testa, causado pela dor e o estresse. — Bem que desconfiei dele, era um dos melhores atiradores, mas esse cara nunca inspirou confiança a mim e nem a Ivan.

— Estela, como você está? — Mariana chegava ao corredor, pressionando um ferimento no braço com uma toalha, tentando estancar o sangramento.

— Nada bem, estou sentindo contrações. Cada vez mais fortes. — Estela abafou um gemido, apoiando as costas na parede, fazendo um esforço tremendo para equilibrar seu peso.

— Meu Deus, você não está insinuando... — Mariana não teve coragem para completar a frase.

— Sim, acho que ela vai nascer. Não sei quanto irá demorar, mas o bebê está a caminho. — Estela tentava respirar fundo.

— Eu vou até aí! — Mariana falou, fazendo menção de se aproximar.

— Não faça isso! Se você der mais três passos estará na linha de tiro! Fique onde está!

Estela olhou bem para a amiga e se abaixou com muito cuidado, enfrentando a dor massacrante, pegou uma almofada do chão, próxima de seu pé. Então, Estela arremessou a almofada para a frente, na direção da cama.

No meio do caminho, um tiro atravessou o ar com um zumbido e varou a almofada, abrindo um rombo no meio do tecido e espalhando os enchimentos pelo quarto. Mariana arregalou os olhos diante daquilo.

— Como eu disse, é melhor você não se aproximar. — Estela fez uma careta com a intensidade da dor.

— Mamãe, cadê você? — a voz de uma criança veio do andar de baixo.

Era Aninha, a filha biológica de Estela.

— Estou aqui em cima, filha! Não venha para cá, está bem? — Estela ouviu passos subindo a escada.

Canino e Isabel voltavam para o segundo andar.

— Nós ficaremos com as crianças, Estela, fique tranquila! — Canino subiu parte da escada entre o segundo e o terceiro andar, olhando para ela, que estava apenas de camisola e de pé, encostada na parede.

— Certo! — Estela apoiou a cabeça na parede.

A dor piorava a cada instante e ela temia que suas pernas cedessem. Cair para frente seria assinar a própria sentença de morte.

À distância, ouviram mais tiros. Pelo visto outros confrontos aconteciam no condomínio. E Estela era capaz de adivinhar quem mais era perseguido por Fábio Zonatto e seus amigos.

— Sandra e Oliveira. Caramba, espero que vocês estejam bem... — Estela murmurou.

Por todo o bairro, pessoas foram mortas a tiros. Jairo morreu dentro de casa, assim como vários outros líderes da segurança.

Fábio Zonatto e seus comparsas estavam aniquilando todos os que poderiam tentar se opor àquele golpe covarde. Aos moradores que surgiam das casas, atraídos pelos tiros, eles ordenavam que todos voltassem para dentro, sob pena de serem mortos também.

Aos poucos, as coisas foram se acalmando, até que os disparos cessaram. Qualquer um poderia imaginar que aquilo era um bom sinal, mas não Estela. Ela sabia que aquela calmaria significava que Fábio e seus homens levavam a melhor.

Passaram-se minutos, e os minutos transformaram-se em uma hora inteira. Estela continuava de pé, com dores cada vez mais intensas. E enfim sua bolsa se rompeu.

Um líquido quente e viscoso escorreu pelas suas pernas, acompanhado de mais uma contração esmagadora. Estela respirou fundo e se dobrou de sofrimento. Torceu o tecido da cortina com as mãos, esperando a dor diminuir.

Aquela já era uma sensação conhecida, as dores se tornariam cada vez mais fortes e menos espaçadas. Era a contagem regressiva que seu corpo faria até chegar o momento de dar à luz.

— Meu Deus... — Estela murmurou, sentindo a dor aliviar de novo enquanto mais uma contração se encerrava.

Canino e Isabel assistiam àquilo do corredor, desesperados. Estela estava a pouco mais de cinco metros de distância e, mesmo assim, era impossível chegar até ela.

— Eu vou sair, vou tentar chegar até aquele filho da puta! — Canino se pôs a andar, resoluto, até as escadas.

— Não faça isso, Carlos! Não seja estúpido! — Estela falou, enérgica. — Ele vai matá-lo antes mesmo de você conseguir atravessar a soleira.

— Nós não podemos ficar assistindo você e o bebê morrerem, Estela! — Isabel estava apavorada.

— Temos que fazer algo, vamos todos atirar naquele desgraçado! — Mariana falou.

— Sim, nós podemos lhe dar cobertura! — Isabel tentava se agarrar a alguma esperança.

— De jeito nenhum! Fiquem longe das janelas! — Estela foi taxativa, e fechou os olhos quando uma nova contração começou.

— Que dor!!! — Estela trincou os dentes e cerrou as pálpebras, alucinada de sofrimento.

Dar à luz já era doloroso, mas sem nenhum tipo de analgésico ou ajuda, de pé e sem sequer poder se mexer, era uma tortura medieval.

Todos se sobressaltaram quando ouviram três batidas fortes na porta. Alguém queria entrar.

Canino olhou para Estela, esperando por seu comando.

— Vá. Pelo visto nosso amigo está nos enviando algum recado. — Estela respirou fundo quando a contração acabou. Estava completamente encharcada de suor, apoiada nas paredes.

Canino desceu as escadas com todo o cuidado, apontando o fuzil para a porta da frente. Pelo olho mágico constatou que era um homem sozinho, com as mãos erguidas, mostrando estar desarmado.

Canino abriu a porta e deixou que ele entrasse, fechando-a novamente em seguida.

— O que você quer? — Canino o encarava com olhar feroz, apontando o fuzil para a cabeça do rapaz.

Mariana e Isabel desceram a escada e se aproximaram dos dois, ambas armadas.

— Nós queremos a aberração. — Heitor apontou para Isabel. — Entreguem-na para nós, me deem suas armas e esse assunto estará encerrado. Nós estamos assumindo o controle do condomínio.

— Do que foi que você me chamou?! — Isabel exigiu, furiosa.

— Você é uma aberração da natureza, e é o único motivo pelo qual sua irmã monstruosa está vindo para cá! — Heitor a desafiou. — Não permitiremos que todos sejam mortos apenas para proteger você!

— É melhor controlar sua língua, cara, senão vai ficar sem ela. — Canino o mediu de cima abaixo. — Se esse era o recado, então, pode ir embora.

— Quero que saibam que seus amigos Sandra e Oliveira estão cercados também, e é mera questão de tempo até eles caírem — Heitor falou, implacável. — Se estão esperando que venha ajuda, esqueçam, porque já matamos todos os outros. Mas vocês podem salvá-los; basta obedecerem nossas ordens. O tempo de vocês à frente desta comunidade acabou — complementou, encarando Canino.

246

— Eu lembro de você — Isabel falou por fim. — Você era um dos soldados de Ivan, certo? Qual é o seu nome?

— Acertou. Meu nome é Heitor. — Ele se sentiu um tanto desconfortável.

— E se não me falha a memória, você foi uma das várias pessoas que Ivan e Estela salvaram pessoalmente. — Isabel o olhava de forma significativa.

— Isso não importa, tudo isso é passado. — Heitor pareceu desconcertado.

— E agora você está ajudando aquele maluco a matar a mulher que ajudou a salvar sua vida? É isso mesmo? — Isabel o media com um olhar desafiador.

— Olha, eu sou grato pelo que fizeram, mas a situação mudou, entendeu? — Heitor afirmou, irritado.

— Não, Heitor, aí é que você se engana, a situação não mudou nem um pouco. Eles continuam se sacrificando e se colocando em perigo para ajudar os outros. O que mudou foi que algumas pessoas são covardes demais para permanecerem firmes — Isabel disparou à queima-roupa. — E vocês são minoria. Mesmo que consigam matar todos nós, as pessoas se lembrarão para sempre do legado de Ivan e Estela.

Heitor ficou furioso.

— Escuta aqui...

— Pode me chamar de aberração, Heitor, mas uma coisa garanto e para isso não preciso dos meus dons: vocês não ficarão por muito tempo à frente deste condomínio, pode ter certeza. Muitos aqui permanecerão fiéis à memória de seus salvadores e será mera questão de tempo para todos se rebelarem. O destino do seu grupo de traidores é o pelotão de fuzilamento. — Isabel o encarava com dureza.

Heitor sustentou o olhar de Isabel e, depois de alguns segundos, olhou para o chão. Não havia como encará-la, da mesma forma que não era possível ignorar suas palavras.

— Eu fiz minha parte, estou indo embora. Se Estela botar a cara para fora, morre. — Heitor agora estava desesperado para sair daquela casa o mais rápido possível.

— Ela entrou em trabalho de parto. — Mariana se deliciou com o olhar de espanto de Heitor. — Espero que esteja bastante orgulhoso do que vocês estão fazendo.

— Eu não imaginava... — Heitor se mostrou perplexo.

— Pois agora você está sabendo. E avise ao seu amigo que se prepare. Hoje, até o final do dia, um de nós vai enfiar uma bala na cabeça dele. — Canino empinou o queixo.

Heitor engoliu em seco e saiu, deixando os três amigos sozinhos na sala. Nenhum deles se atreveu a se aproximar das janelas, apesar de ainda estar escuro. Mas em breve, o dia nasceria.

— Pessoal, daqui a pouco irá amanhecer. Acredito que a grande vantagem de Zonatto vai acabar. Aposto que ele está usando algum tipo de rifle com visão noturna. Com luz, poderemos revidar e tentar acertá-lo.

— Nós, não, Canino. Estela poderia fazer isso, mas ela está presa lá em cima sem poder sequer se mexer. — Mariana consultou o relógio.

— Sim, mas tive uma ideia. Acho que já sei como poderemos resolver esse problema. Nosso amigo só vai sossegar quando acertar um tiro na cabeça da Estela, certo? — Canino perguntou.

— Pelo visto, é a segunda coisa que ele mais quer na vida. A primeira seria acertar um tiro na *minha* cabeça — Isabel afirmou, sombria.

— Muito bem, então vamos dar o que ele mais quer — Canino concluiu.

* * *

Fábio Zonatto estava parado como uma estátua no segundo andar de uma residência de frente para a enorme casa em que Ivan e Estela moravam.

Ele havia desenvolvido com o tempo uma capacidade única de permanecer estático durante horas, de tocaia, apenas aguardando sua vítima dar um sinal de vida. E quando isso acontecia, era sempre fatal.

Fábio empunhava um rifle Colt M4A1, de fabricação americana. Aquela era uma arma muito comum no arsenal do exército brasileiro. Ivan conseguira um exemplar em uma das muitas investidas do grupo em busca de armamentos e o entregou pessoalmente para ele. Era uma escolha óbvia, uma vez que Fábio era um dos melhores atiradores da comunidade.

Aquela arma era impressionante, pois permitia usar diversos acessórios simultaneamente. E, naquele momento, Fábio usava seus dois favoritos: a mira telescópica associada a um dispositivo de infravermelho. Assim, conseguia ficar de olho em qualquer movimento no quarto no qual se encontrava Estela. Vez ou outra, arriscava uma olhada nas outras janelas, mas seu alvo estava no terceiro andar da casa.

Sabia que, ao matar a líder do condomínio, as chances de os demais moradores da casa tentarem fazer algo estúpido seria imensa. E era tudo o que ele queria: que Canino, Isabel e Mariana fizessem a bobagem de sair para enfrentá-lo.

Em mais alguns instantes, não precisaria mais do dispositivo de visão noturna. O bom disso: a iluminação natural era muito mais eficiente. O lado ruim: era que Estela também poderia acertá-lo e a mira dela era excepcional. Essa era sua única preocupação, no momento.

Fábio ponderava sobre aquela situação quando avistou um filete de fumaça escura saindo do quarto de Estela, passando pela porta balcão e subindo para o céu.

— Mas que merda é essa? — Zonatto franziu a testa.

Aos poucos, a fumaça foi aumentando cada vez mais. E em alguns instantes, se transformou numa coluna densa.

— Filhos da puta, estão tentando encobrir minha visão! — Fábio ficou furioso.

Ele se apressou e acoplou mais um dispositivo na arma, um ponteiro *laser*. A luz vermelha penetrava em meio à fumaça, deixando um rastro rubro por onde passava.

— Vamos, só preciso de algum movimento. Faça qualquer coisa e eu a libertarei — Fábio falou, entredentes.

E, numa fração de segundo, uma cabeça emergiu rapidamente na porta balcão em meio à fumaça. Foi muito rápido e fugaz, mas ele estava preparado. Zonatto sempre estava preparado.

Apertou o gatilho. A cabeça explodiu e um corpo tombou em meio à fumaça. Menos um inimigo, ele comemorou.

* * *

Havia mais meia dúzia de homens com Fábio. Durante trinta minutos eles observaram a casa, usando binóculos de visão noturna, que, em breve, não seriam mais necessários, pois ficava cada vez mais claro.

249

A fumaça cessara, porém, não era possível ver a pessoa que Fábio abatera. No entanto, não havia dúvida: ele atingira alguém em cheio.

— Nós precisamos encerrar aqui, para ir até a sede do condomínio e manter a guarda do arsenal. Só temos dois homens lá, é muito pouco — Heitor falou. — Só assim garantiremos o controle.

— Os guardas da sede e os responsáveis pela patrulha foram mortos? — Fábio indagou, sem desviar a atenção da sacada do quarto.

— Sim, todos — Heitor confirmou.

— Oliveira e Sandra? — Fábio quis saber.

— Aqueles dois são duros na queda, estão entrincheirados na casa deles, mataram três dos nossos e falaram que só saem de lá mortos. — Heitor balançou a cabeça. — E temos dois carros com três homens cada um rondando o condomínio, impedindo as pessoas de sair. Daqueles que tinham permissão de manter armas em casa, não há mais nenhum vivo. Portanto, todos os outros são inofensivos.

Fábio ponderou por um instante. Ele havia matado alguém, mas não sabia se era Estela. Por outro lado, mesmo que ela continuasse viva, ele sabia que estava em trabalho de parto antecipado; talvez, já estivesse com um bebê recém-nascido nos braços.

E eles precisavam garantir o controle do condomínio, mantendo o arsenal seguro. Se não conseguissem isso, as palavras de Isabel se tornariam realidade: não durariam até o fim do dia.

— Muito bem, podem invadir, eu dou cobertura. Se Estela estiver viva, aposto que tentará proteger a posição deles. Se chegar perto da janela, ela fica sem cabeça. — Fábio sorriu, cruel.

Heitor e os demais saíram em formação, prontos para o confronto. Estavam todos usando farda do exército e coletes à prova de balas.

Fábio acompanhou o avanço do grupo até a frente da casa, que agora permanecia silenciosa e sem nenhuma movimentação aparente. Heitor foi na frente, chegando até a porta. Todas as cortinas se encontravam cerradas, por isso não havia como olhar o interior da residência.

Após alguns instantes de hesitação, Heitor chutou a porta com violência, arrombando-a. Estava na hora do show.

Ele e seus homens invadiram a casa e centenas de tiros foram disparados. Era um ataque cerrado e disparos eram feitos de todas as direções. Era difícil para Fábio saber o que estava acontecendo.

* * *

Zonatto aguardou mais de meia hora por algum sinal de vida, mas ninguém surgiu. Ele ouviu uma nova sequência de tiros. Clarões surgiam a todo instante nas janelas da sala através das cortinas. Disparos dos mais variados calibres foram efetuados. Passados alguns instantes de suspense, Fábio tentou contato pelo rádio, sem sucesso. Ninguém de seu grupo respondia.

O dia já estava claro, e Fábio ficava mais e mais preocupado. O plano deles parecera tão simples de executar, mas agora estava desmoronando. Ele observava todo o cenário, analisando as probabilidades, mas estava na dúvida sobre o que fazer. E precisava tomar uma decisão.

— Alguém pode vir aqui me ajudar? Alguém na escuta? — Fábio chamou pelo rádio.

— Não podemos. Se sairmos daqui, Oliveira e Sandra escapam! — um dos seus comparsas informou.

— Não dá para abandonar nossa posição na sede do condomínio! Vocês têm de vir para cá, estão demorando demais aí! — outro homem falou, visivelmente nervoso.

— Cara, estamos em apenas dois carros para patrulhar o condomínio inteiro, cadê vocês? Não dá para vigiar tudo isso desse jeito — outro membro do grupo afirmou.

Fábio desligou o rádio, tenso. Estava sozinho.

Zonatto decidiu arriscar. Tinha de saber o que estava acontecendo. Ainda havia tempo de garantir o controle do condomínio, mas, para isso, Estela e seus aliados precisariam estar mortos. Se desfilassem pelo condomínio mostrando os líderes mortos, os demais moradores seriam intimidados, e não haveria mais resistência.

Fábio saiu com cuidado do esconderijo de tiro, trazendo o fuzil em posição de ataque. Ele andava com um olho no esconderijo de Estela e o outro na mira telescópica, pronto para acertar qualquer coisa que se mexesse.

Avançou pela rua. Depois atravessaria uma pequena rotatória e finalmente estaria na porta da casa. Ele caminhava rápido; não podia ficar exposto em campo aberto. Quando chegou a cerca de vinte metros de distância, um tiro solitário estrondou. A bala o atingiu em cheio no peito. Ele era muito forte, mas o golpe surtiu o efeito de um coice de mula.

Fábio deu dois passos para trás e caiu com a violência do impacto. O colete à prova de balas salvou sua vida, mas seu tórax estava em brasa. Com a adrenalina a mil, Zonatto colocou-se de pé num salto e correu para trás de um dos carros a fim de se proteger.

— Puta merda! Quem foi o desgraçado que atirou em mim? — Fábio gritou de seu esconderijo.

Em seguida, ele se ergueu e começou a vasculhar as janelas da casa com a mira telescópica. Mas não encontrou nenhuma movimentação.

— Você vai morrer, filha da puta! — Fábio Zonatto berrou, furioso. — Ninguém atira em mim!

Estava cego de raiva, queria se vingar. E decidiu seguir em frente.

Fábio tornou a correr na direção da casa. O suor empastava seu cabelo e escorria pela testa. A sua respiração estava curta por causa da dor causada pelo tiro, mas ele a ignorava. Queria acabar com a raça da responsável por aquilo.

Quando se aproximou da entrada, Fábio olhou em volta e não viu ninguém. Avançou decidido, com o rifle pronto para disparar. E, finalmente, chutou a porta com toda a força. Então, ficou petrificado. Todos os seus homens estavam caídos no chão.

Todos mortos.

A sala inteira estava lavada em sangue. Corpos caídos no piso, no sofá, na beira da escada. Muitos com tiros na cabeça. Um verdadeiro massacre. Heitor jazia de costas para o chão. Os seus olhos arregalados miravam o teto, como se ele tivesse morrido sem conseguir entender o que havia acontecido.

Fábio olhava para aquela cena estupefato. Não se preparara para aquilo. O pior era que lá estavam sete de seus aliados e nenhum de seus inimigos.

Deu dois passos para trás, saindo da casa novamente. Precisava ser mais cauteloso... Subestimara o adversário. Foi quando percebeu, pelo canto do olho, a presença de alguém ao seu lado, a alguns metros de distância.

Zonatto começou a tremer e olhou para direita, bem devagar. Sua respiração começava a ficar ofegante. Então, ele vislumbrou um fuzil... Era, sem dúvida, uma das piores situações que poderia enfrentar.

Estela o tinha sob mira.

— Estela... — Zonatto balbuciou ao vê-la.

— Larga! Agora! — Estela ordenou, suando frio e muito pálida.

— Pensei que você estivesse morta... eu acertei alguém... — Zonatto bufava de raiva e medo.

— Você acertou um cadáver. Canino ateou fogo a um cobertor e o enrolou num dos seus capangas. E eu aproveitei o momento para fugir.

— Estela falava sem desviar o olhar de Fábio, apesar da dor imensa que sentia. — Conheço bem a sensação, Fábio. Todo atirador de elite, por um instante, se sente o máximo ao atingir o alvo. Foi o seu momento de distração.

— É, não achei que você conseguiria escapar, nem que pudesse fazer algo em trabalho de parto... — Fábio a fitava de uma forma muito estranha.

— Você não me conhece, cara, sou capaz de suportar coisas inimagináveis. Agora, solta sua arma. Agora! — Estela ordenou, mesmo desconfiando de que não seria obedecida.

Fábio Zonatto avaliou sua situação com muito cuidado, tentando enxergar quais seriam suas opções. E quando não viu alternativa, decidiu arriscar todas as fichas.

— Vadia!!! — Zonatto gritou, ao mesmo tempo virando-se, furioso, e apontando o rifle na direção de Estela.

Um tiro solitário partiu da arma de Estela e explodiu a cabeça de Fábio Zonatto, que caiu no chão, fulminado. O cadáver dele tombou como uma máquina desligada da tomada, instantâneo e indolor.

Estela respirou fundo e baixou a arma. De onde estava, enxergava os olhos ainda abertos de Fábio como duas janelas escancaradas para o horror.

Estela finalmente se rendeu à dor e vacilou. Não aguentava nem mais um instante em pé, tudo aquilo a levara ao limite.

Mariana surgiu ao seu lado e a amparou. Em seguida, Isabel e Canino, enquanto no andar superior as crianças apareciam nas janelas.

— Eu preciso urgentemente de Sandra e Oliveira. O bebê vai nascer, as contrações agora estão mais frequentes! — Estela cerrou as pálpebras de tanta dor.

— Sim, mas antes precisamos arrancar aqueles caras da porta deles. Sandra informou pelo rádio que eram três atiradores, todos armados — Canino disse, preocupado com a aparência de sofrimento de Estela. Ele nunca conhecera uma mulher com tamanha determinação.

— Além do mais, falaram que têm carros vagando por aí com homens armados. Teremos que enfrentá-los. — Mariana jogou o cabelo para trás.

— Então, vamos lá. Eu preciso encerrar isso agora mesmo. — Estela se mostrou determinada. — Veja se algum dos carros deles está com a chave no contato.

— Se não estiver, eu faço uma ligação direta. — Canino sorriu.

Estela, Canino, Isabel e Mariana embarcaram num dos carros e partiram. A casa de Sandra e Oliveira ficava a cinco quadras dali.

* * *

O que aconteceu em seguida foi muito rápido e incrivelmente violento.

Os comparsas de Zonatto viram um carro se aproximando a distância e imaginaram que se tratava de parte do grupo vindo para ajudá-los. Quando um deles pegou o binóculo para enxergar melhor, uma bala atravessou a lente do dispositivo, penetrando seu crânio. Ele caiu para trás, com o binóculo ainda em mãos.

Os outros dois olharam a cena, espantados. E antes que pudessem falar, um deles levou um tiro certeiro no peito, bem no coração. O homem ainda levou a mão ao tórax, enquanto fechava os olhos de dor, mas não havia mais forças; ele desabou no asfalto e o sangue jorrou de sua boca quando ele caiu no chão.

O terceiro homem que cercava a casa de Sandra e Oliveira, diante dos dois cadáveres, jogou a arma no chão imediatamente, erguendo os braços em sinal de rendição. Estava ainda boquiaberto, tamanha a sua surpresa.

O carro parou diante dele. Isabel, Canino e Mariana saltaram, apontando as armas na sua direção. O homem urinou na calça de tanto medo quando Estela saiu do veículo. Ainda escapava fumaça do cano de seu fuzil. O olhar dela era voraz; estava pronta para abater mais uma vítima.

— E-eu si-sinto mu-muito... — o sujeito gaguejou, com as mãos erguidas, vendo-a se aproximar.

Estela estava pálida, suada e praticamente esgotada. Mas seu semblante era feroz e ameaçador.

— Você devia ter tido a coragem de permanecer fiel... — Estela arfava de dor, medindo-o de cima a baixo. — Prepare-se para arcar com as consequências.

Mariana e Isabel se adiantaram, agarraram o traidor pelas roupas e o jogaram no solo.

— Deitado e com as mãos na cabeça! Agora! — Mariana berrou para o infeliz apavorado.

Nesse momento, a porta da casa se abriu e Sandra e Oliveira vieram de lá de dentro. Ele usava uma tipoia improvisada por conta de um tiro que levara.

— Estela, não acredito! Vocês conseguiram! — Sandra correu até ela e a abraçou. — Meu Deus, você está péssima!

— Sandra, me ajuda, estou com medo de perder o bebê e não aguento mais de dor... — Estela falou, praticamente pendurada na amiga.

— Vamos entrar, rápido! — Sandra ordenou, amparando Estela. — Isabel, toma conta desse imbecil. Os outros devem ir até a sede do condomínio. Ponham fim a essa palhaçada!

— Vamos buscar alguns soldados no meio do caminho e recolheremos as armas de Zonatto e seus comparsas. Agora, conseguiremos ajuda. Vamos chegar lá com vários homens. Eles se entregarão — Canino falou, convicto.

— Sim. Vamos pegar os imbecis nos carros que estão rodando por aí — Oliveira complementou.

O automóvel partiu cantando os pneus e Estela entrou com Sandra. Isabel vigiava o homem algemado que havia se rendido.

Sandra em instantes preparou uma cama com lençóis limpos, um balde de água morna e alguns outros itens necessários. Foi um alívio para Estela, mas também doloroso, quando ela se deitou na cama da amiga, com as pernas abertas e flexionadas.

— Estela, você não prefere ir até o posto de saúde? — Sandra perguntou, agoniada com o sofrimento de Estela.

— Não consigo! A dor está terrível! — Estela inspirava e expirava em períodos curtos e ritmados.

— Muito bem, então, vamos lá! — Sandra a examinou. — A boa notícia é que você já está com uma dilatação excelente. Então, agora, faça força! Vamos!

Estela fechou os olhos e gritou de dor quando contraiu os músculos pélvicos com toda a força que lhe restava, fazendo pressão para baixo.

E assim, menos de dez minutos depois, a pequena Jéssica chorou pela primeira vez.

CAPÍTULO 10
DE VOLTA AO LAR

NO DIA SEGUINTE, três homens entraram algemados no quarto que pertencera à Mariana. Agora, ele era ocupado por Estela, que estava sentada na cama, recostada em alguns travesseiros. Num canto, o berço de Jéssica, que dormia tranquilamente.

Os três eram o que sobrou da desastrosa tentativa de Fábio Zonatto de controlar o Condomínio Colinas. Ao todo, mais de trinta pessoas morreram, entre guardas e insurgentes. O cadáver de Ariadne fora encontrado na véspera, pouco depois da rendição dos últimos dois homens na sede do condomínio.

Eles eram escoltados por Canino e mais cinco soldados. Isabel tentara dissuadir Estela daquela ideia, mas ela exigiu, inflexível:

— Eu quero falar com eles, agora.

Todos entraram cabisbaixos no quarto, sem saber o que esperar ou o que aconteceria. Ao verem o olhar de Estela, deram-se conta de que não seria nada bom.

Diante dos traidores, Estela estreitou os olhos e informou o que tinha em mente:

— Uma vez critiquei duramente meu marido por ter decidido fuzilar um homem que causara a morte de dezenas de indivíduos. Mas, hoje, vejo que estava errada.

Aquilo causou calafrios nos três.

— Vocês são uma ameaça, um câncer nesta comunidade. O simples fato de continuarem vivos já é um risco — Estela prosseguiu.

— Estela, minha senhora, eu...

Mas ela interrompeu o sujeito:

— Quieto! Não quero saber de explicações ou pedidos de desculpas! Basta! — Estela esbravejou.

— Nós estamos com medo de Jezebel, por isso, achamos que... — outro homem ensaiou uma explicação, porém, do mesmo modo, foi interrompido por Estela.

— Estar com medo não é desculpa para matar inocentes. Todos nós estamos com medo, nem por isso traímos nossos companheiros — Estela disse, cortante como uma faca.

— Por que temos que morrer para proteger Isabel? — um deles a desafiou.

— E se fosse você no lugar dela? Ainda diria que matar seria a melhor opção? — Estela o encarou.

— Claro que não, mas eu estaria errado? — ele retrucou, tentando sustentar o olhar de Estela.

— E o que o leva a crer que Jezebel nos deixaria em paz? Você confiaria nela? Apostaria todas as vidas dos moradores deste lugar confiando naquela coisa? — Estela cuspia as palavras.

— Mas, pelo menos, teríamos uma chance... — O homem ficou desconcertado.

— Nossas únicas chances seriam matar Jezebel ou fugir, já tentamos a primeira. E confiar nela significa depositar milhares de vidas nas mãos de uma louca, isso não vou fazer nunca — Estela afirmou, implacável. — E agora, graças a vocês, várias pessoas estão mortas. Companheiros bons e inocentes, que só queriam viver em paz e ajudar a proteger os outros.

Canino e os demais soldados observavam a cena em silêncio. Apesar dos olhares de desespero dos três rebeldes, não conseguia sentir piedade. Não depois do que acontecera.

— Não, a culpa foi de Zonatto! Foi ele que... — Estela interrompeu de novo.

— Não, camarada, vocês decidiram segui-lo por conta própria. Vocês sujaram as mãos com sangue inocente! — Estela gritou, furiosa. — E, agora, pagarão pelo que fizeram.

Os três se entreolharam, assustados, imaginando o que viria a seguir. Até Canino estava surpreso.

— Eu estou banindo todos vocês. Quero os três fora do Condomínio Colinas imediatamente — Estela decretou.

— Não! Por favor, não faça isso!

— Pelo amor de Deus, isso é uma sentença de morte!

Ignorando suas súplicas, Estela ordenou:

— Canino, coloque-os em um carro e mande-os para fora daqui. Se forem avistados rondando estes muros, nossos guardas deverão atirar. E agradeçam a Deus por eu não mandar fuzilá-los também.

— Considere feito. Vamos! — Canino agarrou um dos homens pelo braço e o arrastou para fora do quarto. Os soldados o imitaram, puxando os outros dois, que imploravam por misericórdia.

Menos de meia hora depois, os insurgentes deixaram o Condomínio Colinas num carro, sem armas ou mantimentos.

Com aquela decisão feroz, Estela esmagou de forma exemplar aquela rebelião do Condomínio Colinas.

* * *

Os dias se passaram e o tempo para fugirem estava acabando, todos sabiam disso. Agora, aguardavam Estela se recuperar um pouco mais para partir. Sua saúde ficara muito fragilizada por causa do trabalho de parto longo e duríssimo.

E também com suas condições psicológicas. Estela passava dias praticamente sem falar com ninguém, parecia estar definhando. A tristeza sem fim de Estela se devia ao fato de Ivan não ter dado nenhum sinal de vida. Pela primeira vez, Estela considerava a possibilidade de seu marido não ter sobrevivido.

Se isso fosse verdade, ela mesma não saberia o que fazer. A vida sem Ivan parecia impossível.

Estela estava abraçada à pequena Jéssica, absorta em pensamentos e com um semblante pesado, quando ouviu uma movimentação do lado de fora. Então, todos foram para a porta ver o que acontecia. Depararam-se com algo semelhante a uma procissão ou algum tipo de passeata... mas era uma comemoração. Estela ficou se perguntando se alguém sabia qual o motivo daquilo tudo.

— Estela, você não vai acreditar! — Mariana chegou às pressas, ofegante, com um rádio em mãos.

— O que foi? Diz o que foi, diz! — Estela sentia o coração disparar.

— Ivan voltou!

Estela abriu um sorriso radiante e os olhos começaram a brilhar de lágrimas. Mariana sorriu também. Era um alívio ver Estela feliz de novo.

— Ele está do lado de fora com Zac e Gisele. Eu já mandei uma equipe para resgatá-los. — E Mariana saiu às pressas, deixando uma Estela muito sorridente para trás.

— Você está prestes a conhecer uma pessoa muito especial, meu amor — Estela falou para a pequena Jéssica em seu colo.

* * *

Alguns minutos depois, o reencontro tão aguardado se deu. Todos no condomínio agradeceram a Deus por Ivan ter retornado vivo. Separados, eles eram fortes, mas juntos, eram quase invencíveis.

— Olá, meu amor. — Ivan abraçou Estela e a cobriu de beijos.

Ele beijou a mulher e a filha pequenina várias vezes, com os olhos cheios de lágrimas. Estava magro, pálido e abatido.

— Olha, nunca mais faça isso. Você me fez esperar um bocado — Estela brincou, limpando as lágrimas e olhando-o profundamente nos olhos.

— Eu sei. Tivemos problemas sérios. Não havia rádio e usar um carro era loucura, com a horda de Jezebel fechando o caminho; por isso, demoramos — Ivan respondeu, pesaroso. — Ela está avançando pela Régis Bittencourt e, a esta altura, deve estar chegando ao centro de São Paulo. Tivemos de buscar uma nova rota.

— E como vocês fizeram? Apenas três pessoas não teriam como desobstruir outra estrada para passar sem chamar a atenção de Jezebel.

— Nós encontramos uma loja de motos. — Ivan mostrava um sorriso significativo no rosto.

— Meu Deus! É tão óbvio! Essa é uma forma muito mais fácil de passar por essas estradas devastadas. — Estela pousou a mão na testa.

— Depois de conseguir as motos, foi muito mais fácil chegar aqui por uma rota alternativa, passando bem longe de Jezebel — Ivan disse. — Só não tínhamos como mandar notícias...

— Está tudo bem, meu amor, o importante é que você está aqui. — Estela afagou o rosto do marido. — Todos os nossos outros amigos morreram?

— Sim, todos. Os únicos sobreviventes somos eu, Zac e Gisele. Ninguém mais. — Ivan balançou a cabeça, pesaroso.

— Meu Deus, sinto muito... Não sei se você já sabe, mas também tivemos problemas aqui.

— Quem? — Ivan quis saber.

— Zonatto.

— Morto? — Ivan tornou a perguntar, franzindo a testa.

— Sim, claro — Estela afirmou.

— Quantas baixas? — Ivan mordeu o lábio inferior, preocupado com a resposta.

— Trinta mortos ao todo. — Estela não disfarçava a amargura na voz.

— Nossa... Algum traidor vivo?

— Sim, três. Todos banidos.

— Ótimo, meus parabéns. — Ivan ficou orgulhoso pela forma como Estela lidara com a situação.

Naquele instante, três pequenas batidas na porta foram ouvidas, e antes que eles pudessem falar alguma coisa, várias crianças invadiram o quarto, jogando-se sobre Ivan.

Marido e mulher gargalharam com seus filhos subindo na cama e se pendurando no pai.

As crianças riam e comemoravam. Ivan abraçou e beijou todas, numa festa de reencontro familiar.

Estela ainda ria com eles quando duas pessoas entraram também no quarto. Um homem e uma mulher, de mãos dadas.

— Ora, este é mesmo um dia cheio de surpresas! — Estela murmurou ao ver Zac e Gisele juntos.

— Olá, Estela, estamos de volta. E como você pode ver, as coisas agora estão diferentes. — Gisele sorriu, mostrando sua mão entrelaçada com a de Zac.

O rapaz de rosto deformado sorriu também.

— Sim, estou vendo, e fico feliz por vocês. — Estela deu um abraço neles e completou: — Agora, precisamos resolver a parte mais importante de todas.

— Quanto a isso, meu amor, eu tenho um plano. — Ivan colocou Aninha no colo.

— Eu também — Estela respondeu.

E eles tomaram a mais importante decisão sobre o destino daquela comunidade.

CAPÍTULO 11
DEVASTAÇÃO

NO FINAL DO ANO DE 2019, Jezebel e seu exército de mais de um milhão de zumbis marchavam na entrada da cidade de São José dos Campos.

As trombetas do apocalipse deveriam estar soando quando a descomunal horda de criaturas deixou a rodovia Presidente Dutra e subiu o Anel Viário, adentrando a cidade.

Apenas uma semana antes, aquele imenso grupo de seres passara por São Paulo, destruindo a sede da Segunda Divisão de Exército e matando os últimos sobreviventes da capital; entre eles, o doutor Oscar, o médico cientista do coronel Fernandes, que se recusara a deixar suas cobaias e pesquisas para trás.

Aquele exército criou um rastro de destruição. Por mera diversão, Jezebel derrubou todas as pontes e todos os viadutos que cruzavam a Marginal Tietê, deixando as gigantescas estruturas em ruínas, atravessadas sobre as pistas da cidade de São Paulo.

Em meio aos seres, Jezebel caminhava. Seu rosto estava deformado em função dos tiros que levara e pela explosão causada pelo coronel Fernandes, um mês antes.

Na primeira vez em que se mirou no espelho depois da batalha, ela quase explodiu de raiva — fora tremendo o estrago causado por aquele homem. Seus cabelos foram queimados e sua cabeça estava sem pele em várias partes.

Jezebel, agora, se assemelhava ainda mais a um monstro. Deformada no corpo e na mente.

E agora, riscar o Condomínio Colinas da face da Terra se tornou o seu maior propósito. E com ele, sua irmã, Isabel.

Os primeiros seres do gigantesco grupo de criaturas guiado por Jezebel acessou a avenida Jorge Zarur por volta do meio-dia. Eram tantos zumbis, que os últimos ainda estavam atravessando a rodovia Dutra, passando sobre o Anel Viário, a alguns quilômetros dali.

A ruidosa massa de seres passou pelo Shopping Colinas com sol a pino e quando virou à direita se deteve diante da fortaleza-condomínio.

O muro se estendia por mais de um quilômetro, margeado por fios de alta tensão que outrora alimentavam a cidade de São José dos Campos com energia elétrica. Jezebel parou diante daquela vista. Finalmente, depois de meses de caminhada, atingira seu objetivo. Chegara ao esconderijo em que se escondiam seus inimigos.

Jezebel cerrou o punho e soltou um urro animalesco. E, quando isso aconteceu, os gritos e grunhidos dos seus milhares de comandados atingiram um nível tão elevado de decibéis que não houve um único ser vivo num raio de quilômetros que não tivesse, involuntariamente, se encolhido.

Os zumbis avançaram contra o condomínio num bloco compacto. O chão tremia diante daquela marcha. Quando Jezebel percebeu que a entrada era bloqueada pelo ônibus, bastou um olhar e o veículo enorme recuou para trás com facilidade, raspando contra o muro do condomínio de forma barulhenta, arrancando grossas camadas de reboco.

Jezebel libertou toda a fúria assassina de seu exército de zumbis, ordenando:

— Matem todos! Mas poupem Isabel, ela é minha — Jezebel murmurou, já que era seu poder, e não suas palavras, que mantinha as feras sob controle.

Milhares de zumbis invadiram o Condomínio Colinas ao mesmo tempo. Um número incontável de seres avançou pela entrada principal, se espalhando rapidamente pelas primeiras ruas e pelos quintais das casas. Então, ela percebeu que talvez sua longa viagem tivesse sido à toa. Não havia ninguém. O bairro estava completamente vazio.

* * *

Jezebel olhava em volta do Condomínio Colinas, tomado por milhares de zumbis, com um sorriso irônico.

— Covardes... São todos uns covardes — disse para si mesma. — Mas tudo bem, vocês podem fugir, mas não por muito tempo. Eu vou achá-los.

Ela caminhava de um lado para o outro, insatisfeita. No fundo, contava com aquela possibilidade, mas tinha esperanças de poder acabar com todos enquanto destruía o condomínio. Infelizmente, o medo falara mais alto.

— Em algum lugar, tem que haver alguma pista e eu vou encontrar — Jezebel resmungou.

De repente, ela parou, pois viu algo que só poderia ser uma brincadeira de mau gosto.

Diante da sede do condomínio havia uma pequena faixa de tecido já um pouco amarelada. E nela estava escrito: "Seja bem-vinda, Jezebel!".

— Mas que palhaçada é essa? — Jezebel balançou a cabeça, perplexa.

Pensou que não devia entrar naquele lugar, mas estava curiosa do que eles teriam preparado para se dar ao trabalho de criar uma faixa. Vacilou em seguir, mas sabia que ficaria inquieta demais se não descobrisse o que haveria ali.

Pensou em mandar alguns de seus zumbis, mas não conseguiria olhar através dos olhos deles, nem captar pensamentos provenientes de seus comandados. Jezebel hesitou mais alguns instantes, mas tomou a decisão de ir.

Ela entrou na sede do condomínio, com muito cuidado, observando tudo em volta. Não tinha a intenção de chegar tão longe para ser morta por alguma armadilha estúpida. Logo na entrada havia uma pequena folha branca, colada na parede, com uma seta negra impressa, indicando que devia seguir à esquerda.

Jezebel caminhava pelos corredores e novas setas surgiam, indicando o caminho. Então, ela se viu diante de uma porta com mais um recado escrito numa folha, onde se lia a palavra "Fim". Jezebel não fazia ideia do que havia ali, mas era óbvio que a caça ao tesouro terminara.

Ela concentrou todos os seus poderes, pronta para qualquer surpresa. O que haveria detrás daquela porta?

Ao abri-la, ela viu algo que só podia ser uma piada.

Um rádio, no centro da sala, sob um pequeno móvel.

Num canto, numa pequena câmera de vídeo e alto-falantes. E colada no rádio, uma folha de papel com um único recado: "Ligue".

263

Jezebel leu o aviso e ficou imaginando o que significaria tudo aquilo. Seria uma tentativa de novo acordo? Uma forma de atrasá-la? Não quis perder mais tempo, então, decidiu ligar o aparelho.

Por alguns instantes, tudo permaneceu em silêncio. Mas, em seguida, uma voz surgiu nos alto-falantes, enchendo a sala:

— Boa tarde, Jeza — Isabel a cumprimentou.

— Não acredito nisso... — Jezebel falou, surpresa.

— Acredite, minha irmã, sou eu — Isabel respondeu.

— Irmã? Que irmã? Jezebel não existe mais! — ela afirmou, maligna.

— Pois você se parece muito com ela, apesar de eu sentir que você está bastante ferida — Isabel falava com suavidade, emocionada por estar em contato com sua irmã gêmea novamente.

— Não se engane, Isabel, sua irmã deixou de existir no dia em que foi abandonada por vocês e mordida por um de seus novos irmãos. Jezebel morreu — ela falou com muita ironia.

Isabel respirou fundo. Ao fechar os olhos, sentiu uma lágrima solitária escorrer pelo seu rosto.

— Sinto saudade de você. Da nossa família, das nossas conversas... — Isabel balançou a cabeça, desanimada.

— Não sinta. Essas lembranças não dizem nada! — Jezebel falou com ferocidade.

— Você realmente não é ela? Não sobrou nada da minha irmã? — Isabel tinha os olhos cheios de lágrimas.

— Absolutamente nada. Apenas este corpo decadente e faminto — respondeu, cruel.

Isabel suspirou, magoada. Mas ao menos aquela conversa fora libertadora. Agora, finalmente, conseguiria aceitar que não havia mais por que lamentar a guerra entre Jezebel e a humanidade.

— Então, isso significa que não há nenhuma chance de haver paz entre nós, Jezebel?

— Nenhuma chance. É tão impossível quanto a Terra parar de girar neste exato segundo. — Jezebel parecia estar se divertindo com aquela conversa. — Eu só descansarei após matar todos, da última criança ao último idoso. Quero que vocês morram!

— Lamento muito ouvir isso, mas quero que saiba que eu a amo e sempre vou amar, apesar de tudo. — Isabel limpou uma última lágrima.

— Acho que nossa conversa se encerra aqui. Essa era minha tentativa, agora, há outra pessoa que quer falar com você.

— E quem é? — Ela ficou curiosa.

— Sou eu, Jezebel. — Ivan assumiu o rádio.

— Ora, ora, ora... se não é meu amigo covarde... — Jezebel arqueou uma sobrancelha, surpresa. — Achei que você estivesse morto.

— Como pode constatar, você se enganou.

— Por que não vem aqui falar comigo pessoalmente, Ivan? Vai ser divertido, como nos velhos tempos! — Jezebel sentia a fúria correr por suas veias como fogo.

— Encontrar com você foi um erro e eu não pretendo repeti-lo. Aliás, cometi muitos erros nos últimos meses, e você foi um deles. — Ivan falava se referindo ao abandono.

— Pare de se explicar, humano, eu não quero saber de suas desculpas! — Jezebel, de repente, teve um mau pressentimento.

— Também preciso lhe agradecer. No fundo, você me salvou. Eu estava percorrendo um caminho equivocado, me transformando numa espécie de ditador. Tudo isso me ensinou uma tremenda lição de humildade.

Jezebel se levantou da cadeira, preocupada. Havia algo errado com aquela conversa.

— Cada ferimento que você me infligiu e cada vida que você ceifou me fizeram lembrar que eu devo não apenas proteger minha comunidade de sobreviventes. Devo também respeitar essas pessoas, tanto suas opiniões quanto as suas limitações. Eu caí feio, e muita gente sofreu por minha causa. Mas aprendi a lição. Não repetirei esse erro — Ivan prometeu.

Jezebel olhava em volta, tensa. Havia algo na entonação de Ivan que servia de alerta. Como se uma tempestade se formasse.

— Muito obrigado, Jezebel, pelas duras lições. Não vou perdoar o que você fez, mas carregarei os ensinamentos comigo para sempre. Eu juro!

Jezebel pegou o comunicador do rádio e gritou:

— O que você quer dizer com isso, seu desgraçado?!

— Quero dizer que, quando você chegar ao inferno, daqui a dez segundos, não se esqueça de falar para o demônio que foram os sobreviventes do Condomínio Colinas que a mandaram para lá. — E Ivan desligou o rádio em seguida.

— Ivan... — Jezebel sussurrou e fechou os olhos.

* * *

A algumas centenas de metros dali, Ivan, Zac, Canino, Oliveira e Isabel se espremiam dentro de um carro forte, estacionado dentro do Shopping Colinas. Aquele era o único veículo forte o suficiente para resistir ao que estava por vir.

Por segurança, deveriam se afastar mais, mas foi o melhor que conseguiram providenciar e teria de servir.

Pelo monitor de vídeo, podia-se ver ainda Jezebel de pé, nervosa, na pequena sala de rádio.

Imediatamente, após desligar o rádio, Ivan pegou o detonador. Bastava girar a chave e o espetáculo começaria. Mas, por um instante, ele vacilou; nenhum deles estava seguro sobre qual seria o resultado daquilo.

Zac, ao ver o olhar de Ivan, fez algo que nunca havia imaginado. Ele colocou as duas mãos sobre as de Ivan. Mais do que nunca, eram aliados agora.

— Força, cara, vamos acabar com essa merda. — Zac o fitava nos olhos.

Ivan o encarou de volta, suspirou e balançou a cabeça em sinal positivo.

— Muito bem, senhores, é isso aí. A gente se encontra no inferno. — E Ivan girou a chave do detonador.

E foi assim que se deu a maior explosão da história do Vale do Paraíba.

* * *

Eles haviam utilizado para aquela operação um míssil recém-fabricado pela Avibras. Fundada em São José dos Campos, era uma empresa que inicialmente desenvolvia aeronaves para a Força Aérea Brasileira, mas, depois, passou a construir foguetes, mísseis e sistemas de artilharia diversos.

E uma das peças mais letais da Avibras, que fora construída e armazenada em Jacareí, era um míssil chamado AV MT-300 "Matador". Desenvolvido para ser lançado por um canhão de disparo montado sobre caminhão, bastavam dois mísseis para derrubar um prédio de grande porte.

Quando os zumbis surgiram, a Avibras trabalhava na construção de mais um lote de mísseis e as trinta unidades já montadas ficaram abandonadas nos galpões da empresa. Ivan sabia disso, pois Estela trabalhara na empresa até o fatídico Dia Z.

Por esse motivo, ela sugeriu o uso, e Ivan teve a ideia de usar algumas unidades na sede do Condomínio Colinas. E, em vez de lançá-las por um canhão, usar um detonador simples ligado a uma carga de explosivos — dentro do pequeno prédio, no segundo andar e logo acima de onde estava Jezebel — e milhares de litros de gasolina em vários tambores. Quando os mísseis explodissem, o combustível espalharia fogo por todos os lados, incinerando tudo ao redor.

Essa foi a obra de arte destrutiva que Ivan enviou para mandar Jezebel pelos ares.

Durante os poucos segundos em que ainda teve tempo de pensar que cometera também o seu erro, de arrogância, Jezebel não lamentou. Sentiu que tomara uma decisão estúpida e pagaria por aquilo. Mas, antes de aquele inferno de fogo e destruição queimá-la viva, ela ainda se perguntou aonde todas aquelas pessoas teriam ido. Que outro lugar próximo poderia abrigar tanta gente e permitir que reconstruíssem um local seguro? Não importava mais...

* * *

A explosão primeiro esmagou o prédio da sede do condomínio de cima para baixo, reduzindo toda a estrutura a pó. Depois, os escombros se espalharam em todas as direções, sendo arremessados a centenas de metros de distância.

O deslocamento de ar derrubou as casas, árvores e os postes de iluminação num raio de cem metros. E matou todos os outros seres também, de insetos a zumbis.

Uma imensa bola de fogo subiu ao céu, a mais de um quilômetro de altura. E milhares de litros de gasolina em labaredas caíram como chuva de gotas de fogo, pondo em chamas quase todo o condomínio.

O gigantesco muro que o cercava ruiu em grande extensão, arremessando imensos blocos de concreto na rua.

Os prédios dos condomínios Paesaggio e Belvedere, que foram

incorporados à comunidade de sobreviventes, estremeceram com a violência da explosão. Vidros e janelas explodiram, paredes racharam, portas foram arrancadas das dobradiças, e algumas torres de transmissão de energia elétrica que circundavam o bairro foram ao chão, fazendo com que as gigantescas estruturas de aço despencassem sobre ruas, casas e edifícios.

Milhares de zumbis caíram, simultaneamente, com o deslocamento de ar provocado pelas explosões. Os mais próximos foram reduzidos a pedaços e muitos desintegraram. Ainda houve os que derreteram com o calor de mais de mil graus centígrados. A quantidade de seres fulminados ou dilacerados era impossível de contar. Podia-se calcular em dezenas de milhares de zumbis destroçados.

A onda de choque atravessou a rua em frente ao condomínio e atingiu a lateral do Shopping Colinas, destruindo-a. O carro forte no qual Ivan e os demais se protegiam capotou com o impacto da explosão, atravessando uma vitrine e indo estacionar dentro de uma das lojas.

E, dessa forma, o Condomínio Colinas, até então a maior comunidade de sobreviventes da Terra, foi completamente destruído.

* * *

O apartamento no qual a família de Ivan e Estela moraram ficava a cerca de um quilômetro do local da explosão.

Aquele lugar estava cheio de pó. Baratas e moscas passeavam por ali por conta dos alimentos deixados e que agora haviam apodrecido. O mofo se acumulava nos sofás e nas cortinas, em virtude de mais de um ano de total abandono.

Na sala, um quadro com uma foto de Ivan, Estela e seus dois filhos se achava repleto de teias de aranha e poeira.

Todas as janelas do apartamento se partiram com a onda de choque da explosão de mais de cinco mil quilos de explosivos de alta densidade.

As lembranças daquele lar estavam imersas num passado que eles precisavam esquecer...

E seguir em frente.

CAPÍTULO 12
ILHABELA

IVAN LEVANTOU-SE DA CAMA com dificuldade. Seus inúmeros ferimentos ainda resultavam em dores terríveis, tanto os causados por Jezebel quanto os originados pela explosão com que ele, Estela e seus companheiros a fulminaram.

Fazia duas semanas que a explosão ocorrera e provavelmente Ivan ainda precisaria de muito tempo para se recuperar por completo.

Após escovar os dentes, ele foi para a cozinha simples, porém ampla, à procura de Estela, mas não a encontrou.

Ivan estranhou o silêncio. Pelo visto, não havia mais ninguém na casa. Então, decidiu sair.

Do lado de fora, sentiu a brisa e o cheiro de maresia. As ondas do mar quebravam na praia, a apenas alguns metros dali. Ao fundo era possível ver as gaivotas.

Estela estava na praia, com a pequena Jéssica no colo, descalça na areia, e seu cabelo balançava com o vento. Ela estava linda, pouco mais de um mês após ter dado à luz. Alguns dos seus filhos brincavam por perto, enquanto outros nadavam no mar, sob o seu olhar atento. Quando avistou o marido se aproximando, ela sorriu.

— Bom dia, encrenqueiro.

— Bom dia, encrenqueira. — Ivan deu um beijo nos lábios de Estela e outro na testa da bebê, que o olhava cheia de curiosidade.

— Veja como as crianças estão adorando morar aqui em Ilhabela. O mar está fazendo um bem enorme a todos nós — Estela falou.

— Sim, foi uma ótima ideia. É incrível que isso nunca tenha ocorrido a nenhum de nós, antes. — Ivan afagou o rosto de Estela.

— Sim. Só mesmo o desespero por segurança me motivou a sugerir que viéssemos para cá. Mas ainda estou muito preocupada. Não temos moradia sequer para metade da comunidade e mais de noventa por cento da ilha está infestada de zumbis. Teremos muita dificuldade para tornar este local seguro de verdade. — Estela franziu a testa.

— Eu sei, eu sei. — Ivan soltou um suspiro pesado. — Mas, depois que conseguirmos limpar tudo, teremos espaço suficiente para mais de trinta mil moradores. Talvez muito mais.

— O melhor de tudo são os mais de mil metros de mar nos separando do continente e seus malditos zumbis. — Estela se mostrou otimista. — Nunca mais sofreremos uma invasão novamente.

— Sim, vale a pena lutar por isso. Acabaram-se os tempos de confinamento e muros altos. Nossos filhos poderão crescer ao menos com um pouco de liberdade — Ivan afirmou, sonhador.

— Mas, por quanto tempo? — Estela pensava no que Oscar decretara: a sentença de morte prematura de grande parte dos sobreviventes. — Esta é uma comunidade predestinada a morrer jovem; ao menos boa parte dela.

Ela sentiu uma ponta de tristeza. Seu único consolo era saber que, as próximas gerações e seus descendentes estariam seguros, assim que eles eliminassem os zumbis da ilha.

— Sim, penso nisso todos os dias. — Ivan envolveu a cintura de Estela, puxando-a para perto de si, junto com o bebê. — Só nos resta viver nossas vidas da melhor forma possível e esperar, porque a maior parte das coisas não está em nossas mãos.

— "Que seja infinito enquanto dure". — Estela fitou o marido dentro dos olhos, citando um trecho do "Soneto de fidelidade", de Vinícius de Moraes.

— Que assim seja. — Ivan beijou Estela nos lábios.

* * *

Isabel recebeu seus amigos Ivan e Estela na sua pequena casa de frente para o mar. Era simples, mas arejada e acolhedora. Canino estava muito feliz com aquele pequeno e confortável pedaço de chão. Ele até mesmo já arrumara um cachorro vira-lata, como sonhara; só faltava um monte de filhos.

Ela ainda estava com algumas escoriações e um curativo na testa, após a explosão. Mas vinha se recuperando.

Na entrada da casa, eles encontraram Mariana, Hilton e Scheyla, que saíam para cuidar de seus afazeres. Mais do que nunca, precisavam trabalhar pela comunidade. Todos teriam que pegar em armas para manter os zumbis longe, enquanto não fosse possível organizar uma ofensiva para tomar o controle da ilha toda.

— Salve, meu amigo! — Ivan cumprimentou Hilton. — Nunca tive a oportunidade de lhe dar os parabéns. Vocês conseguiram curar Gisele.

— Ela se curou sozinha, Ivan, nós apenas demos as ferramentas necessárias. — Hilton estava sorridente.

— Ele está sendo modesto, Ivan, não ligue! — Scheyla balançou a cabeça. — Nós soubemos que Gisele e Zac estão morando juntos agora como um casal. Fico feliz por ela.

— É verdade, eu também fico feliz — Estela entrou na conversa. — Só não gosto de imaginá-la com meu marido de mãos dadas, olhando as estrelas.

Aquilo deixou Ivan vermelho, o que arrancou risadas de todos.

— Bem, Mariana, agora você se tornou mais um membro da nossa família — Estela falou.

— Sim, verdade. Mas apesar de tudo, confesso que estou mais esperançosa do que jamais estive em São Paulo. Lógico que sinto falta do meu pai, mas onde quer que ele esteja acho que o coronel deve estar feliz também por eu ficar aqui com vocês. — Mariana tentava sorrir de modo esperançoso.

— Seu pai era um grande homem e a amava muito. — Ivan pôs a mão no ombro da moça, que sorriu, agradecida.

Eles se despediram, e Ivan e Estela entraram na casa de Isabel e Canino, sentando-se no sofá.

— Carlos enfiou na cabeça que quer meia dúzia de crianças. É mole? Se depender dele, vou passar o resto da minha vida grávida! — Isabel sentou-se também.

Ivan e Estela gargalharam do comentário. Talvez fosse mesmo uma boa ideia um monte de crianças para alegrar aquela comunidade, tão cansada de sofrer.

— Isabel, obrigado por nos receber. Mas estamos aqui por um motivo específico, hoje. Precisamos de uma explicação e espero que você possa nos ajudar — Ivan disse, com Estela sentada ao seu lado segurando a sua mão.

— Ivan, eu sei o que os preocupa, mas minha pergunta é: vale a pena pensar nisso agora? Faz diferença? — Isabel olhava os amigos com carinho.

— Entenda, para nós é duro liderar esse grupo depois de ter obtido a informação de que existe um mistério maligno pairando sobre nós. Você entende como isso é horrível? — Estela perguntou com toda a franqueza.

— Nós não temos como afirmar tal coisa — Isabel contrapôs. — Minha irmã pode ter dito isso apenas para atormentar Ivan antes de matá-lo.

— Sim, mas você falou que me viu diante de várias pessoas mortas, e tinha sido eu quem matara todas. E depois disso contou que me vira usando uma farda do exército, numa outra época que não esta. Lembra?

— Sim, Estela, eu lembro. Nunca mais tive aquela visão, mas é verdade.

— Isabel, uma vez você tocou no assunto que sempre nos intrigou: como eu e Estela conseguimos lidar com os zumbis mais facilmente do que todos os outros? O que há de errado conosco? — Ivan quis saber.

— E de onde surgiu minha pontaria? Eu treinei muito pouco, e hoje sou capaz de atingir qualquer coisa a centenas, até milhares de metros com meu fuzil. Como é possível? — Estela se sentia angustiada. — Isso nunca havia me preocupado antes, e agora esse pensamento tem me atormentado.

— É como se nós fôssemos dois assassinos por natureza, duas máquinas de matar, que já estavam prontas antes de esse inferno começar, entende? É quase como se nós já soubéssemos o que tínhamos que fazer. — Ivan suspirou. — Francamente, fiz coisas para as quais nem tive que parar para pensar, pois as respostas já estavam prontas na minha cabeça. E foi exatamente o que sua irmã disse: que tínhamos muito sangue nas nossas mãos.

Isabel sabia de tudo aquilo. Na realidade, ela já tinha a mesma opinião fazia muito tempo. Havia algo no passado de Ivan e Estela. Alguma coisa terrível, da qual eles não se lembravam. Talvez fossem ecos de uma outra vida, ela não saberia dizer.

— Eu não tenho uma resposta para isso, desculpem. — Isabel lamentou o olhar de decepção de ambos. — Mas acho que vocês precisam se lembrar do mais importante.

— E o que seria mais importante? — Estela se sentia pesarosa.

— O livre-arbítrio. É o que vocês decidiram fazer com essa capacidade inacreditável que possuem para enfrentar essas criaturas infernais — Isabel falou, sincera. — Eu não faço ideia do que aconteceu no passado, mas vocês são as pessoas mais decentes e generosas que já conheci. E graças aos dois, estamos todos vivos. Vocês tinham muitas escolhas para fazer e escolheram usar sua capacidade para proteger outras pessoas. Não vejo um destino mais justo para suas habilidades.

— Sim, mas e se nós formos, no fundo, pessoas más? Eu quase me perdi, Isabel, fiz um monte de besteiras, e nunca vou me perdoar! E se for esse o nosso destino? — Ivan estava sinceramente angustiado.

— Não creio que o destino esteja escrito, Ivan. Acho que nosso futuro é apenas o resultado de nossas escolhas; simples assim.

— E se você estiver errada, Isabel?

— E você está vendo algum indício de que eu estou errada, Estela? Olhem em volta. Vocês são admiradíssimos e tão respeitados! Será possível que duas mil pessoas estejam enganadas?

— Tudo que eu não quero é me tornar um monstro. — Ivan respirou fundo, pesaroso. — Esse é o meu grande medo.

— Nesse caso, não se torne um monstro. Como todo o resto, isso também é uma escolha — Isabel respondeu, direta.

— Você mesma me considerou um grande canalha durante algum tempo — Ivan observou.

Estela o olhava de maneira significativa, com receio dos rumos que aquela conversa poderia tomar.

— Sim, é mesmo. Eu também tenho meus defeitos, Ivan, e acabei cometendo um erro bem grave, de julgamento. E peço que você me perdoe. Mas, finalmente, entendi que sua intenção era apenas fazer o que julgava melhor. — Isabel deu de ombros.

— Você ainda sente falta dela? — Estela quis saber.

— Sim, todos os dias. — Isabel baixou a cabeça. — Mas tenho saudade da minha irmã que morreu lá em Canela. Hoje, eu enxergo as coisas exatamente como são. Aquela... coisa que explodimos em São José dos Campos era algo completamente diferente. Hoje, aceito também que não matei meu marido, e sim uma criatura desprovida de inteligência ou humanidade.

Os três se entreolharam em silêncio. Era difícil aceitar as duras lições de um mundo infestado por bilhões de zumbis.

— Bom, acho que teremos muitos anos para descobrir o que nós realmente somos e qual o nosso papel nisso tudo, certo, amor? — Ivan falou olhando para Estela.

— Sim, se Deus quiser, algumas décadas até ficarmos bem velhinhos. — Estela abraçou o marido.

Isabel engoliu em seco diante daquela cena e pediu licença por um instante, forçando um sorriso e deixando os dois amigos e eternos namorados a sós na sala.

Ela foi até o seu quarto e fechou a porta, se apoiando nela pelo lado de dentro. Isabel fechou os olhos e sentiu as lágrimas começarem a cair.

— Sinto muito, mas, infelizmente, vocês não terão muito mais tempo juntos. A morte irá visitá-los em breve — Isabel murmurou, enfim, se permitindo chorar.

Se sua mais recente e perturbadora visão, seu primeiro vislumbre do futuro, se concretizasse, em poucos anos aquela comunidade teria sérios motivos para ficar de luto.

EPÍLOGO

UM CACHORRO ESQUELÉTICO vagava pelo bairro onde outrora existira o Condomínio Colinas. Já fazia algum tempo que quase não havia zumbis por lá, mas aquele pobre bicho faminto andava desconfiado, com receio de ser devorado por algum ser que estivesse por ali.

Toda aquela parte da cidade se transformara num monte de ruínas. As casas que não foram destruídas pela explosão queimaram no incêndio que se seguiu, que torrou o bairro durante dias a fio.

Ele andava entre um monte de escombros, tentando farejar qualquer coisa que pudesse comer.

Depois de muito procurar, algo chamou-lhe a atenção. O cachorro notara uma movimentação entre os imensos blocos de entulho.

O animal faminto se dirigiu até o lugar em que percebera aquele movimento e enfiou o focinho num dos buracos, tentando enxergar algo.

Foi quando a mão descarnada e chamuscada agarrou seus pelos, puxando-o para dentro do buraco.

O cão latiu e gemeu, enquanto suas patas raspavam o chão inutilmente, e ele era arrastado para dentro daquele esconderijo no meio dos escombros. O animal apavorado uivou de terror.

— Quieto! — uma voz de mulher, distorcida e metalizada, ordenou.

Em seguida, o pobre animal foi sugado para dentro daquele buraco, deixando atrás de si uma pequena nuvem de poeira.

E nunca mais seria visto novamente.

O destino é inevitável. Isabel e Jezebel ainda tinham assuntos pendentes para resolver. Dizem que nenhuma alma se vai deste mundo em paz sem enfrentar os conflitos familiares.

De uma certa forma, isso também se aplica aos zumbis.

FIM

AGRADECIMENTOS

AGRADEÇO, mais uma vez, à melhor família e aos melhores amigos do mundo. Sem vocês, não sei se eu teria conseguido vencer mais esta etapa.

Como sempre, agradeço o apoio das equipes dos sites: "Revil" — http://www.facebook.com/revilbr —, "Zumbis no Face" — http://www.facebook.com/zumbisnoface —, "The Walking Dead Brazilian" — http://www.facebook.com/thewalkingdeadbrazilian —, "Universo Zumbi" — http://www.universozumbi.com.br —, "The Walking Dead-Walkers" — http://www.facebook.com/thewalkingdeadwalkers —, "The Walking Dead Brasil" — http://www.facebook.com/thewalkingdeadbrasil — e "Zumbicast" — http://www.zumbicast.com.br — por me apoiarem novamente e continuamente acreditarem no meu trabalho.

Quero mais uma vez agradecer aos parceiros: Caíque Fernandes, Vanderlei Diego, Lucas Mendes, Hilton Gabriel, Scheyla dos Santos, André Ceraldi, Zotto Vaz, Fábio Zonatto, Denise Oliveira, Danilo Carvalho, Guilherme Guckert, Fernanda Oz, Thiago Vitezi, Matheus Henrique e Kelly Ribeiro pelo apoio que sempre têm prestado a mim e ao meu trabalho.

Quero agradecer também aos amigos da Octopus Aplicativos por desenvolverem o aplicativo *As Crônicas dos Mortos*. E quero agradecer muito ao meu amigo Daniel Amaral pela sua paciência em atender a meus pedidos intermináveis.

Meu muito obrigado aos meus leitores e amigos Luiz Guilherme de Paula Santos e Lucas Mancio Sales que, gentilmente, desenvolveram o site da saga *As Crônicas dos Mortos*. Para conhecer melhor o trabalho dessas feras, acessem: www.bluedevelopment.com.br.

E agradeço aos meus leitores, pelos quais trabalho todos os dias. Vocês são sensacionais e suas mensagens são minhas maiores fontes de inspiração.

* * *

LEIA TAMBÉM:

A ILHA DOS MORTOS

COPYRIGHT © FARO EDITORIAL, 2015

Todos os direitos reservados.
Nenhuma parte deste livro pode ser reproduzida sob quaisquer meios existentes sem autorização por escrito do editor.

Diretor editorial **PEDRO ALMEIDA**
Preparação de textos **TUCA FARIA**
Revisão **GABRIELA DE AVILA** E **PROJECT NINE**
Ilustração de capa **CAIO SAN**
Projeto gráfico e diagramação **OSMANE GARCIA FILHO**
Imagens de capa © **SHUTTERSTOCK**
Imagens internas © **DREAMSTIME**

Dados Internacionais de Catalogação na Publicação (CIP)
(Câmara Brasileira do Livro, SP, Brasil)

Oliveira, Rodrigo de
  A senhora dos mortos / Rodrigo de Oliveira. — Barueri, SP : Faro Editorial, 2015. — (As crônicas dos mortos)

  ISBN 978-85-62409-30-1

  1. Ficção brasileira I. Título. II. Série.

15-00019   CDD-869.93

Índice para catálogo sistemático:
1. Ficção : Literatura brasileira   869.93

1ª edição brasileira: 2015
Direitos de edição em língua portuguesa, para o Brasil, adquiridos por **FARO EDITORIAL**

Alameda Madeira, 162 – Sala 1702
Alphaville – Barueri – SP – Brasil
CEP: 06454-010 – Tel.: +55 11 4196-6699
www.faroeditorial.com.br

ESTA OBRA FOI IMPRESSA PELA
PROL EM MARÇO DE 2016